DER SCHWUR DES HADES

DREI: DIE HADES TRIBUNALE

ELIZA RAINE

Für alle, die der Überzeugung sind, dass sie die Göttin der Hölle in sich tragen...

EINS

PERSEPHONE

»Jetzt halt doch mal die Luft an! Nicht so schnell. Erwartest du ernsthaft, dass ich dir glaube, dass du von Zeus entführt und in die *Unterwelt* verschleppt wurdest?« Mein Bruder starrte mich ungläubig an und ich lief immer weiter hektisch in meinem kleinen Zimmer auf und ab. Seine haselnussbraunen Augen waren geweitet und er fuhr sich unentwegt mit den Händen durch sein sandfarbenes Haar.

»Ja, verdammt! Genauso war es. Ich war wochenlang dort.«

»Persy, ich habe gestern noch mit dir telefoniert.« Er schüttelte den Kopf und sah sich besorgt in meinem verwüsteten Zimmer um. »Soll ich Mama anrufen? Geht es dir nicht gut?«

Ich blieb abrupt stehen und verzog das Gesicht. Bei den Göttern, wie gern würde ich meine Mama und meinen Papa sehen. Aber sie waren über tausend Kilometer weit weg und tourten mit ihrem Wohnwagen durch Atlanta. Und wenn Sam sie anrief und ihnen erzählte, dass ich davon schwafelte, entführt worden zu sein, würden sie wahrscheinlich das wenige Geld, das sie hatten, für Flüge nach New York ausgeben. Der egoistische Teil von mir wollte nichts mehr als sie zu sehen, aber der rationale Teil meines Gehirns übernahm das Steuer und antwortete Sam.

»Nein«, seufzte ich und setzte mich hin. »Ruf sie nicht an.«

»Dann erzähl mir noch einmal, was passiert ist«, sagte er. Seine Stimme war sanft. »Und... Was hast du überhaupt an und warum sind deine Haare plötzlich weiß?«

Sobald mein Schluchzen soweit nachgelassen hatte, dass ich wieder einigermaßen verständliche Worte hervorbringen konnte, hatte ich meinen Bruder angerufen. Mein Wiedereintritt in die Welt der Sterblichen hatte jeden Zweifel an der Stärke meiner Gefühle für Hades zerstreut. Meine unglaubliche Trauer darüber, dass er mich verlassen hatte, war der unwiderlegbare Beweis.

Es fühlte sich an, als hätte er ein Stück meines Herzens mit sich genommen und ich blutete langsam innerlich aus. Ich fühlte mich schwach und das Atmen, Denken und Gehen fielen mir schwer. Mein Körper bebte noch immer, auch wenn meine Schluchzer nicht mehr hörbar waren.

Zurück in meinem Zimmer zu sein und all meine alten Sachen zu sehen, machte dieses klaffende Loch nur noch größer.

Ich hatte mich noch nie so verraten und betrogen gefühlt. Wäre ich an seiner Stelle gewesen, ich wäre *nicht* in der Lage gewesen, ihn so einfach stehen zu lassen. Ich hätte mich nicht einfach davonmachen können, in dem Wissen, dass ich ihn nie wiedersehen würde. Mein

Körper und mein Geist hätten es nicht zugelassen, da war ich mir sicher.

Diese Gedanken waren vollkommen irrational. Das wusste ich. Vor nicht einmal vierundzwanzig Stunden hatte ich großspurig verkündet, dass ich nicht wisse, ob ich mit ihm zusammen sein wollte.

Doch in dem Moment, als ich ihn hatte sagen hören, dass *ein so helles Licht nicht im Dunkeln gehalten werden kann*, hatte sich etwas in meinem Inneren aufgelöst. Meine Zweifel und meine Angst waren dahingeschmolzen und ich wusste, dass mein Schicksal mit dem seinen verbunden war. Seine Worte zeugten von einer solchen Traurigkeit und Leidenschaft, dass ich mir seiner ewigen Liebe sicher war. Es hatte mich überwältigt. Doch dann hatte er mich hier abgesetzt, hatte sich wie ein Feigling aus dem Staub gemacht und mich für immer verlassen.

Ich hatte so heftig geweint, dass ich mich fast übergeben musste. Dann übernahm Wut die Oberhand und verdrängte die Tränen. Bevor ich wusste, was ich tat, hatte ich alles, was ich erreichen konnte, durchs Zimmer geworfen. In meiner Rage flogen Kissen, Kleidung und alles, was ich sonst noch in die Finger kriegen konnte, nur so durch den Raum. Erschöpft sank ich in dem Chaos, das ich angerichtet hatte, auf den Boden und sah meine Handtasche neben meiner Lederjacke liegen. Ein einziger Gedanke drang durch mein Gefühlschaos. *Sam. Sam würde mir helfen können.* Ich kramte mein Handy heraus, doch sooft ich auch auf die Einschalttaste drückte, nichts passierte. Ich griff nach dem Kabel meines Ladegerätes und dankte den Göttern, als das Display zum Leben erwachte.

Sam stand schneller vor meiner Tür, als ich es für möglich gehalten hätte. Sofort hatte ich mich ihm an den Hals geworfen und drückte ihn so fest ich nur konnte an mich. Frische Tränen liefen mir die Wangen hinab. Der Anblick seines besorgten Gesichts drückte mir noch mehr auf die Tränendrüse. Endlich hielt ich meinen Bruder wieder in den Armen. Ich hatte befürchtet, dass ich ihn nie wiedersehen würde. Als ich mich endlich von ihm losreißen konnte, ließ ich mich schluchzend aufs Bett fallen und versuchte ihm zu erzählen, was passiert war. Bisher war ich erfolglos gewesen, wie es schien.

»Ich komme nicht aus Amerika. Ich komme von einem Ort namens Olymp, der unter der Herrschaft der altgriechischen Göttern steht. Ich war früher mit Hades verheiratet gewesen, aber ich habe etwas Schreckliches getan und sie haben mich hierhergeschickt, um ein neues Leben zu beginnen, als sterblicher Mensch ohne jegliche Erinnerungen an mein vorheriges Leben.«

Sam starrte mich mit hochgezogenen Augenbrauen an und blinzelte schweigend. Ich holte tief Luft. War das, was ich sagte, überhaupt möglich?

Es war unmöglich, dass ich mir all das nur ausgedacht haben konnte.

Vor meinem geistigen Auge sah ich das Schimmern von Hades silbernen Augen. Auf gar keinen Fall hatte ich mir all das nur ausgedacht.

Es war echt.

»Und Zeus hat dich entführt?«, fragte mein Bruder.

»Ja. Hades hat hinter seinem Rücken die Grundregeln des Olymps gebrochen und neues Leben – ach, was sage ich, ein ganzes neues Reich - erschaffen. Zur Strafe besteht Zeus jetzt darauf, dass Hades heiratet und veranstaltet Wettbewerbe, in denen Frauen darum kämpfen, die Königin der Unterwelt zu werden. Er hat mich aus New York entführt, um mich zu zwingen mitzumachen.«

Echte Besorgnis war nun auf Sams Gesicht zu erkennen.

»Warte. Königin der Unterwelt? Es geht darum, Hades zu heiraten? Den Teufel?«

»Ja, sage ich doch. Und ich trage dieses zerrissene, verbrannte Kleid, weil ich mitten in einem Tribunal war. Aber etwas ist schief gegangen und ich bin im Tartarus gelandet.«

Sam stand auf. »Wir müssen in die Notaufnahme. Du hattest einen Schlaganfall oder so etwas«, sagte er und seine Stimme klang gar nicht nach ihm selbst.

»Und du meinst also, dass ich in Folge dieses Schlaganfalls meine Haare weiß gefärbt und dann ein Ballkleid hinter einem Auto her geschleift habe, bevor ich es angezogen habe?«, fragte ich und deutete auf den zerfetzten Rock. »Ich meine es ernst, Sam. Ich sage die Wahrheit.«

»Aber, Persy, das ist nicht möglich. Es ist einfach nicht möglich.«

»Das habe ich auch erst gedacht, aber es ist möglich! Und das Krasseste habe ich dir noch gar nicht erzählt. Halt dich fest. Ich hatte Kräfte, Sam!«

»Kräfte?«

»Ja, ich konnte Pflanzen wachsen lassen. Und da waren diese Ranken, die mir aus den Handflächen schossen!«

»Das klingt verdächtig nach Spiderman? Persy, wir müssen in die Notaufnahme. Sofort.«

»Nein.« Ich schüttelte den Kopf.

»Was zum Teufel sollen wir dann tun?« Er warf verzweifelt die Hände in die Luft.

»Ich muss dahin zurück«, flüsterte ich.

Sams Kinnlade fiel herunter.

»In die Unterwelt, wo du darum gekämpft hast, die Braut des Teufels zu werden?« Ich nickte. »Dahin willst du zurück?«

Mit Erleichterung stellte ich fest, dass meine Antwort keinen Anflug von Zweifel enthielt. Ich war mir sicher.

»Ja.« Ich wollte zurück, zu Hades. Ich musste dort sein, wo er war. Endlich hatte ich einen Entschluss gefasst. Furcht löste meine Erleichterung ab. Ich war nicht mehr in der Unterwelt gefangen. Jetzt war ich in New York gefangen.

Und ich hatte keine Möglichkeit Hades zu erreichen.

»Ich muss Mama anrufen, Persy. Das ist alles völlig krank. Dir geht's nicht gut.«

Sam kam auf mich zu, setzte sich neben mich und legte mir einen Arm um die Schultern.

Schweigend sah ich auf meine Handfläche hinunter, fühlte tief in mich hinein und versuchte meine Kraft zu finden.

Da war nichts.

»Sam, ich war mein Leben lang ein Außenseiter. Jetzt weiß ich endlich, warum«, flüsterte ich.

»Hast du all das vielleicht zusammen gesponnen, um dich stärker zu fühlen? Vielleicht hast du dich mit dem Programm am Botanischen Garten zu sehr unter Druck gesetzt oder vielleicht...« Er brach ab, sein Gesicht verfinsterte sich. »Ist etwas Schlimmes passiert? Hat jemand dir wehgetan?«

»Nein! Ich schwöre dir, mir ist nichts Schlimmes

passiert, dass eine Art mentalen Zusammenbruch ausgelöst hat«, sagte ich entschlossen und sein Gesicht entspannte sich.

»Aber Sam, ich fühle mich nicht nur stärker, ich *bin* es auch. Ich war einmal eine Göttin. Die ganze Zeit über war ich eine Göttin.«

Etwas flackerte tief in meinem Magen auf und ich fühlte einen Stich von Wut und Schmerz. Ich keuchte laut, als ich erkannte, dass es nicht von mir kam. *Das war Hades.* Ich konnte seine dunkle, rauchige Kraft körperlich spüren. Es war dasselbe wie das, was ich gefühlt hatte, bevor er gegangen war. Es war ein animalisches Gefühl, voller Angst und Wut. Ich hatte gedacht, dass der Schmerz von meinem Schock und meiner Traurigkeit herrührte, aber es war Hades Leiden gewesen.

Er hatte die Grenze seiner Belastbarkeit erreicht und würde bald unter dem Druck zerbrechen. Ich konnte es fühlen.

»Die Verbindung«, murmelte ich und meine Haut kribbelte. Das Gefühl breitete sich immer weiter in mir aus. »Ich muss ihm helfen«, sagte ich und sah zu Sam auf. Meine aufsteigende Panik ließ meine Stimme brüchig werden. »Es war ein Fehler, mich hier zu lassen. Er braucht mich. Ich muss ihm helfen.«

»Wem helfen?«

»Hades. Er ist in Schwierigkeiten.«

»Ähm, ich bin mir sicher, dass der Herr der Toten auf sich selbst aufpassen kann«, sagte Sam in einem angestrengt ruhigem Tonfall, der nicht zu seinem Gesichtsausdruck passte.

»Nein. Nein, ich muss sofort zurück.«

Ich sprang auf. Mehr Tränen brannten mir in den Augen. Schmerz und Wut durchzuckten mich und ich hätte fast aufgeschrien. Sam stand schnell auf und umfasste mein Handgelenk.

»Komm. Du brauchst Hilfe.«

Ich begann mit ihm zur Tür zu gehen, zögerte aber, als mir klar wurde, was er meinte.

»Ich bin nicht krank, Sam. Ich schwöre es dir!« Frustration kochte in mir hoch und meine eigene Wut vermischte sich mit der intensiven Wut, die durch die Verbindung zu Hades in mich einströmte.

Der Griff meines Bruders um mein Handgelenk wurde fester, doch seine Miene wurde weicher.

»Es tut mir leid, Persy, aber wir müssen dir Hilfe holen.« Er zerrte an mir und ich stolperte. Er würde mir nicht absichtlich wehtun, aber wenn er glaubte, dass er mir helfen musste, würde er mich vielleicht sogar hochheben und über die Schulter werfen. Er war viel größer als ich.

»Sam, hör auf!«

Mein Schrei brach ab, als blendend weißes Licht den Raum erfüllte.

Sam ließ mich los und wir verdeckten beide instinktiv unsere Augen mit den Händen. Hoffnung durchflutete mich. War es Hades? *Bitte, bitte lass es Hades sein.* Ich blinzelte heftig und stieß einen Schrei der Erleichterung aus als eine Gestalt mein Blickfeld betrat.

»Hekate!« Ich schluchzte und warf mich auf sie. Hekate war definitiv meine nächstbeste Option nach Hades in die Unterwelt zurückzukehren. Sie würde mich zu ihm bringen können.

»Ähm, ich mag keine Umarmungen«, sagte sie und klopfte mir unbeholfen auf den Rücken. Meine Arme waren fest um sie geschlungen und ich hätte sie küssen können.

»P-Persy?« Ein Flüstern ertönte hinter mir und ich ließ von Hekate ab und sah in Sams verwirrtes Gesicht. »Persy, wer ist diese unverschämt heißaussehende Freundin und wie ist sie hier aus dem Nichts aufgetaucht?« Sein Gesicht war blass und seine haselnussbraunen Augen waren noch größer und runter als zuvor.

»Unerhört heiß, was? Ich mag ihn«, sagte Hekate und sah mich an. »Er kann auch mitkommen, wenn du willst.«

»Ich muss zu Hades. Es ist etwas Schreckliches passiert«, sagte ich, ignorierte meinen Bruder und schüttelte sie eindringlich an den Schultern.

»Was glaubst du denn, warum ich hier bin? So sehr ich dich auch mag, Persy, ich würde es nicht riskieren, jeden einzelnen der Götter des Olymps zu verärgern, wenn ich keinen verdammt guten Grund hätte.« Ihr Gesicht war ernst und ihre Augen funkelten mit blauer Kraft. »Er ist ausgerastet, Persy. Solch heftigen Zorn habe ich noch nie gesehen. Bis jetzt konnten wir ihn in der Unterwelt festhalten, aber er ist zu stark. Wenn er ausbricht oder Zeus entdeckt, dass er so die Kontrolle verloren hat und den ganzen Olymp in Gefahr bringt...« Sie brach ab und die Bedeutung ihrer Worte war klar. Mir lief es eiskalt den Rücken hinunter und meine Haut kribbelte vor Angst.

»Würde Zeus ihn töten?«

»Oder Schlimmeres.«

»Bring mich zu ihm. Jetzt«, sagte ich.

Statt einer Antwort blitzte die Welt weiß auf.

ZWEI

PERSEPHONE

Wäre da nicht die unerbittlich starke Verbindung zu Hades gewesen, hätte ich Hekate angefleht, mich zurück nach New York zu bringen, sobald sich die Welt um mich herum verfestigt hatte.

Wir standen in einer Höhle, die dem Bau der Empusa ähnelte. Nur war diese viel größer und die Wände glühten weinrot. Der Geruch war fast unerträglich.

Überall lagen Leichen. Nur wenige von ihnen schienen menschlich zu sein, aber alle sahen aus, als wären sie von einem Tier in Stücke gerissen worden. Ich versuchte verzweifelt, meinen aufgewühlten Magen zu ignorieren und suchte den grausigen Raum nach Hades ab, aber sah nur Leichen.

»Scheiße, er hat sich woanders hinbewegt«, murmelte Hekate und dann hörte ich hinter mir ein Würgen. Ich drehte mich um und spürte, wie das Blut aus meinem Gesicht wich. Mein Bruder übergab sich heftig auf den Höhlenboden.

»Sam? Hekate, warum zum Teufel hast du ihn hierher mitgebracht?«

»Ich habe dir doch gesagt, dass er mitkommen kann. Jetzt halt endlich die Klappe«, sagte sie, ihre Augen wurden weiß und ein blaues Leuchten umgab sie. »Scheiße, Scheiße, Scheiße! Er ist schon fast am Eingang zum Tartarus«, sagte sie, packte mich und Sam und um uns herum blitzte es wieder weiß.

Der Fluss aus Feuer, zu dem sie uns transportiert hatte, flackerte bedrohlich neben uns auf, doch ich beachtete es kaum.

Hades war *monströs*.

Man konnte es nicht anders sagen. Er war haushoch und bewegte sich immer weiter auf den Höhleneingang zu. Sein Rücken war uns zugewandt und gewaltige Muskelmassen waren an seinem Körper angeschwollen. Etwas Schwarzes bewegte sich unter seiner Haut und Rauchschwaden gingen von ihm ab. Blaues Licht strahlte von ihm aus. Als ich ihn das letzte Mal hier gesehen hatte, war er von einer beschützenden Armee von Leichen umgeben gewesen, doch dieses Mal hinterließ er nichts als Szenen eines furchtbaren Gemetzels hinter sich. Zerfetzte und zerstückelte Körper mit vor Schreck verzerrten Gesichtern umgaben ihn und dann begann Hades unmenschlich laut zu schreien.

»Campe! Jetzt bist du dran!«

Ich hörte ein dumpfes Geräusch hinter mir, drehte mich um und sah, wie Sam auf dem Boden zusammengebrach.

»Hekate, bring ihn hier weg! Er ist ein Mensch. Er wird sterben!« Ich fühlte, wie die Ranken in meinen Handflächen zum Leben erwachten.

Wortlos kniete Hekate neben Sam nieder, packte ihn

bei der Schulter und im nächsten Moment waren sie verschwunden.

»Und du bist als nächstes dran, Cronos!«, brüllte Hades.

»Hades!«, rief ich so laut ich konnte. Er schien mich nicht zu hören und war jetzt weniger als einen halben Meter vom Höhleneingang entfernt. »Hades!«, versuchte ich es erneut und ließ meine Ranken auf ihn los.

Gerade als sich sein Fuß in die Dunkelheit bewegte, wickelten sich meine schwarzen Ranken um seine riesigen Schultern.

Die Finsternis verschlang mich vollständig.

Tod. Leichen. Angst. Feuer. Blut.

Die Worte schlugen wie ein Presslufthammer in meinem Gehirn ein. Ich keuchte und fiel auf die Knie.

Ich war von vollkommener Dunkelheit umgeben. Nur kleine Funken flackerten vor mir und schienen nach mir zu rufen. *Alle mussten ausgelöscht werden. Alles musste sterben. Angst siegte immer. Sie konnte nicht besiegt werden. Nur der Tod war gewiss.*

»Persephone?«, echote es und ich nahm ein kleines bisschen Licht aus den Augenwinkeln wahr, als der Klang meines Namens zu mir durchdrang. »Persephone, bist du es wirklich?«

»Ja«, knirschte ich, unfähig ihn zu sehen, aber sicher, dass es Hades war, der da sprach. »Du musst aufhören.«

»Ich kann nicht. Ich kann einfach nicht.«

»Bitte. Ich fühle es jetzt. Unsere Verbindung. Du tust es doch auch, oder etwa nicht?«

Heiße Tränen liefen mir die Wangen hinunter. Meine Ranken waren noch immer fest um Hades Schultern gewickelt, und Wellen des Hasses und der Gewalt flossen durch meine Reben hindurch in mich hinein und vergifteten mich.

Tod. Töte sie alle. Zerreiß sie. Lass nichts von ihnen übrig. Keiner von ihnen verdient es, zu leben.

»Das Monster in mir ist zu stark. Es wird immer gewinnen.« Hades Stimme war plötzlich hart und kalt. Das wenige Licht verebbte.

»Nein! Du kannst dagegen ankämpfen. Du bist kein Monster!«, rief ich, doch der Wutausbruch, der nun folgte, sprach eine andere Sprache. Er war schlimmer als ein Ungeheuer. Er wollte nicht nur töten und zerstören, er wollte foltern. Er genoss das Gemetzel.

Ich musste die Verbindung zu ihm kappen. Ich musste meine Lianen von seinem Körper entfernen. Seine Macht war zu stark und zu dunkel und ich konnte sie nicht ertragen. Ich konnte mit diesen furchterregend brutalen Begierden nicht umgehen.

Er hatte einmal gesagt, dass er zu mächtig sei und ich ihm deshalb niemals seine Kraft stehlen könnte. Er hatte recht gehabt. Da war zu viel Macht in ihm. Sie könnte für eine Ewigkeit in mich hineinfließen und er würde immer noch genauso stark sein wie zuvor. Es fühlte sich schon jetzt an, als würde er mich mit seinem Zorn erfüllen. Mit jeder Sekunde, die ich an ihm festhielt, verlor ich mehr von mir selbst. Warum tat meine Kraft das? Warum zogen meine Ranken seine furchtbare Kraft in meinen Körper?

Konnte ich ihm nicht die Wut nehmen, anstatt mich selbst in etwas ebenso Schreckliches zu verwandeln?

Die goldenen Ranken. Ein leuchtender Gedanke durchfuhr die Kaskade immer dichter werdender Dunkelheit. *Die goldenen Ranken bewirkten das Gegenteil der schwarzen.*

Zwar konnte ich meine Ranken in der Dunkelheit nicht sehen, aber ich zwang das letzte bisschen Kraft in mir, die schwarzen Ranken in goldene zu verwandeln. Verzweifelt klammerte ich mich an die Überreste meiner Verliebtheit, an die Stärke unserer Verbindung und an den Wunsch, ihn glücklich zu machen. Ich beschwor vor meinem geistigen Auge das Bild eines Hades, der sich zufrieden und geliebt fühlte. Ich erinnerte mich an die Dinge, die Hekate mir anvertraut hatte und dachte daran, wie er selbstlos Teile seines Selbst aufgegeben hatte, um dem Olymp zu dienen, wie er von seinem Bruder gezwungen worden war, zu dieser Bestie zu werden. Ich füllte meinen Kopf mit dem Gefühl seiner Lippen auf meinen, seinen Händen auf meiner Haut, seinen wunderschönen silbernen Augen, die mir direkt ins Herz zu sehen schienen. Er hatte Leben erschaffen, um das Loch zu füllen, das ich hinterlassen hatte. So sehr er sich in diesem Moment auch nach Tod und Zerstörung sehnte, das Herz des Hades wollte Leben und Licht. Das konnte ich ihm geben.

Ich ergoss meine Kraft in meine Ranken und betete, dass sie ihn erreichen würde.

»Persephone.«

Ich öffnete meine Augen und musste wild blinzeln. Das plötzlich hell glänzende Licht war wie ein Schock. Ich konzentrierte mich auf Hades und atmete tief durch. Er war immer noch riesig, aber das blaue Glühen und die Leichen waren verschwunden. Das helle Licht strömte von den goldenen Ranken aus, die sich von mir zu ihm erstreckten und sich auf seinem riesigen Körper zu leuchtenden Tattoos verwandelten. Sie schlängelten sich um seine Schultern und seinen Torso und bedeckten fast seine gesamte Haut.

Seine Augen waren auf die meinen fixiert. Sie strahlten silbern und waren atemberaubend schön, auch wenn noch immer ein gehetzter Ausdruck in ihnen lag.

»Hades«, hauchte ich. »Du bist wieder da.«

»Du auch«, krächzte er und sackte auf die Knie.

DREI

HADES

S *ie war zurück.*

Vage bekam ich mit, dass Hekate neben uns auftauchte und uns in einem weißen Blitz woanders hinbrachte. Doch ich ließ Persephones Hand nicht los und nahm meinen Blick nicht von ihren tränenerfüllten grünen Augen.

»Es tut mir leid«, sagte ich. Sie zog ihre Hand aus meiner Umklammerung und meine Beine stießen gegen etwas Hartes. Mein Kopf war immer noch voller Dunkelheit, doch Licht und Wärme durchdrang sie jetzt. Das Biest heulte, tobte und rief nach mir. Das grüne und goldene Licht brannte jedoch heiß durch meinen Körper und übertönte das Drängen des Monsters. Persephones Kräfte, die sie in mich hineinsandte, stärkten mich und beschützten mich vor der grausamen Bestie in mir.

»Was tut dir leid? Dass du mich in New York abserviert hast, oder dass du dich fast umgebracht hast?«, sagte sie schroff. Ich blinzelte und nahm das Glas, dass sie mir in die Hand drückte. »Trink. Jetzt.«

Ich tat, wie mir geheißen wurde und der süße Geschmack des Nektars verdrängte die bösen Gedanken noch weiter. Ich merkte, dass ich immer noch doppelt so groß war wie sie und nachdem ich das winzige Glas geleert hatte, schrumpfte ich wieder auf meine normale Größe zusammen.

»Ich geh dann mal, Chef«, sagte Hekate, aber ich sah sie nicht an. Ich konnte meinen Blick nicht von Persephone abwenden. Meine Königin. Meine Retterin.

»Danke, Hekate. Und, ähm, sei bitte nett zu Sam«, sagte Persephone zu ihr.

»Als ob ich je etwas anderes wäre«, antwortete Hekate und verschwand mit einem hellen Blitz.

Persephone sah wieder zu mir auf und ihr Gesicht war ernst. »Ich bin nur hier, weil Hekate sich um dich sorgt. Du bist ein Idiot«, sagte sie. Verzweiflung und Angst vermischten sich in ihrem schönen Gesicht. »Wenn Zeus herausfindet, dass du so die Kontrolle verloren hast, was würde er dann tun?«

»Er würde meinen Job jemand anderem geben und mich auf Ewigkeiten in den Tartarus verbannen«, antwortete ich. Und das war es, was ich gewollt hatte. Es gab kein Leben ohne sie. Es hatte keinen Sinn, ohne sie zu existieren. Und ich war ein Ungeheuer. Letzten Endes war ich sowieso für dieses Höllenloch bestimmt.

»Hades, du bist an mich gebunden und ich an dich. Selbst in New York konnte ich dein Leiden spüren. Findest du es fair, mich das durchmachen zu lassen?«

Ihre Stimme zitterte und sie hatte ihre Emotionen kaum unter Kontrolle.

Elektrizität schien durch meinen Körper zu sprühen, als sie sprach und etwas, das das Monster vollständig ausgelöscht hatte, sprang wieder ins Leben. *Hoffnung.*

»Du spürst unsere Verbindung?«

»Ja. Ich fühle sie. Ich fühle dich. Und du hattest recht. Es ist nicht nur ein kleiner Hauch. Mein Leben ist *vollkommen* mit dem deinen verbunden.«

Ich griff nach ihr, aber sie wich zurück und entzog sich meiner Hand.

»Hades, du musst das kapieren. Ich habe gespürt, was in dir ist. Und es ist böse und grausam und todbringend.« Ihre Stimme war kaum mehr als ein Flüstern und die Dunkelheit zog sich wieder um mich zusammen. Das Monster war stärker als die Bindung. *Das Monster war stärker als alles andere.* »Anstatt es zu bekämpfen, anstatt dir von mir helfen zu lassen, hast du mich verlassen. Du hast mich verlassen und es gewinnen lassen.«

Sie war nicht wütend auf das Monster, das wurde mir klar. Sie war wütend auf mich. Scham überflutete mich und ihr Blick verhärtete sich.

»Du bist der König der Unterwelt. Wenn ich eines Tages deine Königin sein soll, musst du anfangen, dich verdammt noch mal wie ein König zu verhalten.« Mir blieb der Mund offenstehen. »Alles hier verneigt sich vor dir, die schlimmsten und bösartigsten Dämonen, die grausamsten Götter, die im Tartarus gefangen sind, alles. Dieses Monster in dir ist nicht stärker als sie.« Ich starrte sie an. Sie hatte recht. Warum hatte ich das nie erkannt?

»Und wenn das Einzige, was dir erlauben würde, die Kontrolle darüber zu verlieren, der Verlust der Frau ist, an die du gebunden bist, warum zum Teufel würdest du dann etwas so Dummes tun, wie mich zu verlassen?«

»Ich... Ich hatte keine andere Wahl«, flüsterte ich.

»Hades, ich habe es so satt, nichts zu wissen, dass andere Entscheidungen über mein Leben treffen, ohne dass ich daran beteiligt bin und man mir dann sagt, ich hätte keine andere Wahl, als es zu akzeptieren.«

»Es tut mir leid. Es tut mir so leid. Ich hätte dich nicht verlassen dürfen.«

»Ich hätte dich nie verlassen *können*«, flüsterte sie. In ihrem Gesicht stand geschrieben, wie sehr sie sich betrogen fühlte.

»Nun, ich konnte es anscheinend auch nicht«, schnauzte ich und rieb mir das Gesicht mit den Händen. »Ich weiß nicht, wie viele ich getötet habe. Die meisten sind Dämonen, die sich regenerieren werden.« Viele würden es jedoch nicht können. Selbsthass pochte in meinen Eingeweiden.

»Warum hast du es dann getan? Warum hast du mich verlassen?«

Ich schloss die Augen und holte tief Luft. Ich musste sie dazu bringen zu verstehen, was ich getan hatte. Sie durfte nicht denken, dass ich sie nicht liebte. Das durfte sie nicht.

»Du darfst niemals auf Cronos treffen«, sagte ich schließlich und öffnete die Augen. Sie runzelte die Stirn.

»Der Titan im Tartarus?«

Besorgnis und Angst trübten ihr Gesicht und ich griff wieder nach ihr. Sie nahm zögernd meine Hand und ein Funke von etwas Mächtigem zuckte auf meiner Handfläche.

»Persephone, du kannst Kraft von anderen annehmen. Wenn du die Kraft eines viel stärkeren Wesens annehmen würdest, könntest du sie nicht in dir behalten.«

»Das verstehe ich nicht.«

»Es gibt keinen einfachen Weg, dir das zu erklären. Cronos ist gefangen. Seine Macht ist im Tartarus stark eingeschränkt. Wenn er dich als Gefäß für seine Macht benutzen würde und seine Kraft durch dich kanalisieren würde...« Ich brach ab.

»Was dann? Was würde dann passieren?« Ihre Augen waren voller Angst.

»Dein Körper würde die Magie ausstoßen«, sagte ich mit fester Stimme. Wut und Schrecken kochten bei diesem Gedanken in mir hoch. »Und das würde dich und alles um dich herum zerstören.«

»Willst du mir damit sagen, dass ich eine verdammte Bombe bin?«

»Nein. Es wird nur gefährlich, wenn du die Kraft von etwas außergewöhnlich Starkem annimmst.«

»Wie dir?«, flüsterte sie.

Ich schüttelte den Kopf.

»Nein. Viel stärker als ich. Cronos ist einer der Ur-Titanen. Er wurde aus dem Himmel und der Erde selbst geboren. Seine Kraft ist Teil der Urkraft. Er könnte seine Kraft durch dich benutzen, um den Tartarus zu zerstören.«

»Würde ihn das nicht auch zerstören?«

»Ein Gott kann nicht durch seine eigene Kraft getötet werden.«

Sie atmete lange aus und setzte sich dann neben mich. Ich war so benommen gewesen, dass ich meine Umgebung gar nicht wahrgenommen hatte. Erst jetzt bemerkte ich, dass wir in meinem Schlafgemach waren und auf meinem Bett saßen.

»Hasst Poseidon mich deshalb? Denkt er deshalb, dass ich gefährlich bin?«, fragte Persephone mit leiser Stimme. Ich sah sie an und bemerkte, dass sie immer noch das rote Ballkleid trug. Es war versengt und zerrissen.

»Ja.«

»Warum hast du mir das alles nicht vorher gesagt? Ich hätte nie versucht, meine Kräfte zurückzubekommen«, sagte sie. »Wenn ich meine Ranken nicht hätte, gäbe es kein Risiko, dass Cronos sie benutzt.«

»Wenn ich dir das vorher gesagt hätte, wärst du überwältigt gewesen. Und als du den ersten Samen gegessen hattest, war es schon zu spät.«

»Nimm mir meine Kräfte wieder weg«, sagte sie mit geweiteten Augen.

»Nein, Persephone. Ich werde dich nie wieder verlassen. Wenn du zur Königin der Unterwelt wirst, wirst du deine Kräfte brauchen, sonst würdest du hier nicht überleben können. Und...« Ich streckte die Hand nach ihr aus und strich über ihre Wange. »Und ich brauche deine Kräfte.

Du bist die Einzige, die mich retten kann, Persephone.«

VIER

PERSEPHONE

Hades Worte hallten durch mein Gehirn. *»Du bist die Einzige, die mich retten kann.«*

Ich wusste, dass es wahr war. Ich war das Licht in seiner Dunkelheit, Balsam für seinen Schmerz, Heilung seiner zerbrochenen Seele. Die unsichtbare Verbindung zu ihm brannte heiß in mir und der Wunsch, ihm zu helfen, ihn zu heilen, ihm all seinen Schmerz zu nehmen, war überwältigend.

»Könntest ... könntest du ein Monster lieben?«, fragte er mich zögerlich.

Ich starrte ihm in die Augen. Die Frage weckte Gefühle, die ich noch nie zuvor empfunden hatte. Ich erinnerte mich daran, wie ich ihn gerade gesehen hatte, hoch aufragend und blaues Licht ausstrahlend und furchteinflößend. Ich erinnerte mich an die furchtbare Grausamkeit, die durch meine Lianen in mich hineingeströmt war.

Aber das war nicht er.

»Nein. Ich könnte kein Monster lieben. Aber ich könnte dich lieben.« Er ergriff meine Hand fester, sein kantiges Gesicht war verkniffen und ängstlicher, als es mir je vorgestellt hatte.

»Du hast gesehen, was in mir lebt«, flüsterte er.

»Und ich beschwöre dich, es nie wieder gewinnen zu lassen. Ich werde alles tun, was nötig ist, um dir zu helfen, Hades. Du trägst eine Last, die schwerer ist als die der anderen, aber sie definiert dich nicht.«

Ich war mir der Verpflichtung, die ich mit meinen Worten einging, nur vage bewusst, aber sie gingen mir leicht über meine Lippen. Das Band zwischen uns schwoll an und brannte immer stärker. Ich wusste mit absoluter Gewissheit, dass ich dort sein musste, wo Hades war. Solange ich lebte, musste ich an seiner Seite sein. Er war mein Zuhause. Er war alles.

»Ich liebe dich, Persephone«, sagte er und seine silbernen Augen leuchteten. Alle Spuren von Melancholie waren verschwunden.

Ich hatte noch nie einen Mann geliebt und ich hatte nichts, womit ich dieses Gefühl hätte vergleichen können. Doch für mich bestand kein Zweifel, dass dieses intensive Bedürfnis, ihn glücklich zu machen, ihn zu beschützen und für immer bei mir zu haben, Liebe war.

»Ich liebe dich«, sagte ich und unsere Lippen trafen aufeinander.

Funken der Lust sprühten aus der Berührung hervor. Seine Zunge suchte nach der meinen mit einer Dringlichkeit, die ich genoss. Ich brauchte ihn. Ich musste ihm zeigen, wie sehr ich ihn wollte und wie sehr ich mich nach ihn verzehrte. Ich brauchte keine Kluft zwischen uns, keinen Abstand, in dem Zweifel oder Angst aufkommen konnten. Seine Finger streichelten meine

Wange und fuhren dann durch mein verfilztes Haar. Ich schlang meine Arme um seinen Hals, vertiefte den Kuss. Hitze und Feuchtigkeit sammelten sich zwischen meinen Beinen.

Mit schnellen Bewegungen legte er einen Arm um den Rücken und den anderen unter meine Beine und hob mich in seine Arme. Ich gab ein kleines Quietschen von mir und er strahlte mich an. Seine Augen glänzten vor Lust.

»Ein Bad für meine Königin«, sagte er heiser und stand auf. Ich küsste seine Wange, während er mich durch den üppigen Raum trug. Meine Mühen wurden von einem Stöhnen belohnt und ich küsste jeden Millimeter seines Körpers, den ich erreichen konnte. Jedes Mal, wenn meine Lippen seine Haut trafen, spürte ich kleine Funken der Freude durch meinen ganzen Körper schießen. War das die Verbindung? Wenn sich Küsse schon so gut anfühlten...

»Wenn du so weitermachst, werde ich dich gegen die Wand drücken und gleich hier verschlingen, aber ich möchte nicht, dass unser erstes Mal zusammen so verläuft«, stieß er hervor und ich sah zu ihm auf.

»Solange es nur endlich passiert, ist es mir egal, wie es passiert«, sagte ich und war überrascht, wie heiser meine eigene Stimme klang.

Ich sehnte mich schon seit einer Ewigkeit nach ihm und ich war mehr als bereit.

Er gab ein kleines Knurren von sich, dann trat er eine Tür vor uns auf. Eine Halle aus edelstem Marmor erstreckte sich vor uns und nur langsam erkannte ich, dass es ein Badezimmer war. Die Badewanne war allerdings kein gewöhnliches Bad. Es war ein in den Steinboden eingelassenes Becken, das von einer Wand mit leisem kaskadierendem Wasser gespeist wurde. Eine Anrichte mit zwei Waschbecken und einem langen, verschnörkelten Spiegel säumte die andere Wand.

Hades setzte mich auf meinen Füßen ab, trat von mir zurück und verschränkte die Arme vor der nackten Brust.

»Du kannst nicht in deinem Kleid baden«, sagte er. Aufregung erfüllte mich und brannte schmerzhaft in mir.

»Du wirst den Verschluss für mich öffnen müssen«, antwortete ich und drehte ihm den Rücken zu. Quälend langsam löste er die Verschnürung am Rücken und das Mieder lockerte sich Millimeter um Millimeter.

»Fertig«, grunzte er und ich drehte mich ihm wieder zu. Diese Bewegung reichte aus, um das gelockerte Kleid zu Boden fallen zu lassen. Seine Lippen schürzten sich und er atmete hörbar ein.

»Du bist so schön«, sagte er. Ich wusste, dass er es ernst meinte. Mit mehr Selbstvertrauen steckte ich meine Daumen in die Seiten meines Höschens und schob es herunter.

»Du bist so, so schön«, hauchte er. Seine Augen fuhren gierig über meinen Körper. Dann schossen sie wieder zu meinem Gesicht hoch. Er schenkte mir ein böses Grinsen und schnippte mit den Fingern.

Seine Jeans verschwand.

Mir wurden die Knie weich und ich konnte mich kaum auf den Beinen halten. Mein Blick blieb auf seiner Männlichkeit haften. Sein Glied war hart, bereit und verdammt glorreich. Das Verlangen pochte in mir. Ich fühlte, wie unbezähmbare Hitze und Feuchtigkeit zwischen meinen Schenkeln pochte. Aber bevor ich mich auf ihn stürzen konnte, hatte er mich schon in die Arme genommen und war in den Pool gestiegen. Die Berührung unserer nackten Haut ließ die Luft vor Lust knistern und ich stieß ein lautes Stöhnen aus. Das heiße Wasser fühlte sich wundervoll an und er stieg immer tiefer in den Pool.

Er stellte mich auf meine Füße und das Wasser schwappte gegen meine harten Brustwarzen. Ein Stück Seife erschien in seiner Hand. Ich legte fragend den Kopf schief, aber er kam mir zuvor.

»Ich möchte die Schrecken dieses Tages abwaschen und dir ein paar viel, viel bessere Erinnerungen schenken«, sagte er. Dann trat er auf mich zu und seine eingeseiften Hände strichen über meine Schultern, meinen Rücken und hinunter zu meiner Taille. Vor Vergnügen, welches seine Hände mir mit ihrer Berührung bescherten, bäumte ich mich auf, und als er meine Brüste küsste, zog ich sein Gesicht an meines und mein Stöhnen verlor sich in seinen Lippen. Seine Zunge leckte gegen meine im Takt mit seinen Fingern, die kreisförmig über meinen Körper strichen. Wie sehr ich mich danach sehnte, sie weiter unten zu spüren. Das Verlangen nach ihm überrollte mich wie ein Güterzug und ich fuhr mir mit meinen Händen über meinen Körper, um sie mit Schaum zu bedecken, und strich ihm über die steinharten Bauchmuskeln. Ich spürte, wie er sich anspannte. Er unterbrach seine Bewegungen für einen Moment, doch dann wurden sie schneller. Seine Zeigefinger und Daumen zwickten meine Brustwarzen und lösten göttliche Lustimpulse in mir aus. Wie von selbst wanderten meine Hände an seinem Torso entlang und ich genoss das Gefühl seiner festen Muskeln, seines kraftvollen Körpers und die Gedanken daran, was er damit mit mir anstellen konnte... Meine Finger bewegten sich unter die Wasseroberfläche und vom Bauchnabel weiter in die Tiefe, bis ich Haare fühlte. Vor Erregung wurde mein Atem flach und ich brach den Kuss ab, um nach Luft zu schnappen. Aber als sich meine Finger um seine Erektion legten, küsste er mich wieder. Seine Gier und Lust waren eindeutig.

Ich bewegte meine Hand ehrfürchtig an seinem Glied entlang. Mit einem tiefen Stöhnen schlang er einen Arm um meinen Rücken und hob mich vom Beckenboden. Ich keuchte und er legte seine andere Hand unter mein Bein, um mich höher zu heben. Ich ließ vom Erkunden seiner Männlichkeit ab, klammerte mich an seinem Hals fest und wickelte meine Schenkel fest um seine Taille. Seine Erektion presste hart in meinen Bauch und brachte mich fast um den Verstand. Seine Hände kneteten meinen Po und es fühlte sich wundervoll an. Wenn ich betteln musste, würde ich es tun.

»Nimm mich. Bitte«, flüsterte ich ihm heiser ins Ohr.

»Sag mir, dass ich dein bin«, knurrte er.

»Ich gehöre dir und du gehörst mir.«

Ohne seine Hände von meinem Hintern zu nehmen, hob er mich leicht an und feurige Lust durchzuckte mich, als ich sein Glied an meinem Eingang spürte.

»Ich gehöre dir und du gehörst mir«, wiederholte ich in seinen Nacken flüsternd. Ich war fast wahnsinnig vor Verlangen. Ich verschränkte meine Beine fester, um ihn in mich hineinzuziehen und gleichzeitig griff er mir an die Taille und zog mich an sich.

Er drang in mich ein und exquisit langsam schob er sich Zentimeter um Zentimeter tiefer in mich hinein.

»Sag das noch einmal«, keuchte er und ich sah ihm tief in die Augen.

»Ich gehöre dir und du gehörst mir«, hauchte ich und sah, wie sich seine Augen vor Verlangen verdunkelten, bevor er mich auf seine ganze Länge hinabließ. Ich warf meinen Kopf zurück und stöhnte lustvoll auf. Mein ganzer Körper umklammerte ihn und er füllte mich so sehr aus und war so tief in mir, dass es fast wehtat. Er stöhnte und hob mich mit seinen starken Armen wieder an. Schauer des Vergnügens rollten durch meinen ganzen Körper. Ich lehnte mich zurück und ließ ihn die Intensität der Stöße bestimmen.

Jedes Mal, wenn er mich auf und ab bewegte, verlor ich mehr von mir an seinen Körper und mein Verstand wurde komplett von dem unglaublichen Gefühl eingenommen, das sich mit jedem Stoß weiter aufbaute und intensivierte. Es dauerte nicht lange, bis sich mein ganzer Körper anfühlte, als würde er vor Ekstase brennen. Mit jedem Stoß, mit dem seine Erektion mich ganz ausfüllte, kam ich näher an den Punkt, die Kontrolle zu verlieren.

»Ich liebe dich, Persephone«, keuchte er. Ich ließ mich völlig gehen und der Orgasmus rollte durch meinen Körper hindurch. Er schrie auf und verkrampfte sich, und ich presste mich gegen ihn, küsste ihn hart, während er kam, wobei mein Inneres immer noch von Wellen der Lust überschwemmt wurde. Langsam beruhigte sich das Wasser um uns herum und Hades schob seine Hand in mein Haar und drückte meine bebende Brust an seine. Ich erschauderte.

»Du bist für mich gemacht«, sagte ich atemlos.

»Ja«, sagte er und küsste mich sanft. Er hob mich an und stellte mich zurück auf unsichere Füße. Meine Knie zitterten und ich war mir nicht sicher, ob sie mich halten würden. »Ja, Persephone. Wir sind füreinander geschaffen.«

~

Er führte mich zur Wand mit den Wasserfällen, wo wir duschten, uns einseiften und gegenseitig die Körper streichelten wie gierige Teenager. Als wir fertig waren, trug er mich zurück in sein Schlafzimmer und legte mich sanft auf das riesige Himmelbett.

Ich schaute mich neugierig in seinem Zimmer um. Wie das von Hekate war es dunkel und elegant und mit imposanten Möbeln aus dunklem Holz und weichen schwarzen Stoffen eingerichtet. Doch als ich mich zurücksinken ließ und an die Decke sah, stieß ich einen kleinen überraschten Schrei aus. Anstelle der sternenübersäten Felsdecke wie in meinem Zimmer, leuchtete seine Decke mit goldenen Ranken.

»So denke ich immer an dich. Es ist das Letzte, das ich sehe, bevor ich einschlafe und das Erste, wenn ich wieder aufwache«, sagte er und legte sich neben mich.

»Wie konnte ich so viele Jahre nicht einmal wissen, dass es dich gibt?«, murmelte ich und strich mit einem Finger über seinen stoppeligen Kiefer.

»Es tut mir leid«, sagte er.

»Du musst aufhören, dich zu entschuldigen. Ich habe dir verziehen.« Und es stimmte. Ich hasste noch immer hunderte von Dingen an der Welt des Olymps. Doch ich war mir sicher, dass was auch immer Hades getan hatte, er hatte es für mich getan.

»Ich verspreche dir, dass ich dich nie wieder gehen lassen werde«, sagte er und in seiner Stimme hallte eine rohe Intensität mit.

»Gut«, sagte ich und ein Glücksgefühl entfaltete sich in meiner Brust. »Um wieder zur Tagesordnung überzugehen, ich glaube, du sagtest, du wolltest mich verehren?«

»Dein Wunsch ist mir Befehl, meine Königin«, sagte

er und der gierige Schimmer trat ihm wieder in die Augen.

Mit einer geschmeidigen Bewegung hatte er sich auf mich gerollt. Das Gefühl seiner heißen Haut machte mich ganz kribbelig vor Aufregung. Ich starrte hinauf zu seinem schönen, göttlichen Körper und er leckte sich langsam über die Lippen. Ich wand mich unter ihm.

»Ich erinnere mich, dass du auch etwas darüber gesagt hast, dass ich meinen eigenen Namen vergessen werde«, brachte ich hervor.

»Oh warte nur ab. Ich mache nie halbe Sachen«, antwortete er und senkte den Kopf. Er nahm meine Brustwarze in den Mund, knabberte und saugte und ich wölbte mich ihm entgegen. Ich war sofort wieder bereit für ihn. Er küsste an meinem Bauch hinab und die feuchten Spuren seiner Küsse hinterließen ein brennendes Begehren auf meinem Körper. Nach einer Ewigkeit erreichte er den Punkt, an dem meine Schenkel zusammentrafen, doch er wurde langsamer in seinen Küssen. Seine Zunge neckte mich und er küsste und knabberte an den Innenseiten meiner Oberschenkel. Er kam meiner Mitte immer wieder gefährlich nahe, doch berührte sie nie mit mehr als einem federleichten Zungenschlag.

»Bitte«, keuchte ich und seine schönen Augen blitzten auf, bevor sich seine Zunge schließlich genau zwischen meinen Beinen niederließ. »Oh, bei den Göttern«, stöhnte ich, ließ mich zurücksinken und von meiner Lust verzehren.

Er hatte recht gehabt. Ein paar Minuten später hätte ich niemandem meinen Namen sagen können, selbst wenn mein Leben davon abgehangen hätte.

FÜNF

PERSEPHONE

Wir fielen wieder und wieder übereinander her. Wir konnten einfach nicht genug voneinander bekommen. Jedes Mal, wenn mir ein unangenehmer Gedanke an den Tartarus oder die Tribunale durch den Kopf ging, küsste ich ihn, anstatt meine Ängste zu äußern, und er küsste mich, als gäbe es nichts auf der Welt, was wichtiger wäre. Er gab mir das Gefühl, liebenswert zu sein. Er gab mir das Gefühl, tausendmal wertvoller zu sein, als ich mich die meiste Zeit meines Lebens gefühlt hatte. Er gab mir das Gefühl, eine Königin zu sein. Und es stellte sich heraus, dass ein Gott zu sein mehr Vorteile hatte als nur den atemberaubenden Sex. Wenn wir hungrig oder durstig waren, schnippte er mit den Fingern und was immer wir wollten, erschien aus dem Nichts. Wenn ich mich nach Kaffee und Kuchen sehnte, ließ er ein Tablett vor mir erscheinen.

»Weißt du, wir werden uns bald den anderen Göttern stellen müssen«, sagte ich und hob eine Tasse köstlichen Kaffees an meine Lippen.

»Die können mich mal«, antwortete Hades und seine

Augen blitzten gefährlich auf. »Du bleibst hier, egal, was sie sagen.«

»Dann musst du versuchen, diplomatisch zu sein. Werden sie den Rest der Tribunale schwieriger für mich machen?«

»Wahrscheinlich, ja. Aber du musst gewinnen.«

»Und was, wenn nicht?« Ich wollte die Frage nicht stellen, aber ich musste es. »Was ist, wenn ich verliere? Werden sie mich dann zurückschicken?«

»Ich weiß es nicht, aber ich würde gezwungen sein, Minthe zu heiraten.« Sofort flammte Wut in mir auf und ich spürte, wie schwarze Ranken in meinen Handflächen erschienen.

»Das kommt gar nicht infrage«, zischte ich.

»Dann musst du gewinnen.« Er beugte sich vor und nahm meine Hand und ich zwang mich, meine Augen auf die seinen zu richten, statt auf seinem göttlichen nackten Körper.

»Okay. Kein Druck also«, sagte ich. Plötzlich kam mir ein Gedanke. »Ich wurde nach dem letzten Versuch nicht gerichtet.«

»Nein. Das muss nachgeholt werden.« Er atmete lautstark aus und schlang seine Finger um meine. »Persephone, du musst vorsichtig sein. Wir wissen immer noch nicht, wer hinter diesen makabren Aktionen steckt oder wie du im Tartarus gelandet bist. Zeus schwört, dass er dich in sein eigenes Reich schicken wollte und ich glaube ihm. Selbst er ist nicht so dumm, solche Spielchen zu spielen. Nicht wenn die Zukunft des Olymps gefährdet ist.«

»Du wirst mich für den Rest der Tribunale in mein Zimmer sperren, nicht wahr?«, sagte ich mit einem traurigen Lächeln.

»Weit gefehlt, meine Liebe. Ich werde dich in mein Zimmer sperren«, grinste er.

»Na, das klingt doch gar nicht so schlecht.« Ich stellte meine Kaffeetasse auf dem Nachttisch ab und begann ihn zu küssen, doch dann wurden wir plötzlich unterbrochen.

»Hades! Du wirst im Olymp gebraucht. Sofort!« Die Stimme schallte durch das Schlafgemach und wir sprangen beide auf. Hades Gesicht verfinsterte sich.

»Nur einer kann das tun«, knurrte er. »Keiner der anderen kann meinen Schutzwall überwinden.«

»Zeus?«, mutmaßte ich und schluckte. Hades nickte. »Weiß er, dass ich hier bin?«

»Möglicherweise. Wir werden zusammen gehen.«

Wir zogen uns schnell an und Hades zauberte mir meine Kampfmontur herbei. Ich drückte seine Hand fest, als er mich fragte, ob ich bereit sei. Ich nickte und mit einem hellen Blitz erschienen wir in Zeus Thronsaal, hoch oben auf dem Olymp.

Zeus hatte nicht gewusst, dass ich zurück war. Das war deutlich aus dem schockierten Gesichtsausdruck des Götterfürsten zu erkennen. Er war riesig und saß auf seinem Thron. Violettes Licht funkelte um ihn herum und ein Gewitter blitzte in seinen Augen. Es war fast schmerzhaft, ihn anzusehen und ich erkannte mit Schrecken, dass er auf einen Kampf mit seinem Bruder vorbereitet war.

»Was macht sie hier?«, brüllte der Gott des Himmels.

»Sie wird die Tribunale beenden«, sagte Hades und ließ meine Hand los. Auch er schwoll zu einer haushohen Größe an. Blassblaues Licht begann um ihn herum zu schimmern und ich schaute zwischen ihm und Zeus hin und her. Ich zitterte vor Angst und Besorgnis. Ein Kampf zwischen diesen beiden würde epische Ausmaße einnehmen. Und wahrscheinlich wäre er tödlich für jeden, der kein Olympier war.

»Ich habe gehört, du hast den Tod von sechzig Bürgern verursacht. Ich verlange eine Erklärung.« Ein ungutes Gefühl machte sich in meinem Magen breit. Hades hatte sechzig Menschen getötet? *Nein, das war das Monster gewesen. Nicht er. Er wird nie wieder die Kontrolle verlieren, wenn du bei ihm bist.* Ich klammerte mich an diesen Gedanken.

»Ich weiß nicht, woher du diese Information hast, aber was ich mit Gefangenen in meinem Reich mache, geht dich nichts an«, spuckte Hades.

»Alles, was du tust, geht mich inzwischen etwas an, Bruder. Man kann dir nicht trauen.« Zeus Augen verengten sich und seine Stimme war voller Bosheit.

»Du hast sie hierher zurückgebracht, Zeus. Du hast das angefangen und wirst es jetzt zu Ende führen. Ich fordere das Urteil des letzten Tribunals ein.« Die Endgültigkeit der Forderung war unverkennbar. Die beiden Götter starrten sich an und die Luft zwischen ihnen knisterte vor Spannung. Ich suchte nach einer Möglichkeit zu helfen, aber dann sprach Zeus.

»Ich stimme dir zu, dass sie die Tribunale beenden sollte. Ruf die Richter.«

Ich blinzelte und mir fiel die Kinnlade herunter. Hades erstarrte neben mir und begann langsam auf seine übliche Größe zu schrumpfen.

»Ich hätte nicht erwartet, dass er so schnell aufgibt. Was ist hier los?« Ich schickte den Gedanken stumm zu Hades und er drehte sich mir zu.

»Zeus kann in seinem Reich alles hören, was wir auf

diese Weise sagen«, antwortete er in Gedanken. Ich schaute Zeus erschrocken an und er lächelte.

»Mein Reich, meine Regeln«, sagte er achselzuckend und verwandelte sich in den Typen aus dem Café. Mit einer Armbewegung breitete sich sein Podest aus und elf weitere Throne erschienen. Dann tauchten mit einem weiteren Blitz die anderen Götter auf.

Ich konnte nicht anders, als Poseidon zuerst anzuschauen, dessen Gesicht sich vor Wut verdunkelte, als er mich sah. »Was macht sie noch hier? Ich dachte, du hättest sie zurückgebracht?«, zischte er.

»Sie wird die Tribunale beenden«, sagte Hades und hielt Poseidons wütendem Blick stand. Mit einem Knurren setzte sich Poseidon hin. Hades warf mir einen beruhigenden Blick zu, dann schritt er zu seinem eigenen Thron am Ende der Reihe.

»Das ist Wahnsinn, Hades«, rief Poseidon ihm nach.

Ich konnte dem Meeresgott nur recht geben. An seiner Stelle würde ich die Person, die dazu benutzt werden konnte, die Welt zu zerstören, auch loswerden wollen.

Jetzt, da ich nicht mehr eingehüllt in die benebelnde Glückseligkeit unter Hades muskulösem Körper war, musste ich mich der Realität stellen.

Jemand hatte mich absichtlich zu Cronos in den Tartarus geschickt. Wer immer es gewesen war, musste wissen, dass Cronos durch meine Kraft entkommen und das Reich der Jungfrau zerstören konnte. Und wenn das Reich der Jungfrau fiel und Cronos frei war, würde auch der Rest des Olymps zerstört werden. Mit Sicherheit war der Kreis derer, die über dieses Wissen verfügten, klein? Ich schaute jeden der Götter der Reihe nach an und versuchte, mir mein Misstrauen nicht ansehen zu lassen.

Als mein Blick auf Zeus landete, erinnerte ich mich daran, dass er, solange ich auf dem Olymp war, meine Gedanken lesen konnte. Ich hielt seinem Blick stand und beschwor den Gedanken herauf, wie ich ihm ins Gesicht schlug und meine Faust wiederholt auf seiner Nase landete. Er lachte glucksend auf.

»Guten Tag, Damen und Herren des Olymps! Aufgrund einer unerwarteten Wendung waren wir nicht in der Lage, Persephones letzte Prüfung auszustrahlen und die Beurteilung hat sich etwas verzögert. Aber wir sind jetzt mit der kleinen Persephone selbst hier und die Richter sind bereit ihr Urteil abzugeben!«

Meine Reben juckten mir in den Handflächen. Der nervige Kommentator strahlte mich vom Fuße des Podiums aus an. Ich warf ihm einen bösen Blick zu und drehte mich zu den Richtern um, die hinter mir erschienen waren. Für einen Moment war ich von dem atemberaubenden Anblick auf die Wolken hinter ihnen abgelenkt, aber die Stimme des Kommentators durch-brach die ehrfürchtige Stille.

»Radamanthus?«

»Du wirst einen Punkt verlieren.« Wut kochte in mir hoch. Es war nicht meine verdammte Schuld, dass ich Zeus Prüfung nicht beenden konnte. Warum sollte ich dafür einen Samen verlieren?

»Aeacus?«

»Du wirst einen Punkt verlieren«, sagte der blasse Richter und nickte ernst. Ich biss die Zähne zusammen.

»Minos?«

»Du verlierst einen Punkt, Persephone.« Ich hätte schwören können, dass in den klugen, dunklen Augen des letzten Richters der Hauch einer Entschuldigung lag. Ich starrte ihn trotzdem wortlos an, bis er mit den anderen beiden Richtern verschwand. Die Samenschachtel erschien plötzlich in meiner Hand. Ich hatte vier Punkte gewonnen, sie gegen Samen eingetauscht und zwei von ihnen gegessen. Ich seufzte und öffnete die Schachtel langsam. Einer der beiden verbliebenen Samen vibrierte in der Schachtel, dann verschwand er.

Wenigstens hatte ich meine Kraft nicht verloren, sagte ich mir. Und es lagen noch drei Tribunale vor mir. Minthe hatte die Tribunale mit fünf Punkten beendet und ich hatte noch drei. Wenn ich alle meine verbleibenden Tribunale gewinnen würde, könnte ich immer noch Königin werden. Ich *musste* gewinnen. Ich konnte auf keinen Fall zusehen, wie Hades eine andere Frau heiratete, schon gar nicht Minthe. Allein der Gedanke an sie in seinem Bett machte mich krank. Ein brennendes Gefühl der Ungerechtigkeit breitete sich in mir aus. Ich schüttelte den Kopf und versuchte, mich zu konzentrieren.

»Die reizende Persephone verliert einen Punkt. Jetzt hat sie nur noch drei. Morgen werden wir herausfinden, was ihr als Nächstes bevorsteht, zu Beginn der dritten Runde der Hades Tribunale!«

Der Kommentator strahlte mich an und die Welt löste sich in einem weißen Blitz auf.

Ich sah mich blinzelnd in meinem Zimmer um. Erleichterung durchströmte mich, als ich Hades neben mir stehen sah.

»Hey, warum konntest du uns nicht einfach so aus dem Tartarus herausblitzen?«, fragte ich und drehte mich zu ihm um. »Warum musste ich dich berühren?«

»Weil ich alle Kraft, die ich hatte, dafür verwendet habe, Cronos zurückzuhalten. Meine Kraft konnte dich nicht erreichen.« Seine Stimme war hart und wütend und ich stellte mich auf die Zehenspitzen, um seine Wange zu küssen. Sein Gesichtsausdruck wurde sofort weicher.

»Danke jedenfalls, dass du mich gerettet hast.«

Er legte seine Hand an mein Kinn und neigte meinen Kopf, so dass ich ihn ansah. Doch gerade als er sich vorbeugte, um mich zu küssen, durchbrach eine männliche Stimme die Stille.

»Persy, was zum Teufel ist hier los?« Ich drehte mich um und sah meinen Bruder durch meine Schlafzimmertür stürmen. Sein Gesicht war weiß und eine verärgert aussehende Hekate war ihm auf den Fersen.

»Du hast deine Ankunft im Olymp viel besser verkraftet als er«, sagte sie und folgte Sam ins Zimmer. Sie hielt die Tür einen Moment lang hinter sich offen. Skop hüpfte in den Raum und ein Lächeln breitete sich auf meinem Gesicht aus. Hekate trat die Tür zu und verschränkte die Arme vor der Brust. Sams Augen flogen zwischen dem kleinen Hund und Hades hin und her.

»Hey Skop!«, rief ich, als der Kobaloi auf das Bett sprang und wild mit dem Schwanz wedelte.

»Bin ich froh, dass Sie wieder da sind, Fräulein. Hades war so ein Arsch, Sie wegzubringen.«

»Danke, Skop. Ich bin auch froh wieder da zu sein, aber es war nicht Hades Schuld«, sagte ich leise. »Wir haben uns versöhnt.« Ich konnte die Hitze nicht von meinen Wangen vertreiben und Skop bellte laut.

»Ihr habt gebumst! Na endlich!«

»Persy!« Sams eindringliche Worte lenkten meine Aufmerksamkeit wieder auf ihn zurück. Er und Hades starrten sich an und immer mehr schwarzer Rauch quoll aus Hades hervor.

»Nein, nicht der Rauch schon wieder!«, sagte ich schnell und legte meine Hand auf seinen Arm. »Bitte, lass ihn dich sehen. Er ist mein Bruder. Das ist Sam.« Ich sah Sam an. »Und das ist Hades.«

Sam bewegte ein paar Mal seinen Mund, aber es kam nichts heraus außer einem Gurgeln.

»Das ist Skop, und Hekate hast du ja schon kennengelernt«, fuhr ich fort. Ich hatte ein schlechtes Gewissen, weil ich mich stundenlang mit Hades verkrochen und meinen Bruder irgendwo in der Unterwelt mit Fremden alleingelassen hatte. Obwohl es ihm irgendwie recht geschah, weil er mir nicht geglaubt hatte.

»Ähm«, sagte er schließlich.

»Schön, dich kennenzulernen«, sagte Hades steif.

»In meiner Welt geben wir uns die Hand«, forderte ich.

»Ich bin Gott und der König dieses Reiches«, sagte er und sah mich an. »Leute verbeugen sich vor mir. Ich schüttele ihnen nicht die Hand.«

»Ich weiß. Aber er ist mein Bruder. Wir müssen versuchen, es ihm leicht zu machen. Es ist schon schwierig genug für ihn plötzlich hier zu sein.«

Hades schaute von mir zu Sam und streckte dann zögerlich die Hand aus. Sam sah sie ein paar Sekunden lang an, dann stolperte er nach vorn und ergriff sie.

»Du hast die Wahrheit gesagt«, flüsterte er und sah mich an.

»Jup«, nickte ich.

»Heißt das, du hast wirklich magische Kräfte?« Seine Stimme war voller Ehrfurcht und ich sah Hekate an.

»Wie viel hast du ihm erzählt? Ich hätte gedacht, dass er sich inzwischen zumindest ein bisschen an den Olymp gewöhnt hat.«

»Ich habe ihm gar nichts erzählt. Er hat mich genervt, also habe ich ihn mithilfe von Hypnose in einen magischen Schlaf versetzt.« Sie zuckte mit den Achseln. Ich schloss die Augen und biss meinen Kiefer zusammen. Hades ließ Sams Hand fallen.

»Hekate, ich bin ja froh meinen Bruder zu sehen, aber warum hast du ihn hierher mitgebracht?«

»Er sagte, ich sei unverschämt heiß.«

»Das ist kein Grund einen Sterblichen in die Unterwelt zu bringen«, sagte Hades.

»*Es ist ein verdammt guter Grund*«, sagte Skop.

Ich seufzte. Als ob ich nicht schon genug um die Ohren hätte.

SECHS

PERSEPHONE

Ich bat Hades, etwas Nektar herbeizuzaubern und als Sam erst einmal saß und ein paar Schlucke des stärkenden Getränks getrunken hatte, war es viel einfacher, mit ihm zu reden. Ich konnte nicht anders als mich über das Erstaunen im Gesicht meines großen Bruders zu freuen, als ich ihm meine Reben zeigte. Normalerweise beeindruckte Sam mich. Er hatte einen tollen Job als App-Entwickler ergattert, nachdem er sich die Kompetenzen autodidaktisch beigebracht hatte. Sam hatte meinen Eltern ihren Lebenstraum, in einem Wohnmobil durchs Land zu reisen, ermöglicht.

Aber so sehr ich ihn auch dafür liebte, konnte ich nicht leugnen, dass es sich gut anfühlte, zur Abwechslung mal der beeindruckende Geschwisterteil zu sein.

Ich zeigte ihm, wie die Reben ihre Farbe veränderten und erzählte ihm vom Wintergarten und wie ich Pflanzen züchten konnte. Doch ich ließ den Teil über meine Goldreben aus. Ich wollte nicht mit meinem Bruder über magischen Sex sprechen.

Ich erzählte ihm von den bisherigen Tribunalen und Hades Gesicht verfinsterte sich vor Wut, je mehr ich sprach. Sam stand das Entsetzen ins Gesicht geschrieben. In Anwesenheit von Hekate und Skop wollte ich nicht erwähnen, was Hades mir über Cronos und den Tartarus erzählt hatte. Ich war mir nicht sicher, ob sie davon wissen durften. Ich war mir nicht sicher, ob ich wollte, dass sie davon wussten, dass ich eine wandelnde Zeitbombe war, die ihre Welt zerstören konnte.

»Also... Jetzt musst du noch drei Prüfungen bestehen und sie alle gewinnen, um Hades zu heiraten?«

»Ja.«

»Und...« Seine Augen huschten zwischen mir und Hades hin und her. »Willst du ihn heiraten?«, flüsterte er.

Ich spürte, wie eine Welle der Hitze von Hades ausging und konnte mein Lächeln nicht unterdrücken. Was um alles in der Welt glaubte Sam tun zu können, um Hades aufzuhalten, selbst wenn ich ihn nicht heiraten wollte? Aber ich liebte ihn dafür, dass er fragte.

»Die Tribunale zu gewinnen, ist sicherlich die beste Option, die ich im Moment habe. Wenn ich gewinne, habe ich wenigstens eine Wahl«, sagte ich vorsichtig. Mehr Hitze stieß von Hades ab.

»*Weißt du, ich habe gerade erst entschieden, dass ich in dich verliebt bin. Du kannst nicht einfach davon ausgehen, dass ich dich jetzt schon heiraten will*«, sagte ich zu Hades in Gedanken. Mein Tonfall war scherzhaft, aber es lag ein Funken Wahrheit in den Worten. Von ihm getrennt zu sein, wäre schlimmer als der Tod. Es wäre eine Qual. Aber ich hatte buchstäblich gerade erst zum ersten Mal mit ihm geschlafen. Heiratsverpflichtungen schienen ein wenig verfrüht.

»*Du bist mein*«, sagte Hades in meinem Kopf.

»*Ja. Mit Leib und Seele*«, antwortete ich. Die Luft kühlte ab. »*Aber wo ich herkomme, beansprucht man Menschen nicht einfach für sich, wenn man sie heiraten will. Wir sollten das später besprechen.*«

»*Gut*«, grunzte er.

»Sam, jetzt, da du weißt, dass ich in Sicherheit bin, denke ich, dass Hekate dich besser zurück nach New York bringen sollte«, sagte ich und setzte mich neben ihn aufs Bett. Ich sah Hekate eindringlich an.

»Auf keinen Fall! Du bist jetzt in Sicherheit, aber du hast noch drei weitere dieser Prüfungen zu bestehen!«

»Und wie willst du mir helfen?«, fragte ich ihn sanft. »Du bist hier in größerer Gefahr als ich. Du hast keine Kräfte.«

»Ich überlasse dich nicht diesen Wahnsinnigen«, sagte er hartnäckig. Eine weitere Welle der Hitze rollte von Hades ab.

»Sam, du könntest gegen mich verwendet werden. Bei meinem ersten Versuch haben sie Skop fast getötet, weil sie wussten, dass ich mich um ihn sorgte. Stell dir vor, was sie mit meinem Bruder machen würden.«

»Ich passe schon auf mich auf.«

»Nein, kannst du nicht. Als wir das erste Mal hier ankamen, verursachte der Anblick von Hades in seiner Göttergestalt einen Blackout bei dir. Es hat mich fast umgebracht, bevor ich meine Kraft hatte.«

»Er hätte dich fast umgebracht?« Sam starrte mich an. »Und du ziehst es verdammt nochmal in Betracht, ihn zu heiraten?«

»So einfach ist das nicht!«

»Persy, ich bleibe hier. Wenn ich dir schon nicht bei

den Prüfungen helfen kann, dann kann ich dir wenigstens ins Gewissen reden.« Er verschränkte die Arme und sah mich grimmig an.

Ich seufzte. Hades war unheimlich still. Ich drehte mich zu ihm um.

»Kann er eine Weile hierbleiben?« Hades sah mich ruhig an, aber der Ausdruck seiner silbernen Augen war angespannt. Dann wandte er sich abrupt an Hekate.

»Du hast dieses Chaos verursacht. Es ist deine Verantwortung, es wieder gerade zu biegen«, sagte er. Ich öffnete meinen Mund, aber er fuhr fort. »Persephone wird zu mir umziehen. Er kann dieses Zimmer haben. Wenn er es auch nur einmal ohne dich verlässt, gebe ich deinen Job diesem verdammten Schädel, den du bei dir rumstehen hast.«

»Ja, Chef«, sagte Hekate und funkelte mich mit einem bösen Grinsen an.

Mein Bruder stammelte etwas Unverständliches und meine Wangen erhitzten sich.

»Du schläfst bei ihm«, flüstere Sam und sah mich ungläubig an.

»Klaro«, sagte ich, aber meine Stimme klang unangenehm hoch.

Das muss die schlimmste Bruder-Freund-Vorstellung aller Zeiten gewesen sein.

Die neue Wohnsituation führte zu einer Reihe von Streitigkeiten.

Sam weigerte sich, allein in einem fensterlosen Schlafzimmer eingesperrt zu werden. Hekate gab schließlich auf und erlaubte ihm, auf ihrem Sofa zu schlafen. Keiner von uns sagte ihm, dass es in ihren Zimmern auch keine Fenster gab.

Hades davon zu überzeugen, Skop bei sich schlafen zu lassen, war eine noch schwierigere Aufgabe. Der kleine Hund machte es mir auch nicht leichter, indem er mir die ganze Zeit Beleidigungen über den König der Unterwelt an den Kopf schleuderte, während ich Hades anflehte, ihn mit mir kommen zu lassen.

»Er ist der Spion eines anderen Gottes, Persephone. Du weißt nicht, wie viel du von mir verlangst«, sagte Hades verärgert.

Schuldgefühle erfüllten mich, als ich mich daran erinnerte, dass Hekate mir erzählt hatte, wie wichtig es Hades war, die Geheimnisse seines Reiches vor den anderen Göttern zu bewahren.

»Aber er ist mein einziger Freund hier und er hat geholfen, mein Leben zu retten«, sagte ich. »Außerdem weiß er jetzt schon eine Menge über dein Reich. Es ist ja nicht so, dass er die ganze Zeit bei dir ist. Er wird bei mir bleiben und ich darf nirgendwo hingehen und nichts tun.«

»*Nein. Absolut nicht. Ich will so wenig Zeit wie möglich mit ihm verbringen*«, sagte Skop in meinen Gedanken.

»*Du hast Glück, dass er das Gedankenlesen verbietet. Benimm dich jetzt!*«, schnauzte ich den Kobaloi an.

»Er muss im Vorzimmer schlafen und er darf keines unserer Gespräche hören«, knurrte Hades schließlich.

»Danke!«, quietschte ich und schlang meine Arme um seinen Hals. Seine angespannten Schultern lockerten sich und mein Bruder stieß einen erstickten Laut aus.

»Gern geschehen«, sagte Hades, aber es klang nicht so, als ob er es ernst meinte. »Nun muss ich leider gehen. Ich habe meine Pflichten vernachlässigt und muss mich um vieles... kümmern.«

Ich konnte das Schuldgefühl und den Schmerz in seinem Gesicht sehen. Ich spürte seine Scham durch unsere Verbindung hindurch und mein Herz schmerzte. Er konnte den Folgen seines Zorns nicht entkommen.

Hatte er mich davor bewahrt, mich den meinen zu stellen, als ich aus dem Fluss Lethe getrunken hatte und vergessen durfte, was auch immer ich getan hatte? Neuaufwallende Frustration trübte meinen Geist. Ich freundete mich mit dem Gedanken an, dass Hades recht hatte, dass ich besser dran war, wenn ich nicht wusste, was ich in der Vergangenheit getan hatte. Ich hatte schon genug Scheiße am Hals, mit den Tribunalen und meinen Sorgen um Cronos und den Tartarus. Musste ich wirklich mehr wissen? Was würde es mir bringen?

Wie kannst du im Ungewissen bleiben, wozu du fähig bist? Natürlich musst du es wissen. Dieser Gedanke war unausweichlich und bestand aus einer Mischung aus Angst und Gerechtigkeitssinn. Ob ich für meine Taten bestraft oder vergeben werden musste, beides war wichtig.

»Kerato wird sich bald regeneriert haben«, sagte Hekate und ein erleichterter Laut entfuhr mir, als ihre Worte meine Gedanken durchschnitten. Der Minotaur würde überleben.

»Richte ihm meinen Dank aus, ja?«, sagte ich zu Hades.

»Natürlich. Wir sehen uns in ein paar Stunden.« Er beugte sich hinunter und küsste mich sanft. Dann verschwand er. Ich fühlte einen Schmerz des Verlustes, aber unsere Verbindung flammte heiß in mir auf. Es fühlte sich beruhigend an, ihn in mir spüren zu können. Ich drehte mich zu Sam um und war fest entschlossen, mich von den unzähligen Sorgen, die mir im Kopf herumschwirrten, abzulenken.

»Es gibt ein paar Dinge, die du über die Unterwelt wissen solltest. Hekate? Hilfst du mir?«

Hekate hatte gerade begonnen, Sam von den zwölf Reichen zu erzählen, als die Welt um mich herum aufblitzte.

Panik erfasste mich. Jeder zerfetzte Teil von mir erwartete, dem schäumenden Fluss des Tartarus gegenüberzustehen und meine Ranken rissen von meinen Handflächen, bevor das Licht überhaupt aus meinen Augen verschwunden war.

Doch die Szene, die sich vor mir abzeichnete, war überhaupt nicht dunkel und bedrohlich.

Der Anblick war hell, warm und luftig. Und wunderschön.

»Zeus?«

Ich war in Zeus Frühstücksraum.

»Versuch ja nicht, diese Ranken gegen mich einzusetzen«, ertönte seine Stimme hinter mir. Ich wirbelte herum und zuckte zusammen. Er war oben ohne und hatte die Gestalt des älteren, würdevollen Mannes eingenommen, in der ich ihn schon ein paar Mal gesehen hatte.

Er sah viel besser aus als in der Form des blonden Schönlings. Wären sein kantiges Gesicht, die Muskelstränge auf seiner Brust und die straffen Bauchmuskeln nicht genug, um mir den Atem zu verschlagen, war da noch das Funkeln in seinen Augen. Er triefte vor Lust und Sex. Sex strömte ihm aus jeder Pore seines Körpers.

»Stopp. Sofort. Hör auf. Mir wurde gesagt, dass Götter das nicht tun dürfen«, sagte ich.

»Ich habe keine Ahnung, was du meinst«, sagte er und trat näher an mich heran.

Ich trat einen Schritt zurück.

»Ich habe dich hierhergebracht, um mit dir zu sprechen. Über Angelegenheiten von großer Wichtigkeit.« Er leckte sich über die Lippen und meine Brust hob sich. *Konzentrier dich, Persephone!*

»Du hast mir gesagt, dass du willst, dass ich gewinne, als ich das letzte Mal hier war. Warum?«

»Weil mein Bruder nicht mehr der Gott ist, der er einmal war. Die Unterwelt hat ihn verändert.«

»Das hast du ihm angetan, nicht die Unterwelt!«

»Wir alle haben unsere Bürden zu tragen, Persephone. Glaubst du, es ist leicht für mich, den Himmel zu kontrollieren?«

»Ich glaube nicht, dass es so schwer ist, wie die Toten zu kontrollieren«, erwiderte ich. Zeus legte den Kopf schief und betrachtete mich.

»Ich gebe zu, dass das Reich des Löwen Vorteile gegenüber dem Reich der Jungfrau hat«, sagte er schließlich. »Komm mit mir.« Er streckte mir die Hand entgegen. Ich schüttelte den Kopf.

»Nein.« Mein linker Fuß bewegte sich gegen meinen Willen. »Bastard«, knurrte ich.

»Ich werde dich nicht dazu zwingen, mehr zu tun, als deine Füße zu bewegen, meine kleine Göttin«, lächelte er, dann ergriff er meine Hand. Mit einem weiteren Blitz waren wir vom Berg verschwunden und standen stattdessen auf

Holzplanken. Der Wind rauschte plötzlich über mich hinweg und wehte mir das Haar ums Gesicht. Ich sah mich um und stolperte. Wir befanden uns auf einem Schiff, und die Segel, die sich vor mir wölbten, glänzten metallisch. Wolken flogen zu beiden Seiten an uns vorbei. Spiralen aus glitzerndem Staub zogen korkenziehend durch den Himmel.

Ein überwältigendes Gefühl von Freiheit erfüllte mich und ich streckte meine Arme aus. Wir schwebten durch den Himmel und ich ergötzte mich an dem Gefühl des Windes auf meiner Haut. Es fühlte sich an, als würden meine Sorgen im kühlen Wind von mir abperlen. Die Vergangenheit, die Zukunft und alles, was dazwischen lag, verblassten. Alles was zählte, was dieser Moment.

Abrupt erschien ein weiterer Blitz und der Wind hörte auf zu wehen. Ich materialisierte in einem Hofgarten. Ich starrte zu einem unglaublichen Spalier hinauf, das mit Rosen in allen erdenklichen Farben bedeckt war. Die Dornen glänzten golden.

»Wunderschön, nicht wahr?«

»Ja«, hauchte ich und drehte mich um.

Zeus stand vor einem großen Springbrunnen, Libellen in der Größe von Vögeln flogen über seinem Kopf hinweg. Ich konnte den Olymp hinter ihm sehen. Fliegende Schiffe umkreisten ihn.

»Wo sind wir?«

»In einer der Villen, die den Olymp umgeben. Du hast sie erschaffen.«

»Was?«

»Die Golddornrosen. Du hast sie erschaffen.« Ich blinzelte ihn an und er lachte leise. »Der Olymp mag dich vergessen haben, Persephone, aber du hast ein

Vermächtnis hinterlassen, das tiefer ist, als selbst Hades weiß.«

»Warum hast du mich hierhergebracht?«

»Du musst wissen, dass die Unterwelt nicht der einzige Ort ist, der dich willkommen heißen würde.«

Ich sah ihn stirnrunzelnd an.

»Du versuchst… dich mit mir anzufreunden?«

»Du bist nicht dazu bestimmt, unter der Erde zu leben, Persephone. Du wurdest aus dem Licht und der Natur geboren. Nicht der Dunkelheit und dem Tod.«

Trotz der Ruhe, die mich hier umgab, begann die Angst an mir zu nagen. Er hatte recht. Egal, was ich für Hades empfand, ich konnte nicht im Reich der Jungfrau leben. Ich konnte nicht in der Dunkelheit leben, mit nichts als karger Landschaft statt lebendiger Natur.

»Willst du mir sagen, dass ich solche Orte besuchen kann, wenn ich die Königin der Unterwelt bin?«, fragte ich mit einem mulmigen Gefühl im Magen. Das war nicht das, was er mir sagen wollte und ich wusste es.

»Nein, Persephone. Was ich dir sagen will ist, dass du nie dazu bestimmt warst, Königin der Unterwelt zu sein. Königin, ja. Aber nicht die der Toten.«

»Ich liebe Hades«, sagte ich. Die Worte flogen mir automatisch über die Lippen.

»Daran zweifle ich nicht. Aber das ändert nichts an der Tatsache, dass man in der Unterwelt nicht leben kann. Sieh dir an, was es mit Hades gemacht hat. Und er ist viel, viel stärker, als du es je sein wirst.«

Nein… Nein, ich musste mit Hades zusammen sein. Aber er war an das Reich der Jungfrau gebunden. Er konnte von dort nicht weg. Würde die Unterwelt auch mich in ein Monster verwandeln? War es das, was vorher passiert war? Die Geschichte von Hekate kam mir in den Sinn.

»Ich kann etwas opfern, etwas Wichtiges, um meine Seele zu retten«, sagte ich schnell.

»Und dein ganzes Leben lang so unglücklich sein wie diese Titanen-Hexe?« Zeus Stimme war leise und er kam mir näher. »Wenn du es mir erlaubst, Persephone, kann ich dich zu so viel mehr machen.«

SIEBEN

PERSEPHONE

Zeus Magie umwehte mich, wie der süße Duft der Rosen und zusammen mit der sanften Brise und der Wärme, die von seinem Körper ausging, verdrehte er meine rationalen Gedanken.

»Mehr als was?«, fragte ich und mein Puls raste. »Was könntest du aus mir machen?«

»Alles, was du willst. Eine Göttin ohne Zwänge, eine Göttin, die im Licht lebt.« Seine Worte waren wie eine Liebkosung und ich sah wie hypnotisiert in seine violetten Augen.

»Eine Göttin, die im Licht lebt«, wiederholte ich atemlos. Könnte ich überhaupt anders leben? Ich konnte und wollte mein Leben nicht in der Dunkelheit verbringen. Hades Worte schossen mir durch den Kopf. »*Man kann ein so helles Licht nicht in der Dunkelheit halten.*«

Aber ich konnte auch nicht ohne Hades leben. Verwirrung durchströmte mich und die schreckliche Erkenntnis legte sich wie ein schweres Gewicht auf meine Brust und drohte mir den Atem abzuschneiden.

Das war der Grund, warum mich der Gedanke an eine Heirat so verunsichert hatte. Das war der Grund, warum mein Kopf sich weigerte, eine Zukunft mit Hades zu verarbeiten und die Entscheidung auf die Zeit nach den Tribunalen verschob. Weil ich wusste, dass ich nicht mit ihm in der Unterwelt leben konnte. Ich konnte nicht in der Dunkelheit existieren.

Was hatte ich getan? Ich ließ zu, dass die Bindung erwachte, ließ zu, dass ich mich in einen Mann verliebte, mit dem ich nicht zusammen sein konnte, mit einem Mann, der mich brauchte, damit seine Seele überlebte.

Ich würde uns beide zerstören, wenn ich ging, aber der Gedanke an diese Felswände, den Bau der Empusa, den feurigen Fluss im Tartarus, die gequälten Seelen und die leere, karge Landschaft...

Es würde meine Seele zerstören, wurde mir klar und wieder brannten Tränen heiß hinter meinen Augen. Je länger ich an diesem Ort blieb, desto mehr von meiner Seele würde sterben. Es könnte hundert Jahre dauern, oder tausend, aber meine Seele würde schließlich an die Dunkelheit verloren gehen.

»Persephone, lass mich dir das Leben zeigen, das du leben solltest. Lass mich dir zeigen, was du wirklich verdienst.«

»Was muss ich dafür tun?«

»Gewinne die Tribunale. Beweise, dass du einer Krone würdig bist. Und wenn ich der Welt mitteile, dass du Königin eines brandneuen Reiches sein wirst, deines eigenen Reiches, eines Reiches voller Licht und Leben und Natur, musst du an meiner Seite stehen.«

Ein neues Reich? Meinte er etwa das Reich, das Hades erschaffen hatte und für das er bestraft wurde? Ich sah Zeus ungläubig an. Die Realität dessen, was er sagte, brach über mich herein und Hades schmerzerfülltes Gesicht beherrschte meine Gedanken.

»Hasst du ihn wirklich so sehr?«

Zeus Lächeln rutschte ihm von den Lippen.

»Hasst du ihn wirklich genug, um die Frau, die er liebt, dazu zu bringen, ihn zu verlassen und das Reich zu beherrschen, das er geschaffen hat, um sie zu ersetzen? Du grausamer, grausamer, bösartiger Scheißkerl!« Ich hatte mich in Rage geredet und schrie die letzten Worte. Alle Ruhe verließ mich und Wut nahm mich vollkommen ein. Schwarze Ranken schossen mir aus den Handflächen und schlängelten auf Zeus zu. »Du fürchtest ihn, Zeus. Du hast seine Macht unterschätzt und jetzt fürchtest du, ihn nicht kontrollieren zu können.«

Der Ausdruck des Himmelsgottes änderte sich schlagartig und sein schönes Gesicht verzerrte sich hässlich vor Zorn.

»Er war nur wegen dieser Titanen-Schlampe in der Lage, dieses Reich zu erschaffen«, zischte er. »Er ist nicht so stark, wie er tut. Fall nicht auf ihn rein. Du könntest stärker sein als er.«

»Nein, Zeus. Das könnte ich nicht. Und ich würde lieber einen Tag mit ihm verbringen, als eine Ewigkeit ohne ihn. Ich werde stark sein an seiner Seite und ich werde ihn noch stärker machen. Zusammen wirst du uns nicht das Wasser reichen können.«

Innerhalb von Sekunden schwoll er auf das Dreifache seiner normalen Größe. Violette Blitze zischen um ihn herum. Donner krachte laut über ihm. Doch meine Ranken wichen nicht zurück. Sie wuchsen mit ihm und peitschten um mich.

Ich hatte keine Angst vor ihm. Die Erkenntnis beflügelte mich und ich stellte mir vor, wie Hades hinter mir stand und seine Kraft und Liebe in mich einfließen ließ.

»Willst du mir drohen, Blumengöttin?«, dröhnte Zeus.

»Ja. Halt dich verdammt nochmal von Hades fern. Du hast schon genug angerichtet.«

Er lachte und ein dröhnendes Gackern ertönte.

»Wenn ich dich nicht so sehr respektieren würde, würde ich dich in den Boden stampfen! Du kannst vielleicht Pflanzen wachsen lassen und mit Lianen um dich werfen. Wie willst du versuchen den König der Unterwelt zu beschützen. Er ist einer der drei mächtigsten Wesen des Olymps. Warum glaubst du, dass du ihn beschützen kannst?«

Ich öffnete den Mund, um ihm zu sagen, dass die Titanen stärker waren als er, aber er begann zu schrumpfen und ich stockte überrascht, noch bevor ich etwas sagen konnte.

Als er seine menschliche Größe erreichte, sah ich, dass er lächelte und die violette Magie um ihn herum sich auflöste.

»Ich glaube, du hast bestanden, Persephone«, sagte er und Glitzern lag in seinen Augen. »Aber du hast mich wirklich verärgert. Du solltest wirklich aufpassen. Wenn es noch einmal vorkommt, dass du mich bedrohst, werde ich dich vernichten.«

»Bestanden? Wovon zum Teufel redest du?«, sagte ich und war zu verwirrt, um auf seine Drohung zu antworten.

Mit einem türkisfarbenen Blitz erschien Hera neben ihm und meine Ranken lösten sich auf. Ich sah perplex zwischen ihnen hin und her.

»Du hast gerade die Loyalitätsprüfung bestanden,

Persephone«, sagte Hera. Ich blinzelte sie an. »Gut gemacht. Hades wird sich glücklich schätzen können, dich an seiner Seite zu haben, wenn du den Rest der Tribunale gewinnst.«

ACHT

HADES

Persephone öffnete und schloss ihren Mund, Verwirrung und Wut standen ihr ins Gesicht geschrieben, als sie mit einem Blitz in meinem Thronsaal erschien. Bei ihrem Anblick schoss mir der schwarze Rauch aus der Haut und die Empörung ließ die Bestie in mir laut knurren.

Eines Tages würde ich Zeus aufhalten können. Eines Tages würde er nicht mehr mit mir spielen können, als wäre ich sein verdammtes Spielzeug. Aber im Moment... Die Tribunale setzten mein Kommando in meinem eigenen Reich außer Kraft und überließen es ihm, mit Persephone zu machen, was er wollte, mit dem Rückhalt der anderen Olympier.

Wie sie aus ihren eigenen Räumen zu entführen und sie zu zwingen, zu erkennen, dass sie nicht mit mir in der Unterwelt leben wollen würde.

Schmerz gesellte sich zur Wut und eine Hitzewelle breitete sich in mir aus, als Persephone mich ansah. Langsam dämmerte es ihr. Die Erkenntnis war deutlich auf ihrem Gesicht zu lesen.

»*Du hast das alles gesehen*«, sagte sie in meinen Gedanken, als der Kommentator am Fuß des Podiums erschien. Es war keine Frage und ihre Stimme klang angestrengt.

Ich schluckte meine Wut hinunter und antwortete.

»*Ja. Und ich habe dich nie mehr geliebt.*«

»*Es tut mir leid. Es tut mir leid, dass ich seine Worte überhaupt in Betracht gezogen habe, seine Magie ist so stark, ich...*« Ich unterbrach sie, unfähig, die Angst in ihrer Stimme zu ertragen.

»*Nur wenige sind stark genug, Zeus Macht zu widerstehen. Und noch weniger würden ihn offen bedrohen. Du klangst wie eine wahre Königin.*«

»Guten Tag, liebe Damen und Herren des Olymps!«, sang der Kommentator. Persephone drehte sich zu ihm um. »Wie wir alle gerade gesehen haben, hat die kleine Persephone den Test ihrer Loyalität erfolgreich bestanden!«

Mein Blick wanderte zu Zeus und der Hass brodelte in meinen Adern. Die Welt sah das, was er sie sehen lassen wollte, nicht das, was tatsächlich passiert war. Auf keinen Fall hätte er zugelassen, dass der ganz Olymp sah, wie Persephone sich ihm gegenüber behauptete. Noch hätte er etwas über das neue Reich gesendet. Der einzige Grund, warum er uns Götter sehen ließ, was sich wirklich zugetragen hatte, war, um mich zu verspotten. Er wollte, dass ich sehe, wie Persephone erwog, mich zu verlassen oder zu verraten.

Und obwohl ihre heftige Reaktion mehr war, als ich mir je hätte erträumen können, war das, was Zeus gesagt hatte, wahr. Und Persephone wusste es. Sie war nicht für die Dunkelheit und den Tod geschaffen. Mit der Zeit würde sie langsam eingehen und ein Schatten ihrer Selbst werden. Und es würde meine Schuld sein. Wie konnte ich das zulassen?

Ihre Worte hallten durch meinen Schädel. *»Ich würde lieber einen Tag mit ihm verbringen als eine Ewigkeit ohne ihn. Ich werde stark sein an seiner Seite und ich werde ihn noch stärker machen. Zusammen wirst du uns nicht das Wasser reichen können.«*

Liebe flammte in mir auf und sie war so stark, dass meine Brust zu schmerzen begann. Ihre Augen richteten sich wieder auf mich. Sie sahen jetzt wieder weicher aus. Sie fühlte meine Emotionen durch unsere Verbindung hindurch.

»So, und nun zu den Richtern!« Die Stimme des Kommentators unterbrach meine Gedanken und die Richter erschienen schimmernd im Raum. Abwechselnd verkündeten sie, dass Persephone einen Punkt verdient hatte und dann erschien die Samenschachtel in ihrer Hand. Sie hielt den Samenkern so fest, als wäre er ein Gift und kein Preis.

Bevor sie oder ich auch nur ein Wort sagen konnten, winkte Zeus mit dem Arm und der Raum leerte sich. Nun saßen nur noch die olympischen Götter auf ihren Thronsesseln.

»Wo hast du sie hingeschickt?«, bellte ich und sprang auf.

»Ganz ruhig, Bruder. Ich habe sie dorthin zurückgeschickt, wo ich sie vorgefunden habe.« Sein Gesichtsausdruck war gelangweilt, aber in seinen Augen lag ein

Glitzern, das etwas anderes aussagte. Meine Wut verstärkte sich.

»Das ist mein Reich!«, brüllte ich. »Du entlässt meine Untertanen nicht. Das ist das Vorrecht des Königs des Reichs!«

»Aber, aber, Hades. Ich hätte gedacht, du würdest dich freuen, weißt du? Persephone hat sich für dich gegen den König der Götter gestellt«, sagte Hera und stand auf. »Das ist wirklich eine große Leistung.«

»Und jetzt weiß sie, dass sie hier nicht glücklich werden wird. Sie weiß, was der Rest des Olymps im Vergleich zu meinem Reich zu bieten hat.« Ich konnte die Bitterkeit nicht aus meiner Stimme halten.

Ein selbstgefälliges Lächeln blitzte über Zeus Gesicht und meine Sicht trübte sich. Das Monster in mir wuchs in meiner Brust und versuchte sich durch meine Rippen zu kratzen.

»Sie liebt dich, Hades. Wenn sie die Tribunale gewinnt, ist das das beste Ergebnis, das du dir hättest erhoffen können«, sagte Hera.

»Es sei denn, sie erinnert sich daran, was sie getan hat und dreht durch«, fügte Zeus hinzu.

»Wage es ja nicht«, zischte ich. »Ihre Erinnerungen und der Fluss Lethe sind für diese Tribunale tabu«, spuckte ich und ich spürte, wie die Temperatur im Raum um mich herum sank.

»Einverstanden«, sagte Poseidon laut.

»Einverstanden«, echoten Athene, Hermes und Dionysos.

Ein Gefühl der Erleichterung dämpfte meine Wut ein wenig. Zeus konnte sich nicht gegen sie alle stellen. Er zuckte zaghaft mit den Schultern.

»Das hätte ich auch nie in Betracht gezogen.«

Mein Blick huschte über die Götter, die geschwiegen hatten. Ich hatte keine Ahnung davon gehabt, dass diese verdammte Prüfung stattfinden würde, aber in der kurzen Zeit, in der ich allein gewesen war, hatte ich eine wichtige Schlussfolgerung ziehen können.

Wer auch immer hinter den makabren Aktionen mit der Puppe und dem Spiegel steckte, musste wissen, was sie getan hatte, bevor sie aus dem Fluss Lethe getrunken hatte. Und die Person musste auch in der Lage sein, den Verstand von Menschen zu kontrollieren, um sie dazu zu benutzten, diese Fraktion der Untoten des Frühlings zu bilden. Wenn diese Person auch für ihre unerwartete Reise zum Tartarus verantwortlich war, dann wusste sie von Cronos. Das schränkte die Liste der Verdächtigen stark ein.

Es musste einer der elf Götter vor mir sein.

Alle starrten zurück, fähig, durch meine Rauchfassade zu sehen. Wer unter ihnen würde das schlimmste Monster der Welt, Cronos, freilassen und einen neuen Krieg beginnen wollen? Wer von ihnen würde die olympische Herrschaft beenden wollen? Wer würde das Reich der Jungfrau zerstören wollen? Es machte keinen Sinn.

Es hatte eine Ewigkeit gedauert, den Olymp so aufzubauen, wie er jetzt war. Unzählige Kämpfe waren geführt und zahllose Fehler gemacht worden, die schließlich in etwas gipfelten, von dem wir alle profitierten.

Ich sah keinen Grund, warum einer von ihnen das alles zerstören wollen sollte. Mein Blick ruhte auf Ares. War er wütend genug? Sehnte er sich so sehr nach Krieg? Er starrte mich durch die Schlitze in seinem Helm an.

Das Einzige, dessen ich mir sicher war, war, dass es keiner von meinen Brüdern war. Sie hatten am meisten zu verlieren.

»Wenn du nicht schimpfen, wüten und mich unterhalten wirst, dann gehe ich«, sagte Zeus und noch bevor ich den Mund öffnen konnte, war er weg. Die anderen standen auf. Nur Hermes und Aphrodite waren höflich genug, mir zuzunicken, bevor sie ebenfalls verschwanden. Aber ein Gott blieb zurück.

»Wie geht's Persy?«, fragte Dionysos.

»Was geht dich das an?«, schnauzte ich. Misstrauen erfüllte mich.

»Beruhige dich, Mann. Du weißt, dass ich mich Sorgen um sie mache.« Der Gott des Weines drehte sich in seinem Thron und schwang ein Bein über die Armlehne.

»Du weißt genau, wie es ihr geht. Der Kobaloi hält dich schließlich auf dem Laufenden. Tu doch nicht so.«

»Hmmm«, grunzte Dionysos. Ein Kelch Wein erschien in seiner Hand. »Willst du was trinken?«

»Nein.«

»Du bist vielleicht ein Langweiler. Du musst eines Tages wirklich zu einer meiner Partys kommen«, sagte er und leerte seinen Kelch in einem Zug.

»Ich muss im Vergleich zum Rest von euch arbeiten.«

»Hades, du hast Untergebene. Teil die Last. Du musst nicht dein ganzes Leben in einer verdammten Höhle verbringen. Und sie auch nicht«, sagte er.

»Sagt der Gott, der in einem Baum lebt«, schnaubte ich.

»Es ist ein sehr schöner Baum«, sagte er, stand auf und streckte sich. »Und es ist der Ort, an dem sie aufgewachsen ist. Zum ersten Mal jedenfalls.«

»Worauf willst du hinaus, Dionysos? Ich habe zu tun.«

»Ich will damit sagen, dass sie nicht hier wohnen muss, damit ihr zusammen sein könnt.«

Ich sah ihn finster an. »Du meinst, sie könnte bei dir wohnen?«

»Ja. Das hat sie vorher auch.«

»Nein.« Das Wort hatte meinen Mund verlassen, bevor ich den Gedanken überhaupt in Erwägung gezogen hatte.

»Sie mag Bäume, Mann. Sie wäre glücklich-«

»Ich habe nein gesagt.«

Das Gesicht des Weingottes verhärtete sich. »Das ist nicht deine Entscheidung, sondern ihre.«

»Persephone gehört mir.« Die Worte waren ein leises Knurren und blaues Licht leuchtete um mich auf.

»Beruhige dich, Mann. Ich weiß das. Ich versuche doch nur, ihr zu helfen«, sagte Dionysos und hielt die Hände in die Höhe. Aber der grimmige Blick in seinen Augen täuschte über die lässigen Worte hinweg. »Denk darüber nach«, sagte er und verschwand.

Ich kam nicht umhin, darüber nachzudenken, was Dionysos gesagt hatte, so sehr ich mich auch dagegen wehrte. Persephone würde es lieben, im Reich des Stiers zu leben. Es war eine Kombination aus Natur und Wahnsinn, eine grenzenlose Insel, bedeckt von riesigen Pflanzen und voller wilder Kreaturen. Es war perfekt für sie. Deshalb hatte Demeter sie auch dort gelassen.

Ich schaute bei ihrem Zimmer vorbei, um mich zu vergewissern, dass es ihr gut ging, aber ihr Bruder war da, zusammen mit dem Kobaloi-Spion. In gewisser Weise war ich erleichtert, dass sie nicht allein war. Sie hatte ihren Hass auf das Reich der Jungfrau schon oft zum Ausdruck gebracht, aber jetzt war das Thema so offen gelegt worden, dass wir darüber reden mussten.

Und ich hatte keine Lösung im Angebot, nur wild widerstreitende Gefühle. Der Gedanke, sie leiden zu lassen, war unerträglich. Aber der Gedanke, ohne sie zu leben, war ebenso schmerzhaft. War es wirklich eine Option, sie in einem anderen Reich zu besuchen, wann immer die Unterwelt mich entbehren konnte? Zu Beginn hatte ich meine Bindung an das Reich getestet und festgestellt, dass ich es nicht für eine lange Zeit verlassen konnte, ohne dass die Monster wild und noch weniger zähmbar wurden und meine Kontrolle über die Dämonen und den Tartarus schwächer wurde.

Ich entschuldigte mich, ging und zwang mich, mich auf dringlichere Probleme zu konzentrieren. Persephone hatte noch zwei weitere Tribunale zu überstehen und zu gewinnen und sie konnte es sich nicht leisten, noch einmal sabotiert zu werden. Der Gedanke an sie im Tartarus ließ das Monster in mir aufbrausen. Dunkle Wut kochte in meinen Adern hoch. Ich wollte mit Kerato über meinen Verdacht sprechen. Jedes menschliche Mitglied der Gruppe, die wir gefangen hatten, hatte nichts darüber gewusst, wie ihre Erinnerungen zurückgekehrt waren und wenn es tatsächlich ein Gott war, der sie lenkte, dann war es sinnlos, sie weiter zu befragen. Wir würden überhaupt nichts von ihnen erfahren können.

PERSEPHONE

»*Du weißt, dass du mir nicht ewig aus dem Weg gehen kannst, oder?*« Ich schickte den Gedanken an Hades, in der Hoffnung, dass er mich hören konnte, wo auch immer er war.

»*Es tut mir leid. Ich habe viel zu tun*«, antwortete er sofort. »*Geh schlafen und wir reden morgen früh.*«

Ich stieß einen Seufzer aus und legte mich zurück in sein riesiges Bett. Es fühlte sich zu groß an ohne ihn darin. Seine mächtige Präsenz veränderte den Maßstab von allem um mich herum. Hekate hatte mich vorhin in seine Räume zurückgebracht und jetzt hatte ich zu viel Zeit allein zum Nachdenken gehabt.

Obwohl ich unglaublich erleichtert war, ein weiteres Tribunal bestanden und noch einen Samen gewonnen zu haben, konnte ich meine Wut auf die Götter nicht unterdrücken. Ich war vor der Loyalitätsprüfung gewarnt worden, ich wusste, dass ich sie nicht kommen sehen würde. Doch mich vor Hades Augen zu zwingen zuzugeben, dass ich nicht in seinem Reich leben wollte, war unfassbar grausam.

Er war nach dem Tribunal vorbeigekommen, aber sein Gesicht war angespannt, sein Verhalten unbeholfen gewesen. Ich hatte nicht gewusst, was ich sagen sollte. Mein Verstand schrie gegen die Vorstellung an, für die Ewigkeit in der Dunkelheit gefangen zu sein. Doch das Gefühl überwog nicht mein Verlangen nach ihm.

»*Die letzten beiden Tribunale werden die Schwierigsten sein*«, sagte Skop und unterbrach meine Gedanken.

»Oh Mann«, sagte ich und drückte die Knie an die Brust. »Wenn Hades dich auf dem Bett erwischt, wird es dir ganz schön dreckig gehen.«

»*Fräulein, Sie müssen noch einen Samen essen. Je mehr Kraft Sie haben, desto wahrscheinlicher wird Ihr Überleben. Und Ihr Gewinn.*«

»Wir werden zuerst herausfinden, was das Tribunal überhaupt ist«, sagte ich ausweichend. Ich wollte nicht mehr Macht. Ich wollte nicht noch stärker werden.

Ich war schon gefährlich genug.

Ich schlief ein, bevor Hades zurückkehrte und fand mich fast augenblicklich im Atlasgarten wieder.

»*Ah, die kleine Göttin*«, flüsterte die Stimme in der Brise. Die köstliche Ruhe legte sich über mich. Die Sonnenblumen waren gewachsen und jetzt fast so groß wie ich. Ich strich mit dem Finger über ihre Blütenblätter. Dann ging ich über den weichen Rasen zum Brunnen.

»Ich habe eine Frage an dich«, sagte ich.

»*Schieß los.*«

»Weißt du, wie ich in den Tartarus gekommen bin?«

Es herrschte eine lange Stille, die nur vom Zwitschern der Vögel erfüllt wurde.

»*Ich wusste nicht, dass du im Tartarus gewesen bist. Das ist ein sehr unangenehmer Ort*«, sagte die Stimme des Fremden schließlich.

»Das ist er«, antwortete ich und ließ meine Finger durch das warme Wasser gleiten. In Gedanken versunken beobachtete ich das Plätschern der Seerosenblätter. »Werde ich sterben, wenn ich für immer in der Unterwelt bleibe?«

»*Nein. Nicht, wenn du stärker bist als das Böse dort.*«

»Aber wenn ich stärker werde, werde ich gefährlicher.«

»*Falsch. Je stärker du bist, desto mehr Kontrolle hast du.*«

»Ich möchte im Olymp bleiben. Aber ich will nicht abseits der Natur leben. Das fühlt sich nicht richtig an.«

»*Das sollte jetzt nicht deine größte Sorge sein. Du musst deine Erinnerungen zurückgewinnen und das Unrecht, das dir angetan wurde, wiedergutmachen. Du musst deine Kraft wiedererlangen und herausfinden, wer du bist. Dann wirst du wissen, was richtig oder falsch ist. Dann wirst du in der Lage sein, Entscheidungen über deine Zukunft zu treffen.*«

Ich dachte darüber nach und die Ruhe des Gartens erlaubte es meinen Gedanken, sich zu ordnen. Es stimmte, dass die dringendste Aufgabe darin bestand, die Tribunale zu überleben und herauszufinden, wer mich in den Tartarus geschickt hatte. Aber brauchte ich meine Erinnerungen zurück? Würde es wirklich helfen?

»Was passiert, wenn ich einfach in Unwissenheit bleibe? Was ist, wenn Hades und Athene recht haben?«

»*Dann wirst du für immer unvollständig bleiben. Diejenigen, die dich benutzt haben, die dir und Hades schaden wollten, werden gewinnen.*«

Wut bäumte sich in mir auf. Hades schaden? Nein. Nein, das konnte ich nicht zulassen.

»Kannst du mir nicht einfach sagen, was passiert ist? Wer meine Feinde sind?«

»*Um es mit Sicherheit zu wissen, musst du deine Erinnerungen zurückgewinnen. Wenn du einen weiteren Samen isst, wirst du den Fluss Lethe finden können.*«

Das Gespräch war mir noch immer klar im Gedächtnis, als ich erwachte. Skop lag friedlich am Ende des Bettes und Hades war nirgends zu sehen.

»*Wo bist du?*«, fragte ich ihn schlaftrunken.

»Ich bin hier«, antwortete er. Ich setzte mich erschrocken auf. Die Stimme war nicht in meinem Gedanken gewesen, sie war aus dem Nebenzimmer gekommen. Ich schwang meine Beine aus dem Bett. Das einzige Licht war das sanfte Leuchten der Ranken an der Decke.

»Hades?«

Er saß mit nacktem Oberkörper in einem großen Ohrensessel und hielt einen Becher mit etwas Bernsteinfarbenem in der Hand. »Geht's dir gut?«

»Ich hatte eine Menge zu klären«, sagte er, seine Stimme klang bitter.

»Das warst nicht du, vergiss das nicht«, sagte ich und ging zu ihm hinüber. Er antwortete nicht, aber ich spürte, wie sich sein Körper entspannte. Ich ließ mich in seinen Schoß fallen. »Wie geht es Kerato?«

»Gut. Es wird eine Weile dauern, bis er wieder so stark ist, wie vorher. Dämonen werden stärker, je länger sie gelebt haben.«

»Sind alle Minotauren Dämonen?«

»Nein. Kerato wurde ein Dämon, um hier zu leben.« Er sah mich an und ich schlang meine Arme um seinen Hals. »Hat Hekate dir erzählt, was sie aufgegeben hat, um ihre Seele zu behalten?«

»Ja«, nickte ich.

»Nun, Kerato und viele andere hier hatten nicht genug, um es aufzugeben. Sie sind zu Sklaven der Unterwelt geworden.«

»Du aber nicht«, flüsterte ich. »Sie besitzt die Dunkelheit in dir, aber du bist stärker.«

»Wir sind stärker«, korrigierte er mich und küsste mich sanft. »Persephone, Zeus hat recht. Du könntest so viel mehr über der Erde sein. Du bist eine Naturgöttin. Du besitzt Erdmagie. Dies ist nicht der richtige Ort für dich.« Der Schmerz in seinen Worten und mein Bedürfnis, ihm zu helfen, überwogen meine eigenen Bedenken.

»Ich werde schon klarkommen«, sagte ich. »Und außerdem habe ich beschlossen, bis nach den Tribunalen nicht noch einmal darüber nachzudenken. Mein Gehirn kann nur begrenzte Mengen von lebensbedrohlichen Szenarien verarbeiten und die Tribunale sind gerade dringender«, sagte ich und dachte darüber nach, was mir der Fremde im Atlasgarten anvertraut hatte.

Schuldgefühle stiegen bei dem Gedanken in mir auf. Sollte ich Hades davon erzählen? Es fühlte sich falsch an, ein Geheimnis vor ihm zu bewahren. Ich öffnete schon meinen Mund, um ihm davon zu berichten, schloss ihn aber wieder.

Hades wollte mir nichts über meine Vergangenheit erzählen, aber der Fremde wollte, dass ich davon erfuhr. Sie waren sich uneinig. Und ich wusste aus eigener

Erfahrung, dass Hades nicht immer die richtigen Entscheidungen traf. Er hatte sich verpflichtet gefühlt, mich zurück nach New York zu bringen, obwohl das das Dümmste war, was er hätte tun können. Er wusste nicht unbedingt, was das Beste für mich war und bis ich wusste, was ich wollte, schien es eine bessere Idee zu sein, zu schweigen.

»Es ist eine sehr gute Entscheidung, sich auf die unmittelbarsten Probleme zu konzentrieren«, sagte Hades und nahm einen Schluck aus seinem Glas. »Ich glaube, die Person, die dich in den Tartarus geschickt hat, war ein olympischer Gott.«

»Wirklich?«

»Ja. Niemand außer meinen engsten Beratern weiß von Cronos.«

»Was ist, wenn derjenige, der es ist, nichts von Cronos weiß und nur hofft, dass ich dort sterbe? Ich meine, der Tartarus ist ein furchtbarer Ort, selbst wenn Cronos nicht dort wäre.«

»Nein, das wäre ein zu großer Zufall.« Ich legte den Kopf schief.

»Hades, hatte Cronos etwas mit dem zu tun, was zuvor passiert ist?«

»Ich habe dir geschworen, niemals mit dir über das zu reden, was vorgefallen ist. Bitte hör auf, mir das anzutun«, sagte er knapp. *Das war kein Nein.*

»Dir das anzutun?«, sagte ich entrüstet. »Ich bin hier diejenige, der etwas angetan wird.« Ich schob mein Kinn vor und er strich mit dem Daumen über meine Wange.

»Ich weiß. Es tut mir leid. Kann ich es wiedergutmachen?« Seine Augen waren plötzlich dunkel und seine Brustmuskeln spannten sich an. Eine Welle von Hitze, die nach Holzrauch roch, rollte über mich hinweg. Das

Verlangen kribbelte in meinem Körper und meine Wut verschwand.

»Ich denke, ich könnte mich überreden lassen«, murmelte ich. Er beugte sich vorn und legte seine Lippen auf meine.

ZEHN

PERSEPHONE

»Ich muss heute Gericht halten, ich bin Tage im Rückstand«, sagte Hades am nächsten Morgen, rollte sich zum Rand der Matratze und setzte sich auf. Ich blinzelte mir den Schlaf aus den Augen und gähnte.

»Was tust du im Gericht?«

»Über die Toten richten«, murmelte er. Er hatte mir den muskulösen Rücken zugewandt. Ich richtete meine Handfläche auf ihn und eine goldene Ranke schlängelte auf ihn zu.

»Heftig«, sagte ich.

»Manche Tage sind schlimmer als andere. Du solltest heute so viel wie möglich mit Hekate trainieren und wir sehen uns dann heute Abend bei der Verkündung des nächsten Tribunals.« Er wollte aufstehen, doch meine Ranken wickelten sich schnell um seine Taille.

»Oder ich könnte dich jetzt noch eine Weile sehen«, grinste ich und zerrte an den Lianen.

Sein riesiger Rahmen bewegte sich nicht und er drehte sich zu mir, um mich anzusehen. Ein dunkles Schimmern lag in seinen Augen.

»Du musst noch viel stärker werden, wenn du mich bewegen willst«, sagte er.

»Ich muss dich nicht körperlich bewegen«, antwortete ich, schickte meine Kraft durch meine Ranken und erinnerte mich an so viele Details wie möglich aus der Nacht zuvor. Seine Augen verfinsterten sich augenblicklich, er stand auf und drehte sich zu mir um. Dabei gab er mir die Sicht frei auf seinen nackten, nun erregten, Körper.

»Ich glaube, ich werde dich diesmal gewinnen lassen«, murmelte er und stürzte sich auf mich.

Schließlich musste er doch weg, aber er beschwor Waffeln und kochend heißen Kaffee für mich herauf. Wieder spürte ich den anfänglichen Anflug von Panik, den seine Abwesenheit in mir bewirkte. Dann flammte die Verbindung in mir auf und sie fühlte sich beruhigend und fest an. Ich könnte mich definitiv daran gewöhnen, mich nie allein zu fühlen, dachte ich und biss in eine Waffel. Ich könnte mich auch an magische Waffeln gewöhnen.

Hekate und Sam kamen eine halbe Stunde später an. Sam war im Vergleich zum Vortag fast alarmierend aufgeweckt und enthusiastisch und ich beäugte Hekate misstrauisch.

»Was hast du ihm gegeben?« Sie zuckte nur mit den Achseln und Sam antwortete.

»Nur etwas Kaffee, aber wir waren die ganze Nacht wach und haben über den Olymp geredet. Es klingt fantastisch. Hast du die riesigen Bäume oder die Unterwasserstädte gesehen?« Er redete so schnell, dass ich eine Augenbraue hob.

»Du hörst dich an, als hättest du mindestens zehn Tassen Kaffee getrunken.«

»So ungefähr. Was machen wir heute?«

»Ähm, Training. Heute Abend wird das nächste Tribunal angesagt.«

»Darf ich auch trainieren?«

»Nein«, sagten Hekate und ich gemeinsam.

»Oh.«

»Skop, kannst du mit Sam in seinen Gedanken sprechen?«, fragte ich, als mir plötzlich ein Gedanke in den Sinn kam.

Der Kobaloi antwortete mir nicht, aber Sams Gesicht veränderte sich und seine Augen weiteten sich. Er sah auf den Hund hinunter.

»Ich fasse das mal als ein Ja auf«, lächelte ich. »Sam, du kannst üben, mit ihm zu sprechen. Du musst die Gedanken zu ihm projizieren und dich die ganze Zeit stark konzentrieren.«

»Du kannst in deinen Gedanken mit dem Hund sprechen?« Sam schüttelte ungläubig den Kopf. »Dieser Ort ist verrückt.«

»Eigentlich ist er kein Hund«, sagte Hekate. »Er ist ein Kobaloi. Das ist ein gestaltwandelnder Kobold.« Sam sah Skop an.

»Wie kommt es dann, dass du ein Hund sein willst?«, fragte er. Mit einem kleinen Schimmer verwandelte sich Skop und sein nackter Gnomen-Körper nahm den Platz des pelzigen Hundes ein. Sams Mund formte langsam die Form eines O und starrte ihn an.

»Weil ich keine Kleidung trage und deiner Schwester

das nicht gefällt«, antwortete Skop und deutete mit beiden Händen auf seine Genitalien.

»Ja, ich kann es ihr nicht verübeln«, sagte Hekate. Skop grinste mich unter seinem Bart hervor an, bevor er sich wieder in die Hundeform verwandelte.

»Heute Abend gibt es zur Ankündigung eine Cocktail-Party«, sagte Hekate.

»Na toll«, sagte ich und verdrehte die Augen. »Poseidon kann mich weiter anstarren und Zeus kann herumlaufen und sich wie ein Arschloch benehmen.«

»Du hast ihn gut abgewiesen«, sagte Hekate. Ich neigte den Kopf. »Ich wollte ihn durch die Flammenschale vögeln, also wissen die Götter, wie schwer es für dich gewesen sein muss.«

»Was hast du während der Prüfung gesehen?«, fragte ich langsam.

»Dass er mit dir geflirtet hat und du ihn abgewiesen hast.« Sie zuckte wieder mit den Achseln.

»So hat sich das nicht zugetragen«, sagte ich leise. »Er hat nicht versucht mit mir zu schlafen, obwohl er definitiv seinen hat Charme spielen lassen. Er hat versucht, mich dazu zu bringen, auf ein Leben mit Hades zu verzichten, wenn ich die Tribunale gewinne.«

»Echt?«

»Ja. Er sagte, ich gäbe mir die Herrschaft über das neue Reich, wenn ich Hades verlasse.«

»Was für ein verdammtes Arschloch«, spuckte Hekate.

»Ich weiß. Ich sagte ihm, dass ich lieber meine Seele im Reich der Jungfrau verlieren würde, als Hades zu verlassen. Und dann habe ich ihm gesagt, dass er sich verpissen und uns in Ruhe lassen soll, dass wir zusammen stark genug sein werden, ihm die Stirn zu bieten.«

Hekate stieß einen langen Pfiff aus. Ihre Augen waren genauso groß wie die meines Bruders.

»Kein Wunder, dass sie das nicht gesendet haben. Gut gemacht.«

Der Stolz, den ich in ihren Augen lesen konnte, zauberte mir ein Lächeln aufs Gesicht.

»Naja, er hat mir auch gedroht, mich zu töten, wenn ich ihn noch einmal wütend mache, also... sich den Herrn der Götter zum Feind zu machen, kann ich von meiner To-Do-Liste abhaken.«

Die meiste Zeit des Tages trainierte ich hart mit Hekate. Wir behandelten nicht nur Dolcharbeit und Nahkampf, sondern sie stellte Bogenschießziele auf hohen Ständern rund um den Raum auf und ich übte, meine Ranken präzise auf sie abzuschießen. Auch leitete sie mich an, meine Ranken dazu zu verwenden, die Zielscheinen anzuheben und zu werfen.

Das ging zwar ganz gut, aber ich wusste, dass ich an der Grenze der Kraft war, die ich erreichen konnte. Zweifellos konnte ich lernen, sie besser zu kontrollieren und genauer zu werden, aber ich konnte nicht mehr Energie in die Ranken senden. *Es sei denn, du isst einen weiteren Samen.*

Je länger ich trainierte, desto mehr Kraft wollte ich haben. Jedes Mal, wenn es mir nicht gelang, ein schweres Ziel zu umreißen und jedes Mal, wenn meine Ranken zum Stillstand kamen, anstatt sich durch das zu kämpfen, was sie getroffen hatten, sehnte ich mich nach mehr Kraft. Das war genau das, wovor ich Angst hatte. *Macht machte korrupt. Je mehr man hat, desto mehr will man haben.*

Doch ich brauchte die zusätzlichen Kräfte vielleicht, anstatt sie nur zu wollen. Im Moment war es das Wichtigste für mich, die Tribunale zu überleben. Zeus und Poseidon hassten mich beide und sie hatten das Sagen. Was auch immer kommen würde, es würde nicht einfach werden. Außerdem konnte ich den Gedanken nicht ertragen, dass Hades eine andere Frau heiratete.

Abgesehen von einer kurzen Pause fürs Mittagessen brachen wir das Training erst dann ab, als es an der Zeit für mich war, mich für die Ankündigung fertig zu machen. Ich war nervös, weil mein Bruder, ein Mensch, der mir eindeutig wichtig war, dabei sein würde. Aber Hekate versprach, dass sie ihre Augen nicht von ihm abwenden würde.

»Denk gar nicht erst daran«, sagte ich streng. »Es gibt genug Leute, die versuchen würden, ihn gegen mich zu benutzen.«

»Ich weiß, Persy. Ihm wird nichts passieren.«

Wir waren wieder in Hades Räumen und Sam war völlig abgelenkt von Skop. Er lachte so sehr, dass ihm die Augen tränten.

»Und du wirst ihm etwas zum Anziehen finden, damit er ein bisschen weniger auffällt?«

»Ja. Ich werde mich um ihn kümmern. Ich verspreche es.«

»Danke.«

»Keine Ursache. Es ist irgendwie süß, ihn um mich zu haben, um ehrlich zu sein. Er ist wie du, wenn du dich über etwas aufregst, nur dass er besser aussieht. Nichts für ungut, ich stehe halt nicht auf Weiber. Ich kann es nicht erwarten, wenn er das erste Mal einen Minotauren sieht.« Hekates Augen funkelten.

Ich nahm mir vor, sie beide fest im Auge zu behalten. Hekate kündigte an, dass sie mich in einer Stunde wieder abholen würde und alle drei verschwanden. Etwas nervös machte ich mich auf den Weg zu Hades Ankleidezimmer. Ich war mir nicht sicher, was mich dort erwarten würde. Er hatte mir gesagt, dass er alle meine alten Kleider aufbewahrt hatte und dass ich mich frei bedienen sollte, aber ich hatte mich noch nicht dorthin gewagt.

Es war ein großer Raum mit nur einer Tür und alle drei anderen Wände waren mit offenen Schränken ausgekleidet.

Der Schrank mir gegenüber war gefüllt mit schwarzen Kleidungsstücken, Jeans und Hemden, und Togas, die eindeutig Hades gehörten. Aber die anderen beiden Wände waren ein Tumult aus Farben und Stoffarten. Ich holte tief Luft, als ich mit den Fingern über die Reihen von Kleidern streifte und wunderte mich, dass jemand eine so große Anzahl von wunderschönen Kleidern besitzen konnte. Seide, Organza, Satin, Samt, Baumwolle; jeder erdenkliche Stoff hing in den Schränken und darunter standen reihenweise atemberaubende hochhackige Schuhe, die mir entgegen glänzten.

Ich schloss die Augen und drehte mich in einem langsamen Kreis. Ich beschloss, dass das erste Kleid, das ich berührte, das Kleid war, das ich heute Abend tragen würde.

Blindlings griff ich nach einer Kleiderstange, fand einen weichen, leichten Stoff in meinem Griff wieder und öffnete meine Augen.

Das Kleid hatte ein enges Kropfband und war ärmellos. Die obere Hälfte war aus filigraner, tintenschwarzer Spitze gefertigt, die mit winzigen Blumen verziert war. Die untere Hälfte des Kleides war ozeanblau und unten dunkler als oben. Der Rock bestand aus vielen federleichten Lagen und breitete sich elegant von der enganliegenden Spitze des Mieders aus.

Meine Dusche in dem epischen Badezimmer dauerte nicht lange, weil ich so aufgeregt war, das Kleid anzuprobieren. Und ich wurde nicht enttäuscht.

In einer hohen Kommode neben der Tür des Ankleidezimmers fand ich Schubladen voller Spitzenunterwäsche und glücklicherweise auch ein paar praktische BHs, da die obere Hälfte des Kleides aus durchsichtiger Spitze war. Das Kleid passte mir wie angegossen und ich wirbelte vor dem Spiegel auf der anderen Seite der Tür herum und beobachtete, wie mein weißes Haar auf die schwarze Spitze fiel. Ich erkannte mich kaum wieder und es fühlte sich gut an, das zu mögen, was ich im Spiegel sah. Es waren nicht nur die Haare und die Kleidung. Mein neues Selbstvertrauen war tiefgreifender. Hitze kribbelte in mir. Die Verbindung zu Hades brannte heiß in meinem Inneren. Ich war nicht allein. Ein Gott liebte mich und ich liebte ihn. Und irgendwie hatte mich das verändert.

Als Hekate zurückkehrte, um mich abzuholen, sah sie unglaublich gut aus in ihrem weißen Lack-Korsettkleid. Sie trug noch mehr Silberschmuck als sonst und ich fühlte mich bereit, den Göttern und all ihren Gästen gegenüberzutreten; selbst diesem Mistkerl Zeus. Ich wollte wissen, was als Nächstes auf mich zukommen würde und die nervöse Vorfreude schürte meinen Wunsch, dass die Tribunale nur endlich vorbei wären.

Sam trug eine schwarze Toga und selbst als seine Schwester erkannte ich, dass sie ihm unglaublich gutstand. Er zeigte ein wenig Brusthaar und sah irgendwie noch größer aus als sonst.

»Was meinst du?«, strahlte er mich an.

»Halte dich von allen Personen fern, mit denen du laut Skop sprechen sollst«, sagte ich ernst. »Er ist ein Perverser und eine Nervensäge.«

»Ausgezeichnet«, sagte Sam und rieb sich die Hände.

»Ich meine es ernst, du solltest dich von den Göttern fernhalten, Sam. Bleib bei Hekate.«

Er warf ihr einen Seitenblick zu und ich sah, wie seine Augen zum hohen Saum ihres Rocks wanderten.

»Bei Hekate bleiben. Verstanden«, sagte er. Oh nein. Dass Sam in die zölibatäre Göttin der Nekromantie verknallt war, konnte nicht gut ausgehen.

»Bereit?«, fragte Hekate und ich nickte. Ich würde später mit meinem Bruder reden müssen.

ELF

PERSEPHONE

Die Ankündigung fand in Hades Thronsaal statt und der Ausdruck auf Sams Gesicht, als er die riesigen farbigen Flammen sah, ließ mich überlegen, wie ich wohl damals ausgesehen hatte, als ich sie zum ersten Mal erblickte.

»Mensch, Persy, ich kann nicht glauben, dass das echt ist«, hauchte er und sah fasziniert umher. Es waren nur wenige Gäste anwesend, aber eine kleine Gruppe hochgewachsener Frauen mit Haut wie Baumrinde schmiegten sich eng an einen attraktiven Mann, den ich von früheren Treffen als Theseus erkannte. Sieben oder acht Minotauren-Wachen säumten den Rand des schwebenden Raumes. Ich sah mir ihre Gesichter an, um Kerato zu finden und entdeckte ihn am Thronpodest.

»Bleib hier«, sagte ich zu Sam und machte mich auf den Weg zum Hauptmann der Wache.

»Ich bin so froh, dich zu sehen, Kerato«, sagte ich, als ich ihn erreichte. Er neigte den Kopf tief.

»Und ich Sie, meine Dame.«

»Danke, dass du versucht hast, mir während des

letzten Prozesses zu helfen. Es tut mir leid, dass du...« Ich suchte nach dem richtigen Wort.

»Getötet wurdest?«, bot er an. Der ernste Ausdruck auf seinem bärtigen Gesicht änderte sich nicht. »Es ist meine Pflicht. Ich werde in etwa hundert Jahren wieder so stark sein wie vorher.« Ich sah ihn schockiert an. »In hundert Jahren?«

»Ja.«

«Tja, das ist ja scheiße.«

»Hundert Jahre sind keine lange Zeit, meine Dame. Und Ankhiale ist sehr stark. Es hätte sehr viel schlimmer ausgehen können.«

Ich dachte über seine Worte nach und eine seltsame Vorfreude erwachte in mir. Der Gedanke, dass hundert Jahre keine lange Zeit sind, warf ein grelles Licht auf die Vorstellung, unsterblich zu sein. Als Hades mir gesagt hatte, dass wir nur vier Jahre verheiratet waren, hatte ich gewusst, wie klein ihm diese Zeitspanne vorgekommen sein musste, aber ... Unendliches Leben? Sicherlich war es das nicht wert, wenn man niemanden hatte, mit dem man es teilen konnte? Die gleiche Frage, die ich zuvor schon zu unterdrücken versucht, aber nicht geschafft hatte, tauchte wieder auf. *Was würde ich wählen; ohne den Mann leben, den ich liebte, oder mit ihm langsam meine Seele verlieren?*

Ich schob den Gedanken beiseite.

»Nun, ich bin dir sehr dankbar. Du machst dem Reich der Jungfrau und Hades alle Ehre«, sagte ich zu dem Minotaur und war mir unsicher, ob ich zu weit ging, aber die Worte strömten mir trotzdem aus dem Mund.

Etwas flackerte in den Augen der Kreatur auf und als er sprach, fühlte ich zum ersten Mal echte Wärme.

»Ich würde mich freuen, wenn Sie die Tribunale gewinnen würden, meine Dame.«

»Ich werde mein Bestes tun«, lächelte ich.

Langsam trafen mit weißen Blitzen weitere Gäste ein. Wir nippten an untertassenförmigen Gläsern und Sam bestaunte das Geschehen mit offenem Mund.

»Könnt ihr euch alle so herumtransportieren?«, fragte er Hekate.

»Nö, nur mächtige Götter können das tun. Sie haben alle eine Einladung bekommen, die sie für dieses Ereignis hierher blitzt.«

»Wie mächtig bist du also?« In der Stimme meines Bruders lag eindeutig ein koketter Ton und zu meiner Überraschung erwiderte Hekate die Flirterei, als sie ihm antwortete.

»Du wirst abwarten und es selbst herausfinden müssen.« Oh, bei den Göttern.

»*Steht Sam auf Hekate?*«, fragte Skop in meinem Kopf.

»*Wenn das so ist, kannst du derjenige sein, der ihm sagt, dass sie zölibatär ist und er nicht im Olymp bleiben kann*«, brummte ich zurück.

»Boah, ist das Poseidon?« Sams ehrfürchtige Stimme lenkte meine Aufmerksamkeit auf das Podium. Poseidon war mit seinem Dreizack und seiner Toga aufgetaucht, deren Stoff schimmerte wie der Ozean. Seine blauen Augen fanden meine sofort.

»Jep«, murmelte ich. »Und es sieht so aus, als hasse er mich noch immer.«

Ich nahm den Geruch des Meeres wahr und einen

Bruchteil einer Sekunde später fand ich mich in einer Wasserblase wieder und der Meeresgott stand direkt vor mir. *Nicht schon wieder*, stöhnte ich innerlich. Ich hatte es satt, von Göttern angeschrien zu werden.

»Hallo«, sagte ich knapp und senkte den Kopf.

»Ich habe nur einen Moment Zeit, bevor Zeus kommt«, sagte Poseidon und ich hob überrascht die Augenbrauen. »Ich sorge mich mehr um meinen Bruder Hades, als du vielleicht glaubst und ich sehe jetzt, dass er bereit ist, unsere Welt für dich in Gefahr zu bringen. Anstatt ihn zu bekämpfen, habe ich beschlossen, dir zu helfen. Mit vereinter Kraft und Voraussicht werden wir stark genug sein, weitere Katastrophen zu vermeiden. Es darf keine Wiederholung der Ausdauerprüfung geben. Du darfst nicht wieder im Tartarus landen.«

»Hades hat dasselbe gesagt und erklärt, warum ich Cronos niemals begegnen darf«, sagte ich.

Diesmal war es Poseidon, der überrascht aussah.

»Gut. Ich bin froh, dass du dir der Gefahr bewusst bist. Und jetzt hör mir gut zu.« Er beugte sich vor und öffnete seine geschlossene Hand. Eine glänzende Perle lag in der Mitte seiner Handfläche. »Ich habe den Hippokamp, mit dem du dich in meinem Reich so schnell angefreundet hast, in diese Perle hineingezaubert.«

»Was?« Er streckte mir die Hand entgegen und ich nahm ihm zaghaft die Perle ab. Sie war warm und zischte vor Energie.

»Wenn du seine Hilfe brauchst, zerdrücke die Perle«, sagte Poseidon schnell. »Er wird in der Form erscheinen, die du am meisten brauchst. Aber er ist nicht dafür gemacht, lange außerhalb des Wassers zu sein, also hast du nur etwa fünf Minuten Zeit, bevor er ins Reich des Wassermanns zurückkehren muss.«

»Buddy ist in dieser Perle?« Mir blieb der Mund offenstehen und ich sah zwischen dem Meeresgott und der kleinen Perle hin und her.

»Ja. Setze sie weise ein«, sagte er. Dann verschwand die Wasserblase um uns herum und er wandte sich an meinen Bruder. »Du bist töricht, hierher zu kommen, Mensch«, sagte er zu Sam und schritt dann auf das Podium zu.

»Er ist fantastisch«, hauchte Sam. Ich war immer noch zu verwirrt, um ihm zu antworten und starrte die Perle an. Hatte Poseidon die Wahrheit gesagt? Er war zuvor so ängstlich und wütend gewesen. Glaubte er jetzt wirklich, dass er und die anderen verhindern konnten, dass ich Schaden anrichtete, wenn sie mir halfen?

Welche andere Wahl hatte der Meeresgott schon? Meine Gedanken rasten und ich ging die Optionen durch. Wenn ich starb, würde Hades an das Monster in ihm fallen und der Olymp würde von den Toten überrannt werden. Wenn ich überlebte, könnte ich benutzt werden, um den bösesten Gott der Geschichte zu befreien und einen Krieg zu beginnen. Poseidon saß so oder so in der Klemme.

Aber ich war mir nicht sicher, ob er wusste, wie nah Hades daran war, der Dunkelheit zu erliegen. Hades hatte mich schon einmal verloren und die Unterwelt hatte es überstanden. Wusste Poseidon, wie viel stärker die Bestie im König der Toten in meiner Abwesenheit geworden war?

Voller Misstrauen beäugte ich die Perle. Hades hatte gesagt, dass ich explodieren würde, wenn ich versuchte, eine Kraft anzunehmen, die zu stark war. Diese winzige Perle könnte genau diese Art von Waffe sein.

»Du siehst unglaublich aus.« Hades Stimme drang in

meine Gedanken und ich riss den Kopf hoch, um ihn anzusehen. Er saß auf seinem Thron und seine rauchige Gestalt flackerte gegen die Totenköpfe an der Rückenlehne.

»Danke. Du siehst rauchig aus.« Ich grinste.

»Weißt du, was ich an diesem Kleid am meisten mag?«, fragte er und seine Stimme war ein lautes Schnurren.

»Nein.«

»Dass ich es dir später ausziehen kann.« Hitze durchflutete mich und ich spürte, wie meine Wangen brannten. *»Wirst du etwa rot?«*

»Nein! Du klingst, als hättest du einen guten Tag gehabt«, sagte ich und wechselte schnell das Thema.

»Zum ersten Mal seit gefühlten Jahrhunderten hatte ich etwas, auf das ich mich am Ende des Tages freuen konnte«, sagte er. Sein spielerischer Ton wurde von etwas Weicherem ersetzt. Die Freude über seine Worte ließ mich tief Luft holen und meine Brust schwoll an.

»Ich wünschte, ich könnte dich jetzt küssen«, sagte ich ihm.

»Wenn du erstmal meine Königin bist, kannst du mich küssen, wann immer du willst.«

»Wenn das kein Anreiz ist, um zu gewinnen, weiß ich nicht, was es ist.«

»Das Kleid sieht aus, als hätte meine Großmutter es genäht«, höhnte eine Stimme hinter mir. Ich drehte mich um und erwartete Eris zu sehen. Sie war die einzige Person, die ich bisher getroffen hatte, die so unverblümt unhöflich sein würde. Doch stattdessen sah ich Minthe. Wie schon auf dem Maskenball war sie in Scharlachrot gekleidet, aber das Kleid hätte eher in einen Nachtclub in Manhattan gepasst als auf einen Ball. Es war hauteng, mit Löchern an den Seiten, die ihre straffe Taille zeigten und einem tiefen Ausschnitt, der ein üppiges Dekolleté enthüllte. Der Rock war kurz und sie trug rote Stiefel, die ihr bis über die Knie reichten. Sie sah umwerfend aus.

Mein Inneres bebte, denn jeder Instinkt in mir sagte mir, ich solle höflich sein und einen Konflikt vermeiden und dem hübschen, beliebten Mädchen das geben, was sie wollte, weil das am Ende weniger Ärger für mich bedeuten würde. Aber ich war nicht mehr in der Schule und ja, sie trug vielleicht etwas Moderneres als ich, aber es war *mein* Kleid, das Hades später auf seinen Schlafzimmerboden werfen würde.

»Deine Großmutter muss sehr begabt sein«, sagte ich und hob nonchalant mein Glas an die Lippen.

»Wer ist das?«, fragte Sam und tauchte hinter mir auf. Genervt ließ ich den Mund zuschnappen und senkte mein Glas.

»Das ist Minthe«, stieß ich hervor.

»Ich bin Sam«, strahlte er und streckte ihr die Hand entgegen.

»Du bist ein Mensch«, spottete sie und sah seine Hand an, als käme sie aus dem Bau der Empusa.

»Und du bist unerzogen«, erwiderte er. Ich schnaubte vor Lachen.

»Minthe ist die derzeitige Titelverteidigerin der Tribunale«, erklärte ich ihm. »Also nicht mein größter Fan.«

»Du willst also gewinnen? Du wirst nicht gezwungen, mitzumachen?«, fragte er sie.

Sie schaute ihn ungläubig an.

»Gezwungen? Machst du Witze? Die Königin der

Unterwelt ist ein Titel, für den die meisten im Olymp ihr Leben geben würden. Und wenn ich gewinne, werde ich ironischerweise niemals sterben.«

»Minthe ist wegen der Unsterblichkeit dabei«, sagte ich zu Sam.

»Und du tust es aus Liebe?«, höhnte sie mit hochgezogenen Augenbrauen. »Erspar mir das Schauspiel, Persephone. Du hast dich von einem erbärmlichen, machtlosen kleinen Menschen zu jemandem entwickelt, der im ganzen Olymp berühmt ist. Tu nicht so, als würdest du nicht aus denselben Gründen mitmachen wie alle anderen.«

»Du kennst mich nicht«, knurrte ich und hielt den Stiel meines Glases fest umklammert. Meine Lianen wanden sich unter meiner Haut. Sie kümmerte sich kein bisschen um Hades, sie würde ihn verrotten lassen und sich damit brüsten, eine unsterbliche Königin zu sein.

»Du bist genauso wie alle anderen. Du bist nichts Besonderes, ganz egal, was die Leute sagen.«

»Du bist eifersüchtig«, sagte Sam und wir sahen ihn beide an. Er schenkte ihr ein kaltes Lächeln. »Du weißt, dass Hades sie mag und dass sie Unterstützer hat und du bist eifersüchtig.«

Ich blinzelte. Niemand war jemals eifersüchtig auf mich gewesen.

»Halt dein Maul, oder ich werde es dir stopfen«, schnauzte sie Sam an und der Stiel meines Glases zerbrach in meiner Hand. Meine schwarzen Ranken hatten sich aus meiner Handfläche befreit.

Minthe leckte sich langsam über die Lippen und hob ihre Hände an, deren Haut sich erdig braun verfärbt hatte.

»Warum gehst du nicht und redest mit jemand anderem, Minthe?« Hekate war aus dem Nichts erschienen und zwischen uns getreten. Blaues Licht tanzte über ihre blasse Haut und Kraft pulsierte aus ihr heraus. Minthe trat einen Schritt zurück und ein wütender Ausdruck trat auf ihr Gesicht.

»Du bist ein solcher Freak. Und dein Titanen-Wachhund erst«, spuckte sie mir entgegen, dann wirbelte sie herum und ihre Absätze klackten auf dem Marmor, als sie davonmarschierte.

»Ich hatte das im Griff«, sagte ich verärgert zu Hekate. Ich war überrascht, dass ich mich wirklich der Chance beraubt fühlte, Minthe ein für alle Mal zu zeigen, dass sie sich nicht mit mir anlegen sollte.

»Ich weiß. Aber ich darf eine Zicke sein. Du nicht. Die ganze Sache heute Abend wird live übertragen.«

»Oh«, sagte ich. »Danke.«

»Gern geschehen. Und du blutest übrigens.«

Ich sah auf meine Hand hinunter und das zerbrochene Glas steckte mir noch immer in der Handfläche.

»Scheiße«, rief Sam und nahm mir schnell das zerbrochene Glas ab. »Ist es schlimm? Lass mich mal sehen.« Ich lächelte ihn an.

»Es ist schon in Ordnung. Schau mal.« Ich hielt meine Hand hoch, um es ihm zu zeigen, beschwor meine Kraft hinauf und konzentrierte mich auf den Schnitt. Er glühte blassgrün, dann verschloss sich die Haut wieder und Freude breitete sich auf Sams Gesicht aus.

»Das ist verdammt cool.«

»Nicht wahr?«

»Du musst trotzdem aufpassen, dass du kein Blut auf dein Kleid bekommst«, sagte Hekate und ein Satyr zerrte an meinem Rock. Er hielt ein Tablett mit frischen Getränken und einer säuberlich gefalteten Serviette. Ich bedankte mich bei ihm und wischte mir die Hand sauber.

»Weißt du, ich könnte mich daran gewöhnen, hier zu leben«, sagte Sam, als der Satyr ihm ein Glas reichte.

»Vielleicht solltest du warten, bis du die schlechten Seiten gesehen hast, bevor du solche Aussagen machst«, sagte ich. Ein lauter Gong ertönte und der Kommentator erschien mit einem Schimmern in dem Raum. Hinter ihm tauchte Zeus auf seinem Thron auf.

»Und es sieht aus, als ob du nicht mehr lange warten müsstest.«

Es war an der Zeit, herauszufinden, was meine nächste Prüfung sein würde.

ZWÖLF

HADES

»Guten Tag, Damen und Herren des Olymps!«, dröhnte der Kommentator. Ich riss meinen Blick von Persephone los. Ihre Wut während der Begegnung mit Minthe war durch unsere Verbindung an mich übertragen worden und brannte mir heiß in der Brust. Und obwohl ich es hasste, wenn sie nicht glücklich war, konnte ich nicht leugnen, wie gut es sich anfühlte, zu wissen, wie sehr sie Minthe verabscheute.

Ich gehörte ihr und jeder ihrer Gedanken und jede Faser ihres Körpers projizierten dies deutlich. Das gefiel mir. Ich liebte es sogar. Die Vorstellung, diese Bergnymphe heiraten zu müssen, war zutiefst unangenehm. Ich wollte gar nicht erst darüber nachdenken.

»Es ist an der Zeit, das vorletzte Tribunal anzukündigen«, rief der Kommentator in seiner melodischen Stimme aus. Mein Magen krampfte sich vor Vorfreude zusammen. Das Gefühl wurde verstärkt durch Persephones Nervosität.

»Morgen früh wird Persephone einem der aufregendsten und furchtbarsten Dämonen der Unterwelt gegenübertreten. Einer mit einem unbändigen Appetit für Tod und Zerstörung.«

Mein Puls beschleunigte sich. Ich hatte gewusst, dass sie bei diesem Tribunal auf einen der bösartigeren Dämonen treffen würde, die mein Reich bewohnten. Doch ich hatte eine Liste von Dämonen, von denen ich hoffte, dass sie ihnen nie begegnen musste. Es gab ein paar, über die ich wirklich nicht die Kontrolle abgeben wollte, selbst für die kurze Zeitdauer des Tribunals. Zeus hatte keine Ahnung, was ich für seine kranken Spielchen riskierte. Ich konnte unmöglich erraten, welcher Dämon ausgewählt worden war. Die Tiefen meines Reichs beherbergten einige der gefährlichsten Kreaturen, die je geboren wurden. Darunter waren einige, von deren Existenz selbst die anderen Olympier nichts wussten.

Viele waren zu gefährlich, als dass ich die Kontrolle über sie hätte aufgeben können. Sie waren wild wie Furien und einige waren zu willensstark und mächtig, um in diese Spiele hineingezogen zu werden, wie Nyx zum Beispiel.

Aber Zeus hatte immer noch eine große Auswahl von Dämonen, die einen Menschen genüsslich zerfetzen würden, da sie ihre Macht von den Toten bezogen.

Der Kommentator begann wieder zu sprechen: »Sie wird die Höhle von Eurynomos betreten!«

Ein aufgeregtes Summen ging durch die Menge. Persephone sah mich an und ihr Gesicht wurde blass. Mir zog sich der Magen zusammen. Eurynomos war die Personifikation der Verwesung und einer der schlimmsten Dämonen der Unterwelt.

. . .

Bevor ich Persephone ein Wort des Trostes schicken konnte, stand Zeus auf.

»Wir sehen uns alle morgen wieder«, sagte er und winkte mit der Hand. Der Raum leerte sich blitzartig und Wut schoss mir heiß durch die Adern.

»Ich habe dich gebeten, das in meinem Reich nicht mehr zu tun«, zischte ich.

»Und ich habe nicht zugestimmt. Dir ist es verboten, mit Persephone vor ihrem Tribunal zu kommunizieren.«

»Was?« Ich war aufgesprungen und meine Muskeln spannten sich instinktiv an. Ich würde mich nicht von ihr fernhalten lassen. Nie wieder.

»Eurynomos steht seit Jahrhunderten unter deiner Kontrolle. Es würde ihr einen unfairen Vorteil verschaffen, wenn du ihr sagen würdest, was du über ihn weißt.«

»Ich werde ihr nichts sagen«, stieß ich hervor.

»Ich weiß. Weil du dazu nicht in der Lage sein wirst.«

»Zeus«, begann ich, doch ein Dröhnen baute sich in meinen Ohren auf und Dunkelheit breitete sich in meinem Inneren aus. Er würde mich nicht von ihr fernhalten.

»Hades, es ist nur für eine Nacht und du kannst nicht leugnen, dass deine Informationen ihr helfen würden. Das ist nur fair«, sagte Athene und stand auf. »Wir werden sie unterrichten und sie wird in Sicherheit sein.«

»Niemand kann sie beschützen außer mir.«

»Das ist nicht wahr«, sagte Zeus, doch Athene unterbrach ihn.

»Sie wird nirgendwo hingehen. Du kannst dich an ihrer Schlafzimmertür positionieren und sie bewachen, wenn du willst. Du darfst nur nicht mit ihr sprechen.«

Der rationale Teil von mir kämpfte gegen die Wut in meinem Inneren an. Wenn sie sich alle einig waren, konnte ich nichts gegen sie ausrichten. Das war eine Schlacht, die ich nicht gewinnen konnte. Aber vielleicht konnte ich etwas daraus lernen.

»Ich werde unter einer Bedingung zustimmen«, sagte ich.

»Du hast so oder so keine Wahl«, murmelte Zeus, aber Athene warf ihm einen bösen Blick zu, der ihn verstummen ließ.

»Und wie sieht deine Bedingung aus?«

»Lasst ihren Bruder aus den Tribunalen heraus. Er soll unangetastet bleiben.«

Zeus rollte mit den Augen, aber Athene nahm wieder das Wort an sich.

»Und du wirst nicht versuchen, mit ihr zu reden, wenn wir uns einig sind?«

»Ja.«

»Gut.«

»Du verwöhnst ihn, Tochter«, sagte Zeus zu Athene, dann verschwand er in einem violetten Blitz. Sie sah mich an und ihr Gesichtsausdruck war weich.

»Du hast Glück, dass ich sein Liebling bin«, sagte sie mit einem Lächeln und dann war sie ebenfalls weg.

Jetzt da die Götter sich einer nach dem anderen in Luft auflösten, verschwanden ihre Thronsessel und das Podium formte sich neu. Nur mein riesiger Schädelthron stand in der Mitte und ich schritt schwerfällig und wütend darauf zu.

Zeus würde dafür bezahlen, was er ihr angetan hatte, *was er uns angetan hatte*. Ich wusste noch nicht, wie, aber er würde früher oder später dafür bezahlen.

»Auf ein Wort, Hades?« Poseidon schritt auf meinen

Thron zu und ich nickte, wobei die Überraschung meine Wut ein wenig zurückdrängte.

»Was willst du?«

»Bruder, ich bin besorgt. Jemand hat Persephone absichtlich in den Tartarus geschickt und nur wenige sind mit den wahren Konsequenzen vertraut.«

»Wenn du mich bitten willst, sie wieder wegzuschicken, werde ich das nicht tun.«

»Ganz im Gegenteil. Ich bin zu dem Entschluss gekommen, dass es besser ist, sie hier zu behalten, wo wir sie sehen und kontrollieren können.«

»Kontrollieren?« In meinem Kopf läuteten Alarmglocken auf. Das Bedürfnis, sie zu beschützen, brannte mir auf der Haut.

»Du weißt, was ich meine«, sagte er abweisend. »Ich glaube, dass der Übeltäter näher an uns dran ist, als wir ursprünglich dachten.«

»Du glaubst, es ist einer der Olympier, einer von uns«, sagte ich scharf. Es war keine Frage.

»Ja. Und da du sie offensichtlich noch immer liebst, bist du der Einzige, den ich ausschließen kann. Daher dieses Gespräch.«

»Wen verdächtigst du?« Wenn der Meeresgott in der Stimmung war zu reden, dann sollte ich ihn besser ausquetschen und ein anderes Mal mit ihm über die Kontrolle von Persephone sprechen.

»Ares hat schon lange keinen Krieg mehr geführt. Hera hat einen Zorn, der tödlicher ist als der jeden anderen. Aphrodites Langeweile kennt keine Grenzen. Athene schmiedet wilde Pläne, die keiner von uns versteht und Dionysos verhält sich seit Wochen seltsam.«

»Und Zeus?«

»Der hat am meisten zu verlieren.«

»Oder am meisten zu beweisen«, konterte ich. »Und den größten Hass auf mich.«

»Er hasst dich nicht, Bruder.«

»Ach wirklich? Mich gegen meinen Willen zur Heirat zu zwingen und mein Reich der Welt zu zeigen, ist also ein Akt der Liebe?« Meine Stimme triefte vor Sarkasmus.

»Wenn der Olymp erfährt, dass du es warst, der gegen Zeus Willen ein neues Reich erschaffen hat und dass der Herr der Götter es nicht rückgängig machen kann, werden sie den Respekt vor ihm verlieren. Du weißt, dass er das nicht tolerieren kann. Du hast dir diese Situation selbst eingebrockt.«

Ich stoß zischend einen Atemzug aus und war unfähig dagegen zu argumentieren. Ein Gedanke schoss mir durch den Kopf.

»Oceanus hat vielleicht noch eine Rechnung offen«, sagte ich. Poseidon schaute finster drein.

»Oceanus ist dein Freund und mein Mentor. Ich glaube nicht, dass das in seinem Interesse wäre.«

»Du hast recht«, sagte ich und fühlte mich schuldig, es überhaupt in Erwägung gezogen zu haben. Oceanus war ein Titan und mächtig genug, um der Übeltäter zu sein, aber er war nie böswillig gewesen. Und ich wusste besser als die meisten, dass man Titanen nicht nach ihren wenigen monströsen Vorfahren beurteilen sollte.

»Wenn Zeus am meisten zu verlieren hat, könnte es jemand sein, der einen Rachefeldzug gegen ihn führt und nicht gegen Persephone?«, sagte ich langsam.

»Dann steht Hera ganz oben auf der Liste«, murmelte Poseidon. »Ich werde nie verstehen, warum sie ihn geheiratet hat.«

»Er ist ebenso charmant wie unbeständig. Woher

weiß ich, dass du es nicht bist und dass dies nicht ein ausgeklügelter Plan ist, um mich von deiner Schuld abzubringen?«, sagte ich und blickte in Poseidons ozeanblaue Augen. Er gluckste leise.

»Bruder, ich will dir gewiss nichts Böses. Es ist wahr, dass ich Angst vor dem habe, was deine Geliebte dem Olymp antun könnte, aber ich bin nicht so sehr von Stolz beherrscht, dass ich meine Meinung nicht ändern würde, wenn mir neue Informationen vorliegen. Ich will ihr helfen zu gewinnen, für eine Gegenleistung.«

»Was für eine Gegenleistung?«

»Wenn sie überlebt und die Tribunale gewinnt und ihre Macht zurückbekommt, soll sie woanders leben.«

»Nein«, sagte ich wütend.

Poseidons Gesicht verfinsterte sich. Wellen krachten in seinen Augen aufeinander.

»Hades, sie kann nicht so nahe am Tartarus bleiben und das weißt du. Je mehr von ihrer Seele sie aufgibt, desto weniger Kontrolle wirst du über sie haben.«

»Ich versuche nicht, sie zu kontrollieren!«

»Willst du das mächtigste und böseste Wesen, das der Olymp je gesehen hat, freisetzen?«

»Natürlich nicht, aber...«

Er unterbrach mich, bevor ich zu Ende sprechen konnte. »Dann weißt du, wie deine Entscheidung auszusehen hat, Hades. Sie wäre überall glücklicher als hier.«

Ein mulmiges Gefühl machte sich in mir breit. Das Wissen, dass er recht hatte, war schlimmer als die Wut, die in mir aufstieg.

»Sie kann die Tribunale auch ohne deine Hilfe überleben«, spuckte ich schließlich.

»Du machst einen Fehler.«

»Dieses Gespräch ist beendet.«

. . .

Er sah mich lange wortlos an. Dann umwehte mich der salzige Geruch des Ozeans und mit einem frustrierten Schrei verschwand Poseidon. Ich schloss die Augen und suchte in mir nach den Resten von Persephones Licht. Ich musste die Barriere, die ich um das Monster aufgebaut hatte und die sie mit ihren goldenen Ranken verstärkt hatte, aufrechterhalten. Ich füllte meinen Kopf und mein Herz mit ihrer Energie und langsam wich das Monster zurück und versank wieder in seinen giftigen Tiefen.

Sie hatte schon viele Prüfungen bestanden, die sie hätten töten sollen. Jetzt waren nur noch zwei übrig und dann würde dieser Alptraum vorbei sein, so oder so.

Aber egal, wie ich es drehte und wendete, ich konnte nicht sehen, wie dies gut ausgehen sollte. Wenn sie sterben würde... Der Gedanke, sie zu verlieren, war mir unerträglich und ich verdrängte ihn, bevor die Bestie wieder aufsteigen konnte. Wenn sie überlebte, aber das Tribunal verlor, konnte ich die Nymphe nicht heiraten. Und wenn sie triumphierte...

Könnte ich sie wirklich ihre Seele aufgeben lassen, um mit mir in der Dunkelheit zu leben?

DREIZEHN

PERSEPHONE

»Was soll das heißen, ich kann Hades nicht sehen?«

»Man ist der Meinung, dass er dir einen unfairen Vorteil verschaffen könnte«, sagte Athene, die in meinem alten Zimmer vor mir stand, mit ruhiger Stimme.

»Ich verdiene jeden Vorteil, den ich kriegen kann!«, schrie ich. »Das ist vollkommener Blödsinn.«

Eine Welle der Macht brach aus der Göttin heraus und mein Knie knickte augenblicklich ein. Ich wurde von ihrer Kraft gezwungen, die Körperhaltung einer Verbeugung anzunehmen.

»Vergiss nicht, mit wem du hier sprichst, Persephone.«

»Es tut mir leid«, stammelte ich und mein Herz hämmerte schmerzhaft in meiner Brust.

»Zeus die Stirn zu bieten, wie du es getan hast, war nicht nur mutig, es war auch dumm. Unter allen anderen Umständen hätte er dich getötet. Glaub ja nicht, dass du alle Götter auf diese Weise behandeln kannst.« Ihre Stimme hatte eine stählerne Schärfe und ich versuchte, den Kopf zu heben und sie anzusehen.

»Ich lerne eure Sitten noch«, sagte ich. *Außerdem war Zeus ein Arschloch und er hatte jedes Wort verdient.*

Athene betrachtete mich einen Moment lang, dann nickte sie. Mein Körper entspannte sich und ich stand wieder auf.

»Kann ich Hekate und meinen Bruder sehen?«

»Nein. Hekate weiß genauso viel über die Bewohner dieses Reiches wie Hades.« Ich konnte den finsteren Blick kaum von meinem Gesicht fernhalten. Wenigstens hatte ich Skop, dachte ich und blickte auf den Hund hinunter. »Ruh dich jetzt aus. Du wirst es brauchen«, sagte Athene.

»Ich nehme an, dass du mir etwas darüber sagen kannst, was mich morgen erwarten wird?«, wagte ich zu fragen.

»Nein. Das kann ich nicht. Gute Nacht, Persephone.«

Die Göttin der Weisheit verschwand, noch bevor ich etwas sagen konnte und ich seufzte und ließ mich auf mein Bett fallen. Es fühlte sich klein an im Vergleich mit Hades Bett. Ein Anflug von Wut und Bedauern durchzuckte mich, als ich mich an seine Worte vom Morgen erinnerte, dass wir etwas hätten, worauf wir uns den ganzen Tag freuen könnten. Und jetzt wurde uns das verwehrt.

»Das sind alles solche Arschlöcher«, sagte ich und seufzte.

»*Dionysos ist in Ordnung*«, sagte Skop.

»Das sagst du, du arbeitest für ihn.«

»*Das heißt nicht, dass ich ihn mögen muss. Ich tue es einfach.*«

»Er ist also nicht grausam, boshaft oder egoistisch?«, forderte ich ihn heraus. Skop schnaubte.

»Schuldig im Sinne der Anklage. Man kann nicht fast grenzenlose Macht und endloses Leben haben und sich nicht für etwas Besseres halten. Oder mit der Zeit ein bisschen plemplem werden.«

»Und warum magst du ihn dann?«

»Weil das Gute das Schlechte überwiegt. Außerdem ist die Definition von schlecht hier anders als in der Welt der Sterblichen.« Er wedelte mit dem Schwanz.

»Das habe ich bemerkt«, sagte ich und seufzte wieder. Ich stand auf und ging geistesabwesend in meinem Zimmer auf und ab.

Meine Haut juckte vor lauter Nervosität und der Gedanke, bis morgen auf den Beginn des Tribunals warten zu müssen, ohne dass Hades mich ablenken konnte, machte mich noch kribbeliger.

»Was weißt du über Eurynomos?«, fragte ich Skop.

»Nur, was Hekate schon gesagt hat, dass er der Dämon der verrottenden Leichen ist.«

»Verdammt. Ich hatte gehofft, da etwas durcheinander gebracht zu haben«, sagte ich und fuhr mir mit den Händen durch die Haare. »Vielleicht sollte ich das üben, was ich im Empusa-Bau gemacht habe, um den Gestank zu verdrängen.«

»Gute Idee. Der Geruch von Verrottung kann ziemlich ablenkend sein.« Mein Magen verkrampfte sich. Die Kombination aus Abscheu bei der Vorstellung stinkender toter Körper und meiner wachsenden Angst machte mich ganz krank.

»Da wäre etwas, was noch nützlicher wäre, als die Geruchsblockade zu üben«, sagte Skop und ich blieb

stehen, sah den kleinen Hund an und hob fragend die Augenbrauen.

»Was?«

»*Noch einen Samen zu essen und mehr Magie zu bekommen.*« Ich zog eine Grimasse und strich mir mit den Händen hart übers Gesicht. Ich wusste, dass er recht hatte. Zwei Tribunale standen noch aus und sie würden immer schwieriger werden. War das Risiko, von mehr Macht verdorben zu werden, größer als das Risiko, zu sterben? Mein Überlebensinstinkt übernahm die Oberhand und der Drang, meine Abwehrkräfte zu verstärken, erfüllte mich. *Du riskierst nicht nur zu sterben*, erinnerte mich meine innere Stimme. *Wenn du überlebst, aber verlierst, musst du zusehen, wie Hades Minthe heiratet.*

Ich musste gewinnen.

Mit langsamen Schritten trat ich auf die Kommode zu, auf der die Schachtel mit den Samen stand. Sie erschien auf magische Weise an jedem Ort, an dem ich mich aufhielt, zusammen mit *Faesforos* und dem alten Geldbeutel, den ich in der Tasche gehabt hatte, als ich im Olymp angekommen war. Ich klappte den Deckel der Schachtel auf und atmete langsam ein.

Nur ein wenig mehr Kraft. Genug, um Eurynomos zu besiegen und dem letzten Tribunal standhalten zu können.

Und vielleicht den Fluss Lethe zu finden, wie der Fremde im Atlasgarten vorgeschlagen hatte. Ich schob den Gedanken beiseite. Ich musste mich auf die Tribunale konzentrieren.

Meine Finger zitterten, doch ich hob einen der glänzenden, feuchten Samen an. Wie würde sich mehr Magie anfühlen? Würde meine bestehende Macht stärker werden? Oder würde ich neue Kräfte entdecken?

Ich steckte den Samen in meinen Mund und schluckte.

Anders als bei den vorherigen Malen, als ich einen Samen gegessen hatte, spürte ich zwar sofort etwas, aber es war nicht das, was ich mir erhofft hatte. Es war massive Müdigkeit. Ich verspürte das dringende Bedürfnis, mich hinzulegen. Meine Augenlider waren bleischwer und kaum hatte mein Kopf das Kissen berührt, war ich eingeschlafen und in einen traumlosen Schlaf eingetaucht.

Erschrocken erwachte ich am nächsten Morgen und spürte Skops nasse Zunge auf meinem Arm.

»Was ist passiert?«, rief ich und setzte mich schnell auf.

»*Fräulein, Sie haben geschlafen wie eine Tote und ich musste die ganze Nacht wach bleiben, um zu prüfen, ob Sie noch atmen*«, antwortete er mir. Ich wischte mir die Schlabber vom Arm.

»Danke, Skop«, murmelte ich und blinzelte.

»*Wie fühlen Sie sich?*«

»Gut«, sagte ich und schwang meine Beine aus dem Bett. Und es stimmte. Mein Kopf fühlte sich leichter und klarer an und obwohl ich immer noch nervös war, war ich nicht mehr so überwältigt wie zuvor. Vielleicht hatte ich diese Bewusstlosigkeit gebraucht, sonst hätte ich mich wahrscheinlich die ganze Nacht verrückt gebracht.

»Wann beginnt das Tribunal?«

»*In einer Stunde.*«

»Okay. Ich geh duschen«, sagte ich und ging ins Bad. Während ich mich wusch und fertig machte, übte ich den Geruch der Seife zu verdrängen, indem ich stattdessen an den Geruch von Pflanzen dachte. Lavendel funktionierte definitiv am besten, was Sinn machte, da es ein intensiver Duft war. Ich holte meine Ranken ein paar Mal hervor, prüfte die Farbe und testete, wie sie sich anfühlten. Abgesehen von einem schärferen Sinn für Wachsamkeit fühlte sich alles gleich an.

Gekleidet in meiner Kampfausrüstung, mit *Faesforos* am Oberschenkel, Poseidons Perle in der Hosentasche und mein Haar fest aus dem Gesicht geflochten, fühlte ich mich so bereit wie noch nie vor einem Tribunal. Ich konnte Dämonen töten. Ich war eine Göttin, verdammt noch mal.

Und ich kämpfte um einen teuflisch guten Gott.

Es war nicht Hekate, die mich abholte und das ließ meine Angst wieder aufflackern. Athene tauchte in ihrer makellosen weißen Toga auf. Erst jetzt wurde mir bewusst, wie viel Halt Hekate mir gab. Auch wenn sie oft grimmig war, vermisste ich sie.

»Du wirkst anders«, sagte Athene und legte den Kopf schief.

Ich verbeugte mich tief, bevor ich ihr antwortete. Ich wollte sie nicht wieder verärgern.

»Ich habe noch einen Samen gegessen.«

»Das war wahrscheinlich klug.«

»Wenn du das auch so siehst, beruhigt mich das auf jeden Fall«, murmelte ich und richtete mich auf. Sie schenkte mir ein kleines Lächeln.

»Bist du bereit?« Ich nickte.

· · ·

Mit einem Blitz materialisieren wir in einer Höhle, die wie der Bau der Empusa schwach rot leuchtete, doch viel größer war. Ich drehte mich um die eigene Achse und sah mich um. Die Höhle war vollkommen leer. Da war nichts als nackter Fels um uns herum.

»Viel Glück«, sagte Athene leise, dann verschwand sie. Sofort ertönte die Stimme des Kommentators und ich spürte einen Adrenalinstoß und mein Magen überschlug sich.

Es ging los.

»Guten Morgen, Damen und Herren des Olymps! Wie Sie sehen können, ist Persephone bereit, ihr nächstes Tribunal zu beginnen. Willkommen im Bau von Eurynomos!«

Ich legte meine Hand näher an den Dolch und sah mich verzweifelt um. Diese Höhle sah nicht aus wie ein Bau. Wo waren die Leichen?

»Aber lassen Sie uns nicht vergessen, liebe Bürger, dies ist das vorletzte Tribunal. Wir brauchen Action!«

Mein Kiefer krampfte sich zusammen. War mein Kampf gegen einen schrecklichen Dämon nicht genug für diese verdammten Leute?

»Persephone wird heute vor eine Wahl gestellt, ein Test ihres moralischen Charakters.« Ich erstarrte, als ich die Stimme erkannte. Es war Zeus, der sprach.

»Es gibt keinen Haken oder versteckte Absichten und dies ist in der Tat eine seltene Gelegenheit.« Sein verführerischer Ton prallte an den kahlen Höhlenwänden ab und Adrenalin schoss durch mich hindurch. *Komm zur Sache!*

Violettes Licht begann über mir zu knistern und ich blickte zur Decke der Höhle hinauf. Etwas tropfte durch sie hindurch und drang in den Raum ein. Nicht etwas. Jemand.

Eine Frauengestalt setzte sich vor meinen Augen aus dem Schlamm zusammen. Sie hing liegend, mit dem Gesicht in Richtung des Bodens unter der Decke, als liege sie mit dem Bauch auf einem unsichtbaren Objekt. Sie trug ein rotes Kleid, das von ihrem schwebenden Körper herabhing und es sah aus, als sei sie mit Seilen gefesselt. Ihre Haare hingen ebenfalls herunter und verdeckten ihr Gesicht.

Aber ich wusste, wer es war, ohne ihr Gesicht zu sehen.

»Holt mich hier raus, verdammt!«, kreischte Minthe.

»Persephone«, dröhnte die Stimme des Zeus.

»Wir möchten dir Eurynomos vorstellen, Dämon des verrottenden Fleisches.« Das rote Licht pulsierte an den Wänden und Schatten bildeten sich an den flachen Oberflächen, wo eigentlich keine sein sollten. Ich umklammerte instinktiv meinen Dolch und die Ranken juckten mir in den Handflächen. Ein Wimmern lenkte meine Aufmerksamkeit zurück auf Minthe, die von Seilen, die eine Art Netz bildeten, an der Decke gehalten wurde. Geschwärzte Finger drangen aus dem Felsen, schlängelten sich zwischen den Fesseln hindurch und kamen ihr näher.

»Normalerweise ist er nur in der Lage, das Fleisch von Toten an sich zu bringen, aber heute machen wir eine Ausnahme«, sagte Zeus und Minthe schrie auf, als ein Finger ihre nackte Schulter berührte. Ihre blasse Haut verdunkelte sich augenblicklich, als ob sie verbrannt worden wäre.

»Stopp!«, schrie ich. »Das ist mein Tribunal, nicht ihrs!«

»Wie wahr, kleine Blumengöttin. Du brauchst zwei weitere Samen, um zu gewinnen. Du kannst beide haben, wenn du Eurynomos Minthe überlässt.«

»Was?« Mir schwirrte der Kopf und meine Gedanken überschlugen sich. Ich konnte jetzt sofort gewinnen? Keine Tests, Prüfungen und Angst mehr, nur noch Hades.

Aber...

Ich blickte zu der an der Decke festgeschnallten Frau auf und ich erinnerte mich an Ixion, der an das brennende Rad im Tartarus gefesselt war. Mein Magen krampfte sich zusammen, als ein weiterer Finger Minthes Bein berührte und sie einen erstickten Laut von sich gab.

»Das ist nicht fair!«, schrie sie. »Ich habe meine Prüfungen bestanden! Ich bin durch!«

Sie hatte recht.

»Wenn du dich dafür entscheidest, sie zu retten und damit erfolgreich bist, gewinnst du einen Punkt und musst noch eine weitere Prüfung gewinnen, damit du statt Minthe hier, Hades heiraten darfst«, rief Zeus. »Wenn du sie retten willst und versagst, verlierst du die Tribunale. Was soll es sein, Persephone?«

Für mich kam nur eine Option infrage. Vielleicht würden die Götter und Bürger des Olymps für das, was sie wollten, töten, aber ich war anders gestrickt. Ich konnte nicht jeden Tag mit dem Wissen aufwachen, dass ich mich entschieden hatte, jemanden sterben zu lassen.

»Lasst sie leben«, sagte ich laut.

»Ich hatte gehofft, dass du das sagen würdest«, sagte Zeus und ich konnte die Freude in seiner Stimme hören.

Die Höhle begann um mich herum zu rumpeln und

zu beben und ich schrie auf, als ein großer Teil des Felsbodens zu knacken und zu splittern begann und mich ins Stolpern brachte.

»*Ich hatte auch gehofft, dass du das sagen würdest*«, zischte eine hohe Stimme in meinen Gedanken. »*Es ist so selten, dass ich lebendige Gesellschaft bekomme. Das wird ein wahres Vergnügen.*«

»Eurynomos?«, rief ich laut, während die Bodenplatten um mich herum mit lautem Krachen zerplatzten.

»*In der Tat. Wenn du sie retten willst, musst du sie freischneiden.*«

Ich sah zu Minthe hinauf, die an der Decke festgeschnallt war. Wie sollte ich da hochkommen?

Mit einem Ruck schoss der Teil des Bodens, auf dem ich stand, nach oben. Ich fiel auf die Knie und behielt auch so nur mühsam das Gleichgewicht. Der Boden brach in riesigen Stücken weg und verwandelte sich zu Steinsäulen auf verschiedenen Höhen, die kaum groß genug waren, dass ich darauf stehen konnte. Die, auf der ich stand, war eine der niedrigsten, aber einige reichten fast an die Decke. Ich sah mich um und mir wurde klar, was ich zu tun hatte. Ich musste von Säule zu Säule springen, bis ich hoch genug war, um die Seile von Minthe zu durchtrennen.

Höhen. Warum immer verdammte Höhen! Ich dachte, ich hätte mich meiner Höhenangst bereits gestellt.

Ich spähte über den Rand meiner Säule. Mein Puls raste und mein Herz hämmerte so stark, dass mir schlecht wurde.

Aber der dunkle Abgrund, den ich zu sehen erwartete, war nicht da.

Was ich sah, war viel, viel schlimmer.

Leichen. Leichen in jedem Stadium von Verwesung erhoben sich aus der Dunkelheit und füllten den Raum zwischen den Pfeilern. Viele waren Skelette und sahen aus wie der Dämon, gegen den ich im ersten Tribunal gekämpft hatte. Ihre Gliedmaßen und Kiefer klapperten, als sie übereinander kletterten. Aber einigen klebte noch etwas Fleisch an den Knochen und die Kiefer, Schultern und Rippen anderer zeichneten sich durch fahle, blauverfärbte Haut ab.

Ihr fauliger Geruch stieg mit ihnen auf und ich beschwor einen Lavendelduft herauf, um mich dagegen zu schützen.

»Fall nicht von den Säulen, Blumengöttin«, höhnte Eurynomos, *»oder sie werden dich zerreißen und dann werde ich dein Fleisch essen.«*

Scheiße, Scheiße, Scheiße. Pure Angst stieg in mir auf und ich sah panisch zwischen der sich windenden Masse von Untoten unter mir und Minthe, die über mir kreischte, hin und her. Wie zum Teufel sollte ich das überleben?

VIERZEHN

PERSEPHONE

*O*kay, sagte ich mir, *die menschliche Persephone hatte Höhenangst.* Ich atmete angestrengt. *Persephone, die Göttin, hat Ranken, mit denen sie Dinge auffangen kann und ist kürzlich von einem Baum gesprungen. Persephone, die Göttin, packt das.*

»Komm schon!«, schrie Minthe über mir. Ich warf ihr einen wütenden Blick zu und versuchte herauszufinden, welche Felssäule mir am nächsten war.

»Willst du mich verarschen? Ich hätte dich hier einfach zurücklassen können!«

»Hast du aber nicht, also hol mich verdammt noch mal hier raus!«

»Hör auf, mich zu beschimpfen und halt die Klappe«, schnauzte ich zurück und steckte *Faesforos* zurück in seine Scheide. Ein leises, grollendes Stöhnen tönte von den Untoten unter mir und ich schätzte, dass einige von ihnen noch intakte Kehlen haben mussten. Ich ließ eine grüne Ranke aus meiner Handfläche schlängeln und zielte damit an die Decke. Die nächstgelegene Säule war etwa einen halben Meter höher als die, auf der ich stand und einen Sprung entfernt. Ich spürte einen dumpfen Schlag neben mir und mein Magen drehte sich um, als eine verfaulte Hand am Rand meiner Plattform erschien. Die Untoten kletterten die Säulen hinauf.

Mit verzogenem Mund trat ich nach der Hand und ich sah ängstlich dabei zu, wie die Leiche zurück auf die Masse der Skelette unter ihr fiel. Eine andere Leiche ersetzte sie sofort.

Minthe hatte recht. Ich musste mich beeilen.

Meine Liane wickelte sich um die Seile, die Minthe hochhielten und ich zerrte versuchsweise daran. Die Liane hielt fest. Ich konnte also springen und die Liane sollte mich halten, wenn ich mein Ziel verfehlte. Es war wie ein Klettergurt, meine Lebenslinie über einem Meer von Leichen, die mich zerreißen würden, bevor mein Fleisch von der Bestie gegessen werden würde.

Meine Hände zitterten, als ich meine Knie beugte, meine Liane umklammerte und mich auf den Sprung vorbereitete. Noch vor ein paar Wochen hätten meine Knie schon jetzt nachgegeben, aber ich hatte mich verändert. Ich war stark. Und ich musste gewinnen. Ich füllte meinen Geist mit dem Bild von Hades Gesicht und sprang.

Ich landete mühelos auf dem nächsten Pfeiler und die Ranke half mir, die nötige Höhe zu erreichen. Ein Triumphschrei drang aus meinen Lippen.

»Da sind noch gut zehn mehr! Die Götter mögen mir helfen, hör auf zu feiern und beeil dich!«, rief Minthe.

Ich warf ihr einen finsteren Blick zu und suchte nach der nächsten Säule, die ich erreichen konnte. Sie schienen nicht so angeordnet zu sein, dass sich eine logische Reihenfolge ergab. Da war eine, die etwas über einen Meter von mir entfernt war und deutlich höher reichte als meine. Ich spürte, wie die Säule, auf der ich stand, zu beben begann und ohne hinunter zu sehen, wusste ich, was das bedeutete. Die Untoten versuchten, mich zu erreichen.

»Wusstest du, dass spartanische Skelette so gemacht werden?« Eurynomos zischende Stimme erfüllte wieder meinen Kopf. *»Sie sind das, was übrigbleibt, wenn ich mit ihrem Fleisch fertig bin.«*

»Na, herrlich«, murmelte ich und hockte mich hin, um mich auf den nächsten Sprung vorzubereiten.

»Hades überlässt mir die Bösen, verstehst du? Diejenigen, die am meisten gesündigt haben.«

»Das ist aber schön für dich«, antwortete ich und sprang. Diesmal landete ich nicht so gelenk. Dieser Pfeiler war höher und weiter weg als der Vorherige. Mein Magen drehte sich um und ich schaffte es gerade so, mich über die Kante des Felsens zu ziehen.

»Ich vermisse ihn nicht, weißt du. Hades lässt mich nie Spaß haben und ich bin an seinen Willen gebunden. Aber dieser Zeus, der mich jetzt kontrolliert...« Der Dämon brach ab und entgegen meiner Vorsetze, war mein Interesse jetzt geweckt.

»Was ist mit ihm?«

»Er hat nicht das Zeug dazu«, zischte Eurynomos. *»Er hat Macht, aber sie ist nicht dunkel genug, um mich zu bändigen. Jedenfalls nicht mehr lange.«*

Bei seinen Worten durchlief mich ein Schauder. Konnte er sich wirklich von Zeus Macht befreien?

»Hades wird einfach wieder die Kontrolle übernehmen«, sagte ich schnippisch und wählte die nächste Säule aus. Sie war nur eine kurze Distanz entfernt, aber sie war viel höher als meine. Ein knochiger Finger erschien neben meinem Fuß, als ich gerade in die Hocke gehen wollte und ich trat hart darauf. Eurynomos seufzte laut in meinem Kopf auf.

»Ja, das würde er. Aber vielleicht bekomme ich vorher noch ein paar kurze Sekunden glückseliger Freiheit«, sagte er optimistisch.

»Und was würdest du mit dieser Freiheit machen?«, fragte ich und sprang auf den nächsten Pfeiler zu. Noch in der Luft merkte ich, dass ich es nicht schaffen würde.

Instinktiv verkürzte ich die Ranken schnell. Doch der Ruck, der folgte, machte deutlich, dass ich sie zu schnell eingezogen hatte. Ich flog in die Höhe und über die Säule hinweg, die ich angezielt hatte. Jetzt baumelte ich an meiner Liane und es war furchtbar. Ich konnte nicht anders, als beim Schwingen in die Tiefe zu schauen und schwarze Punkte trübten innerhalb von Sekunden mein Blickfeld. Schwärme von Untoten tummelten sich zwischen den unebenen Säulen unter mir. Mein Gehirn war jetzt nur noch von der Angst erfüllt, zu ihnen hinunter zu fallen.

»Zieh dich einfach hoch, du Vollidiot!«, rief Minthe. Ihre Stimme durchbrach meine Panik und ich tat, was sie sagte, und verkürzte die Ranke weiter. Ich begann, in die Höhe zu sausen und ich versetzte mir innerlich einen Tritt. Warum zum Teufel hatte ich das nicht schon früher gemacht?

»Oh nein, nein, nein. So einfach kann ich es dir nicht machen«, zischte Eurynomos und dann blitzte sengende Hitze an meiner Ranke hinunter in meinen Körper. Einer der geschwärzten Finger an der Decke, die Minthe gequält hatten, griff nach meiner Ranke und verbrannte sie an der Stelle. Abscheuliche Bilder von verwesenden Toten durchzuckten mich, meine Liane färbte sich

schwarz und die dunkle Macht der Unterwelt erfüllte meinen Geist.

Und dann wurde ich wirklich schwerelos, als die Liane von der Berührung des Dämons durchtrennt wurde.

Verzweifelt und ohne nach oben zu sehen, ließ ich eine neue Ranke aus meiner anderen Hand hervorschießen und betete, dass ich mein Ziel traf. Sie wickelte sich um etwas Hartes und ich schwang gegen eine hohe Säule. Die Ranke hatte sich fest um die Spitze gewickelt und für einen Moment fühlte ich mich sicher, aber dann schlossen sich knochige Finger um meinen Knöchel. Ich trat gegen das Skelett. Ich sah hinunter und mein Inneres schüttelte sich, als die matschige, faulige Faust erblickte, die jetzt meinen Stiefel packte. Ich trat aus und der Schwung reichte aus, den Griff des Untoten zu lösen. Mit einem stummen Gebet an die Götter zog ich an der Ranke und sie verkürzte sich und zog mich in die Höhe zur Spitze der Säule, außer Reichweite der lebendigen Knochen.

Oben angekommen, keuchte ich schwer und krabbelte auf den Felsen. Mein Adrenalin machte meine Muskeln stärker.

Minthe schrie wieder und die Untoten stöhnten wie als Antwort laut auf. Ich musste dieses Tribunal beenden. Aber wie, wenn Eurynomos meine Lianen durchtrennen wollte? Sie waren alles, was ich hatte. Vielleicht konnte ich ihn ablenken.

»Wo bist du, Eurynomos? Warum zeigst du dich nicht?«, schrie ich. Er gluckste in meinen Gedanken.

»*Das ist verboten.*«

»Bist du zu hässlich, dich zu zeigen?« Ich beäugte die nächste Säule und anstatt meine Ranken zu Minthe hochzuschicken, zielte ich auf die Spitze des nächsten Pfeilers. Es erforderte mehr körperliche Anstrengung, die Säulen auf diese Weise zu erklimmen, als von der Decke auf sie zuzuschwingen, aber wenigstens konnten ich so den knochigen Fingern ausweichen. Ich zog mich mit Hilfe der Ranken zur nächsten Säule und schlug hart mit dem Kinn gegen den Felsen und suchte mit den Füßen nach Halt. Ich kletterte hinauf und sah mich hektisch nach der nächsten um.

»Man könnte mich wohl hässlich nennen«, sagte der Dämon schließlich nachdenklich. Ich zielte meine Ranken auf die nächste Säule. Es lagen nur noch drei oder vier weitere vor mir, schätzte ich, bevor ich die Decke erreichen würde.

Ich blickte zu Minthe hoch und sah, dass ihre Augen zusammengekniffen waren. Jetzt, wo ich näher dran war, konnte ich die klaffenden Wunden sehen, die die Finger auf ihrem Körper hinterließen. Sie verbrannten ihr die Haut und Minthe war jetzt schon übersäht von Brandblasen und blutenden Schnitten. Galle schäumte in meiner Brust. Ich musste uns beide hier rausholen. Ich sprang und versuchte, die Ranken früher einzuziehen als beim letzten Mal, damit ich nicht so hart gegen den Pfeiler stieß. Es klappte nicht und meine Schulter prallte schmerzhaft gegen die Säule.

»Was denkst du?«, sagte Eurynomos Stimme, als ich mich hochzog. Ich grinste, obwohl ich noch immer atemlos von der körperlichen Anstrengung war.

»Worüber?«

»Bin ich hässlich?«

Gerade als ich mich auf der spindeldürren Säule aufrichtete, tauchte er direkt vor mir auf.

Mein Gehirn gefror und ich stolperte vor Schreck

rückwärts. Ohne mein bewusstes Zutun wanden sich meine Lianen um das nächstbeste Objekt, um einen Fall zu verhindern. Sie peitschten auf das Einzige zu, was sie greifen konnten: Eurynomos.

Sein Gesicht verzog sich vor Vergnügen, als meine Ranken seine Haut berührten. Mein Sturz wurde aufgehalten, doch Bilder, die so widerlich waren, dass ich fast ohnmächtig wurde, überfluteten meinen Geist.

Ich sah ihn vor meinem geistigen Auge auf allen Vieren, umgeben von Leichen. Sein Körper war schwarz und haarlos, lang und sehnig und mit Wunden bedeckt, aus denen dunkelrote Flüssigkeit sickerte, die seine Haut überzog. Massive schwarze Augen quollen aus seinem länglichen Schädel und sein Mund war viel zu groß für sein Gesicht und gefüllt mit messerscharfen, schiefen Zähnen. Der echte Dämon, der gackernd vor mir stand, verschmolz mit dem in meiner Vision, in der er mit seinen Zähnen wie ein tollwütiges Tier Fleisch von einer Leiche riss.

»*Du riechst köstlich*«, zischte er und ich zuckte zusammen und zwang meine Ranken loszulassen und sich aufzulösen. Mit einem weiteren brüllenden Lachen verschwand er.

»*So eine Schande, dass ich dich nicht berühren darf, bevor du nicht die andere gerettet hast*«, sagte er mit gespielt trauriger Stimme.

Ich holte tief Luft und versuchte verzweifelt, mich nicht zu übergeben oder ohnmächtig zu werden. Meine Knie wurden schwach und ich drohte ein zweites Mal von diesem Pfeiler zu fallen.

»Jetzt mach schon, Blumenmädchen!«, schrie Minthe.

Wut durchströmte mich bei ihren Worten.

»Ich riskiere mein Leben, um dich zu retten, du

undankbarer Hohlkopf!«, brüllte ich zurück. Seltsamerweise gaben mir die Worte Kraft und ich merkte, dass meine Wut den Ekel und die Angst verdrängte. Mein Zittern ließ nach und ich schaute auf.

Ich musste eine neue Strategie ausprobieren.

Ich zog *Faesforos* von meinem Oberschenkel und schoss eine Ranke auf das Netz über mir, ich zielte auf eine Stelle in der Nähe von Minthes Kopf. Sie wickelte sich um das Seil und auf meinen Befehl begann sich die Ranke zu verkürzen und mich in Richtung der Decke zu ziehen. Ich wusste, dass ich nur wenige Sekunden hatte, bevor die Finger meine Ranke durchtrennen würden, aber hoffentlich würde das ausreichen. Sobald ich nah genug dran war, schlug ich mit meinem Dolch zu. *Faesforos* schnitt mit Leichtigkeit durch das Seil und Minthe jaulte auf, als ihre rechte Schulter aus dem Netz fiel.

»Was passiert, wenn du es schaffst, sie alle zu durchtrennen?«

»Wir müssen hoffen, dass wir hier herausgeholt werden, bevor wir da unten landen«, antwortete ich und deutete auf die Untoten, die unter uns tobten, gerade als sich ein Finger um meine Ranke schloss. Ich zuckte zusammen, blieb aber konzentriert und suchte nach einem Pfeiler, auf dem ich sicher landen konnte. Ich schwang mich dorthin und mein Adrenalin verdrängte die Angst. Das Wissen, dass ich schon einmal gefallen war und überlebt hatte, gab mir den nötigen Mut.

Ich stieß einen erleichterten Schrei aus, als meine Füße auf der Säule landeten und ich die Ranke auflösen konnte. Die abscheulichen Bilder, die aus den geschwärzten Fingern durch meine Ranke in meinen Kopf flossen, waren unvorstellbar ekelhaft.

»*Clevere Blumengöttin*«, zischte Eurynomos. Ich ignorierte ihn und schaute stattdessen zu den Seilen hoch und bereitete mich darauf vor, das Manöver zu wiederholen.

Jedes Mal, wenn ich mich zur Decke schwang, konnte ich mehr Seile durchtrennen, obwohl die faulen Finger immer schneller versuchten, meine Lianen zu durchtrennen. Und jedes Mal, wenn ich es tat, wurde ich stärker und selbstbewusster.

Das alte Sprichwort »was dich nicht umbringt, macht dich stärker«, hatte offensichtlich etwas Wahres an sich. Nach sechs Schwüngen war nur noch ein Seil übrig. Minthe stand die Angst ins Gesicht geschrieben. Ihre Schultern und Schienbeine waren mit Wunden übersät.

»Wehe, du vermasselst das!«, rief sie mir zu, als ich mich anschickte, erneut zu ihr in die Höhe zu schwingen.

»Warst du schon immer so ein undankbarer Quälgeist?«, schrie ich zurück.

»Ja. Aber ich verdiene es nicht, so zu sterben.« Ihre Stimme war bitter und ich konnte nicht verhindern, dass ich Mitleid für sie empfand. Sie war eine Kämpferin, so viel war klar und sie hing hilflos da und war auf ihre Konkurrentin angewiesen, ihr das Leben zu retten. Ich wusste, wie furchtbar es sich anfühlte, sein Schicksal in die Hände eines anderen zu legen.

»Vielleicht könntest du weniger zickig mit mir umgehen, nachdem ich dein Leben gerettet habe?«

Sie antwortete nicht, aber ihre Augen hefteten sich auf die meinen und ich konnte sehen, dass sie Todesangst hatte.

»Also gut, ich komme ja schon«, murmelte ich und

ließ meine Liane hochschnellen. Als ich mich dieses Mal zur Decke hochzog, erschien seltsamerweise kein Finger aus dem Felsen, der sich in Richtung meiner Ranke schlängelte. Misstrauen erfüllte mich. Ich zielte darauf das letzte Seil durchzuschneiden, das um Minthes Mitte gewickelt war.

Aber der Kontakt kam nicht zustande. Stattdessen erschien Eurynomos zwischen uns und mein Dolch fuhr in seinen ausgemergelten Arm. Er kreischte. Das Geräusch war so haarsträubend, dass es in mir fast so viel Angst auslöste wie einer von Hades Wutausbrüchen.

»Schmerz!«, kreischte der Dämon. Ich trat nach der Luft unter mir und versuchte, mich von ihm wegzuschwingen. Ich suchte verzweifelt nach einer Säule, auf der ich landen konnte. »Schmerz war das, was ich brauchte, für den Energieschub, der groß genug war, um auszubrechen!«

»Was?« Ich kniff die Augen zusammen und starrte in sein verzerrtes, glühendes Gesicht.

»Frei«, zischte er und dann warf er sich auf mich.

Ein Schmerz, wie ich ihn noch nie erlebt hatte, schlimmer als der Stromschlag des Mannes mit dem Phönix, nahm von mir Besitz. Ich konnte spüren, wie meine Haut von den Knochen gerissen wurde. Er beugte seinen Kopf vor, um meine Schulter zu erreichen und ich fühlte, wie sich meine Liane auflöste. Ich schrie und begann rückwärts zu fallen. Der Dämon fiel mit mir, mein Hals und Kiefer brannten, als sich seine Zähne in mein Fleisch bohrten. Als die Dunkelheit mich zu verschlingen begann, hörte ich Minthe rufen.

»Kämpf! Verdammt noch mal, kämpf gegen ihn an!«

Mein Rücken schlug auf etwas Hartem auf und das Klappern von Knochen und der Geruch von verrottendem Fleisch war mir vage bewusst. *Du bist eine Göttin.*

Eine weitere Welle von Schmerz ließ mich von neuem Aufschreien und ich wurde von Eurynomos Gewicht zerquetscht. Er riss mir immer mehr Haut und Muskeln von meinem Hals. *Du bist eine Göttin. Du bist eine verdammte Göttin. Kämpf gegen ihn an, verdammt.* Ich suchte nach dem letzten bisschen Kraft, das ich noch in mir hatte und schleuderte ihm meine schwarzen Ranken entgegen.

Sie trafen den Dämon so hart, dass sie *durch* ihn hindurchschossen. Ich ließ alle Stärke, die ich noch hatte, durch meine Handflächen strömen und die schwarzen Lianen zogen seine furchtbare Magie an und spiegelten sie als meine eigene.

Eurynomos brüllte, als riesige Dornen an den Ranken erschienen. Ich spürte, wie sie das Innere seiner Brust durchbohrten. Meine Ranken wuchsen und drückten ihn von mir. Ich schwang meine Arme und schleuderte ihn gegen die Höhlenwand. Der Schwarm der Untoten um uns herum erstarrte an Ort und Stelle. Sie bewegten nur die Köpfe und beobachteten ihren Meister. Mit aller Kraft schleuderte ich ihn gegen die gegenüberliegende Wand.

Instinktiv zog ich die Knie an und eine dunkle, von der Macht des Dämons geschürte Wut begann mich zu verzehren. *Eurynomos würde sterben.* Er und all die anderen, die mich als Spielzeug benutzen, mich zu ihrer Unterhaltung folterten und mir buchstäblich das Fleisch von den Knochen reißen wollten. Ich war zu sehr in meinem Zorn gefangen, um zu bemerken, dass sich meine Haut bereits wieder zusammenfügte.

»Hol mich hier raus!«

Minthes Schreie drangen durch die giftige Wut und ich stand langsam auf. Meine Augen waren noch immer auf Eurynomos gerichtet, wie ich ihn zwischen den Höhlenwänden hin und her schleuderte. Sein schwacher Körper verbog sich bei jedem Aufprall an den Felsen.

»Einen Moment wirst du noch warten müssen«, zischte ich. »Ich muss mich erst um etwas kümmern.«

Mit hoch über den Kopf erhobenen Armen hielt ich Eurynomos still über mir. Meine schwarzen Lianen glitzerten mit dem Blut des Dämons.

»Sag mir noch einmal, wie du dich an meinem Fleisch laben willst?«, brüllte ich ihn an. Meine Stimme klang nicht wie meine eigene, aber das war mir egal.

Es ging mir um nichts anderes, als an dieser bösen Kreatur ein Exempel zu statuieren. Er stöhnte, aber er antwortete nicht.

Er konnte nicht antworten. Ich zog zu viel von seiner Kraft aus ihm heraus.

Mit einer letzten Willensanstrengung drang ich in den dunkelsten Teil von ihm und sog all seine Kraft in mich, um sie mit einem unmenschlichen Gebrüll in meine Ranken zu leiten.

Eurynomos schrie auf, als riesige Stacheln aus den Ranken herausbrachen und sich durch seine Brust bohrten. Er wurde von innen heraus aufgespießt.

Als das Leben die Kreatur verließ, verließ auch die dunkle Macht in mir mich und ich stolperte rückwärts. Meine Lianen wurden schwächer und Eurynomos lebloser Körper krachte auf den Boden. Das Meer aus Untoten teilte sich und ließ ihn auf dem Grund vor mir aufschlagen. Ich sah auf seinen durchbohrten und blutigen Körper hinunter. Er begann, tiefblau zu leuchten und dann verschwand er. Meine schwarzen Ranken lösten sich auf und eine epische Welle von Übelkeit ergriff mich. Bevor ich irgendetwas anderes tun konnte, übergab ich mich hustend auf dem Steinboden und mein Körper zitterte unkontrollierbar.

»Hol mich hier raus. Bitte.« Minthes Flehen holte mich zurück in die Gegenwart.

Die beißende Galle und der Schmerz in meinem Hals und Nacken ließen meine Augen tränen. Ich versuchte, tief durchzuatmen. Ich musste uns von hier wegbringen. Ich schoss eine grüne Ranke in Richtung der Decke und mein erschöpfter Körper registrierte nicht einmal, wie hoch über dem Grund ich mich befand, als ich in Sekundenschnelle durch die Luft flog und dabei *Faesforos* wieder von meinem Oberschenkel zog.

Ich fühlte mich benommen, wie betäubt. Ich vermied es, Minthe in die Augen zu sehen und schnitt das letzte Seil durch, das sie noch fesselte. Im nächsten Augenblick löste sich die Höhle in weißem Licht auf.

FÜNFZEHN

PERSEPHONE

Gedämpfter Applaus drang an meine Ohren, in denen noch immer das Geschrei aus dem Bau des Eurynomos widerhallte und ich nahm wahr, dass ich mich wieder in Hades Thronsaal befand. Ich war in Sicherheit.

»*Persephone*«, seine Stimme erfüllte sofort meine Gedanken. »*Geht es dir gut?*«

Ich sah stumm zu der pulsierenden, rauchigen Gestalt am Ende der Thronreihe auf und nickte.

»Persephone!« Ich wirbelte herum und sah meinen Bruder, der versuchte, sich verzweifelt durch die Menge zu drängen. Hekate hielt ihn zurück und ihr Gesicht war bleich und starr.

»Mir geht's gut, Sam«, krächzte ich. Er stand rührungslos mit blassem Gesicht da und sah mich verängstigt an.

Das rülpsende Geräusch, das ich von mir gab, fühlte sich nicht richtig an. Zögerlich berührte ich meinen Hals und statt auf Haut trafen meine Finger auf etwas Klumpiges, Nasses.

Ich schloss die Augen und konzentrierte mich. Ich wollte, dass die Wunde schneller heilte, als sie es ohnehin schon tat. Ich hatte keinen Zweifel daran, dass die Verletzung bereits beträchtlich geheilt war, sonst würde ich jetzt nicht mehr stehen. Ich wäre tot.

»Wie schön für dich«, murmelte Minthe und ich öffnete die Augen. Sie stand zitternd neben mir.

Tiefe, dunkelrote Brandwunden bedeckten ihren Körper und ihr Gesicht war kreidebleich. Ich sah sie stirnrunzelnd an.

»Was meinst du damit? Glaubst du, dass mir das Spaß gemacht hat? Dass ich froh darüber bin, was gerade passiert ist? Ich habe dir gerade das Leben gerettet. Hör auf, so mit mir umzugehen.«

»Das meinte ich«, sagte sie leise und deutete auf meine Schulter und meinen Hals. »Ich kann mich nicht selbst heilen.«

»Oh«, sagte ich. Ich legte den Kopf schief, dann streckte ich ihr eine Ranke entgegen. Sie zuckte zusammen, als diese ihren Arm berührte, sagte aber nichts. Die Ranke färbte sich golden und ich sandte meine Heilkraft in sie.

Ihre Lippen teilten sich und sie keuchte. Ihre Wunden begannen zu verblassen und schlossen sich.

»Danke«, sagte sie leise.

»Ich bin begeistert, dass ihr euch so gut versteht«, dröhnte Zeus und erhob sich mit einem kalten Lächeln von seinem Thron. »Wenn ich bitten darf«, sagte er und hob den Arm. Der Kommentator erschien mit einem Knall.

»Die mutige Persephone hat sich entschieden, ihre Rivalin zu retten, anstatt ihren Tod aufs Gewissen zu nehmen! Mal sehen, was die Richter dazu zu sagen haben!« Er grinste.

Die Richter tauchten in weißen Blitzen vor den Thronsesseln auf.

»Radamanthus?«

»Ein Punkt«, sagte der Richter.

»Aeacus?«

»Ein Punkt.« Der hagere Richter beäugte mich misstrauisch, als er sprach.

»Minos?«

»Ein Punkt. Und meinen Respekt«, sagte der oberste Richter mit einem Lächeln. Ich hob überrascht die Augenbrauen und die drei verschwanden.

»Wie ich gehofft hatte, verspricht das letzte Tribunal spannend zu werden«, sagte Zeus laut.

»Woher wusstest du, dass ich nicht beide Punkte wählen und diesen Zirkus damit beenden würde?«, unterbrach ich ihn. Er starrte mich an.

»Weil die meisten Menschen berechenbar sind und du erst recht«, sagte er und blickte dann wieder in die Menge. »Das letzte Tribunal wird der lang erwartete Höllenhund-Lauf sein!«

Jubel brach hinter mir aus und ich schaute zu Hades hinauf. Skop hatte schon gesagt, dass ich irgendwann auf Kerberos treffen würde. Der Zeitpunkt war gekommen.

»Die Prüfung wird allerdings ein wenig anders verlaufen als bei den anderen Teilnehmerinnen. Bisher bestand das Ziel darin, Hades drei Haustiere in einem Streitwagen zu überholen. Dieses Mal wird es ein Rennen zwischen den letzten verbliebenen Teilnehmerinnen werden. Die Gewinnerin wird Hades heiraten.«

Ich schaute Minthe an. Uns fielen die Kinnladen gleichzeitig herunter.

»Aber ich habe meinen Höllenhund-Lauf bereits überlebt. Sie können mich doch nicht zwingen, das noch einmal dazu durchleben!«, protestierte sie mit fassungsloser Stimme. Plötzlich schien sie zu realisieren, was sie da gesagt hatte und fiel schnell auf ein Knie. »Oh Zeus, es tut mir leid, ich war bloß schockiert. Bitte verzeihen Sie mir meinen Ausbruch.«

»Ihr werdet beide zwei Teammitglieder zur Unterstützung mitbringen, die mit euch im Streitwagen fahren. Es dürfen keine Olympier sein, aber das ist die einzige Einschränkung«, fuhr Zeus fort und ignorierte sie. »Wir beginnen morgen Mittag.« Er klatschte in einer übertriebenen Geste in die Hände und außer Hades verschwanden alle Götter in einem blendenden Lichtblitz.

»Scheiße!«, rief Minthe und stampfte mit dem Fuß auf. Sie richtete sich auf und verzog das Gesicht. Meine Liane fiel von ihr ab.

»Was passiert beim Höllenhund-Lauf?«, fragte ich sie, wohl wissend, dass sich Hades von der einen Seite auf uns zubewegte und mein Bruder und Hekate von der anderen.

»Als ob ich dir das sagen würde«, knurrte sie und richtete ihre wütenden Augen auf meine.

»Boah, gib mir nicht die Schuld dafür! Ehrlich mal, du bist die undankbarste Person, die mir je untergekommen ist!« Die Wut schwoll in mir an.

»Du hast keine Ahnung, was für mich auf dem Spiel steht. Was ich für diese Chance aufgegeben habe.« Tränen glitzerten in ihren Augen.

»Nein, und es ist mir auch egal! Du willst Hades nur für die Unsterblichkeit. Du wirst ihn nicht glücklich machen.«

»Glücklich? Glaubst du ernsthaft, dass du den Herrn der Toten *glücklich* machen kannst?« Sie blickte mich an, ohne zu blinzeln.

»Ich weiß, dass ich das kann.«

»Wow. Du bist noch viel verblendeter, als ich dachte.«

»Und du bist ein noch größeres Miststück, als ich dachte.«

Aus meinen Augenwinkeln sah ich dunklen Rauch und wir sahen beide zu Hades auf.

»Bitte schicken Sie mich nach Hause, damit ich mich vorbereiten kann, mein König«, sagte Minthe knapp und senkte den Kopf.

Hades schnippte mit der Hand und sie verschwand.

»Persy, was zum Teufel war das? Ich meine, du warst knallhart, aber ich kann nicht glauben, dass du das wirklich getan hast, dass meine eigene Schwester-« Die Worte meines Bruders brachen ab und er stürzte sich auf mich und schlang mir die Arme fest um den Körper. Meine Gedanken überschlugen sich und die verbleibende Wut und der Schock darüber, was ich Eurynomos angetan hatte, trafen mich wie ein Güterzug.

Ich sollte einen solchen Akt der Wut bereuen. Ich hätte Eurynomos nicht töten müssen. Ich hätte ihn gefangen nehmen können, während ich Minthe befreite. Aber ich hatte beschlossen, dass er sterben würde und nichts hätte mich davon abgehalten. Es war ein Akt puren Zorns gewesen. Das war, was ich am meisten an dieser anderen Person, dieser Göttin in mir, fürchtete.

Aber ich bedauerte es überhaupt nicht. Er war kein Mensch, er war ein Dämon. Und das bedeutete...

»Er wird sich regenerieren«, sagte ich zu Hades. Ich formulierte es nicht als Frage, sondern als etwas, das ich gewusst hatte, bevor ich ihn tötete, eine Verteidigung meiner Taten. Aber ich musste es von ihm bestätigt bekommen.

Hades nickte. »Ja. Es könnte eine Weile dauern, aber ja.«

Ein Schauer der Erleichterung durchlief mich. Ich war keine Mörderin.

»Persy, die Dämonenjägerin«, sagte Hekate mit einem Lächeln. »Das gefällt mir.«

»Daran könnte ich mich gewöhnen«, grinste ich.

Der fröhliche Gesichtsausdruck hielt nicht lange an, denn ich spürte eine Gefühlswelle in mir, die nicht meine eigene war. Ich spürte Hades Furcht und Verzweiflung.

»Ich brauche einen Moment allein mit Hades«, sagte ich zu Sam und löste mich aus seiner Umarmung. »Dann bereiten wir uns auf das nächste Tribunal vor und trinken etwas. Oder etwas mehr.«

»Ich bereite die Cocktails vor«, sagte Hekate.

»Was ist los?«, fragte ich, sobald wir allein im Thronsaal waren.

Der Rauch, der Hades umgab, löste sich auf und er stürzte sich auf mich. Er nahm mich in seine riesigen Arme und drückte mir beruhigende Küsse auf den Hals und die Schulter, die Eurynomos zerrissen hatte.

»Wenn du ihn nicht getötet hättest, hätte ich es getan«, flüsterte er und nahm mein Gesicht in seine Hände. »Du warst ... unglaublich.«

»Ich hätte ihn nicht getötet, wenn er ein Mensch gewesen wäre«, sagte ich entschlossen.

Bist du dir da sicher? Die Stimme in mir kam aus dem

Nichts und ich zwang mich, sie zu ignorieren. Ich war mir sicher.

»Ich habe einen weiteren Samen gegessen«, sagte ich.

»Das habe ich gemerkt. Die Stacheln sind wieder da.«

»Was kann ich jetzt sonst noch?«

»Deine Heilkraft wirkt schneller«, sagte er und seine silbernen Augen huschten zu meinem Hals. »Ich wünschte, ich könnte bei dir bleiben, aber ich muss mich mit den anderen Göttern treffen und das kann nicht warten.«

Ich spürte, wie seine Wut in ihm aufstieg und legte meine Handflächen auf seine Brust. Er nahm einen tiefen Atemzug.

»Zeus hat die Kontrolle über Eurynomos verloren. Ich will nicht riskieren, dass er die Kontrolle über Kerberos verliert.«

»Wird Kerberos versuchen, mich zu fressen?«, fragte ich so beiläufig wie möglich. Hades strich mir mit dem Daumen über die Wange.

»Er hat dich immer geliebt.«

»Wirklich? Ich mag Katzen eigentlich lieber als Hunde.«

»Wenn du wieder meine Königin wirst, können wir uns eine Katze zulegen.« Meine Gefühle mussten sich auf meinem Gesicht gespiegelt haben, denn ein breites Lächeln breitete sich auf seinem aus.

»Versprochen?«

»Versprochen.«

»Dann schnall dich morgen besser an. Ich werde es Zeus zeigen«, sagte ich.

~

Nachdem er mich geküsst hatte, als hinge sein Leben davon ab, verschwand Hades, um sich mit den anderen Göttern zu treffen und versprach, mir alles über die Höllenhunde zu erzählen, wenn er zurückkäme. Und er wollte mir auch zeigen, was meine goldenen Ranken jetzt tun konnten.

Er sandte mich in einem weißen Blitz in mein altes Schlafzimmer, wo Hekate, Sam und Skop mit den versprochenen Cocktails auf mich warteten.

»Kleine Planänderung. Wir haben nur noch Zeit einmal anzustoßen, da wir eine Einladung zum Abendessen haben«, sagte Hekate und reichte mir ein Glas.

»Ich kann immer noch nicht glauben, dass du das Biest getötet hast, Persy. Ehrlich, das war verrückt!« Sam stockte. »Und dein Hals... Ich dachte echt, du würdest sterben.« Er hörte auf zu sprechen und ein gequälter Ausdruck trat auf sein Gesicht.

»Mir geht's gut, Sam. Ein Dämon ist kein Gegner für eine Göttin.« Ich rieb ihm aufmunternd den Arm und nahm einen großen Schluck von meinem Drink. Es schmeckte göttlich.

»Das hast du in der Tat bewiesen! Du hast mir nichts von den Stacheln erzählt.«

»Ich habe sie erst heute Morgen bekommen. Ich habe noch einen Samen gegessen.«

»Gut«, sagte Hekate. »Das hat dir wahrscheinlich das Leben gerettet.«

»*Hab ich's doch gesagt*«, sagte Skop.

»Und du hattest recht«, antwortete ich ihm mit einem widerwilligen Nicken und wandte mich an Hekate. »Von wem ist die Einladung zum Essen?« *Bitte nicht Zeus, bitte nicht Zeus*, betete ich im Stillen.

»Morpheus und Hedone. Und ich glaube, sie haben gute Nachrichten.«

~

Hekate beförderte uns in Morpheus Zimmer, sobald ich meinen Cocktail hinuntergeschluckt hatte und Junge, war ich neidisch.

Der Raum war genauso wie er, ätherisch und luftig und einfach... magisch. Es gab kein besseres Wort dafür.

Die Felswände waren mit leuchtenden Sternen übersät, aber sie schienen alle in Blautönen und flossen über den Felsen, als seien sie aus Wasser. Auch sein Gewand wies eine schwirrende Sternenmasse auf. In der Mitte des Empfangsraums war ein riesiger Esstisch, der für fünf Personen gedeckt war. In der Mitte stand eine große Kugel, die mit gelbem Licht glühte. Wie eine winzige Sonne legte sie ein weiches Licht über den ganzen Raum.

Bücherregale säumten eine Wand und ein riesiger Wandteppich bedeckte die andere. Bevor ich ihn jedoch begutachten konnte, erhoben sich sowohl Hedone als auch Morpheus vom Tisch, um uns zu begrüßen.

»Persy, du hast dich wundervoll geschlagen!«, strahlte Hedone und küsste mich auf beide Wangen. Eine vertraute Hitze durchströmte mich bei ihrer Berührung und ich fühlte einen Stich von Mitgefühl für meinen Bruder. Die Göttin der Lust würde ihn völlig umhauen.

Zu meiner Überraschung hielt er sich jedoch tapfer. Seine Wangen verfärbten sich nur leicht, als sie sich ihm vorstellte. Morpheus schien ihn mehr aus der Fassung zu bringen und die unheimliche Ausstrahlung des Traumgottes ließ ihn stottern.

. . .

»Bitte, setzt euch«, sagte Morpheus und wir nahmen alle Platz. Ein Satyr trat durch die offene Tür im hinteren Teil des Raumes ein und trug ein Tablett mit dem köstlich sprudelnden Wein in Untertassengläsern.

»Sam, pass auf. Das Zeug ist eigentlich nicht für Menschen gedacht«, sagte ich ihm leise.

»Du kannst morgen meinen Kater heilen«, grinste er mich an und nahm einen großen Schluck. »Verdammt, ist das gut!«

»Ja, alle Speisen und Getränke sind das hier.« Ich hörte den Stolz in meiner Stimme, als hätte ich etwas vorgeführt, das mir gehörte. Mein Gehirn schien den Olymp als mein Zuhause akzeptiert zu haben.

»Persephone, ich habe dich quasi dienstlich hierhergebeten«, sagte Morpheus und wir sahen ihn alle an. »Ich möchte dir meine Dienste für das Wagenrennen anbieten.«

Ich blinzelte ihn an. Das Wagenrennen. Zeus Worte kamen mir wieder in den Sinn. Ich konnte zwei Leute mitbringen, um mich zu unterstützen.

»Ernsthaft?«

»Ja. Hattest du schon jemandem im Sinn?«

»Nein, ich habe noch gar nicht darüber nachgedacht«, stotterte ich. »Würdest du wirklich dein Leben riskieren, um mir zu helfen?«

Er gluckste.

»Ich bin so unsterblich, wie man es sein kann, ohne ein Olympier zu sein. Das Risiko für mich wäre minimal«, sagte er sanft. »Und ich mag Hades. Also nichts für ungut, aber ich würde es eher für ihn als für dich tun.«

Ich strahlte ihn an und mein Herz schwoll vor Dankbarkeit.

»Vielen, vielen Dank! Ich bin dir so dankbar!« *Ich*

würde nicht allein sein. Zum ersten Mal in diesem schrecklichen Wettbewerb würde ich während eines Tribunals einen Freund an meiner Seite haben. Der Gedanke war überwältigend.

»Ich nehme an, du wolltest mich auch fragen«, sagte Hekate. Ich sah sie schockiert an.

»Wirklich?«

»Bei den Göttern, ja. Aus demselben Grund wie Morpheus. Einen depressiven Hades als Chef zu haben ist eine Zumutung.« Sie zuckte mit den Achseln. Ihre Stimme war so gleichgültig wie ihre Körpersprache, aber ihre Augen funkelten. Konnte ich Aufregung in ihnen erkennen? Sie war stehts an meiner Seite gewesen, entweder direkt neben mir oder in meiner Nähe. Ich hatte gesehen, wie blass sie wurde, als sie entdeckte, wie gefährlich meine Aufgaben waren und ich hatte die Sorge in ihrem Gesicht gesehen, als ich verletzt worden war. Auch hatte ich ihre Entschlossenheit bei unserem Training gesehen. Sie wollte mein Bestes, da war ich mir sicher.

»Wird es mir erlaubt sein, zwei Leute aus der Unterwelt mitzubringen, um mir zu helfen? Sicherlich kennen die Höllenhunde euch beide? Ich meine, Hades durfte vor der letzten Prüfung nicht einmal mit mir sprechen, um mir keinen unfairen Vorteil zu verschaffen.«

»Eigentlich habe ich das Glück, mich nie mit den Hunden auseinandersetzen zu müssen«, sagte Morpheus trocken.

»Ich sehe sie jeden Tag, aber das macht nichts. Sie stehen unter Zeus Kontrolle und es gibt nichts, was wir dir über sie sagen können, was dir helfen würde. Und außerdem hat Minthe einen Vorteil. Sie hat dieses Tribunal schon einmal durchgemacht«, sagte Hekate.

Das klang für mich eher nach einer Strafe als nach einem Vorteil.

»Aber dieser Logik nach, wenn Eurynomos unter Zeus Kontrolle stand, warum durfte ich dann letzte Nacht nicht mit dir oder Hades sprechen?«

»Viele der Dämonen der Unterwelt können bestochen werden. Wenn man weiß, was man ihnen anbieten muss, tun sie alles, was man von ihnen verlangt. Die Hunde kann man allerdings nicht bestechen, sie sind zu gut trainiert.«

»Oh. Womit kann man Eurynomos bestechen?«

»Schokolade.«

»Du machst Witze«, sagte ich und starrte sie an. Sie zuckte wieder mit den Schultern. »Du meinst im Ernst, dass ich diese ganze Szene hätte vermeiden können, wenn ich ihm einfach ein bisschen Schokolade zugesteckt hätte?«

»Die Unterwelt ist ein verkorkster Ort, Persy.«

HADES

»Warum trägst du keine verdammte Toga? Dies ist eine formelle Angelegenheit!«, schnappte Zeus. Er stand am Rande seines himmelhohen Thronsaals an der Spitze des Olymps und sah mir wütend entgegen.

»Und warum kannst du nicht das tun, was du versprochen hast zu tun?«, bellte ich zurück.

Hera stand von einem langen ovalen Tisch auf und warf mir einen spitzen Blick zu. Ich biss die Zähne zusammen und wechselte meine Kleidung mit einem Fingerschnippen zu einer schwarzen Toga.

»Danke, Hades«, sagte Hera und setzte sich wieder, wobei sie mir mit einer Geste zu verstehen gab, dasselbe zu tun. Es sah aus, als wäre ich als letztes angekommen. »Ich möchte nicht, dass dieses Treffen in einen Streit ausartet«, sagte sie und schaute zwischen Zeus und mir hin und her. Ich zog einen Stuhl zurück und setzte mich, hielt die Arme jedoch verschränkt.

»Ich nehme also an, dass wir wie immer so tun werden, als hätte Zeus nichts falsch gemacht?«, fragte ich. Mein Bruder fletschte die Zähne, sagte aber nichts.

»Zeus erkennt an, dass Eurynomos stärker war, als er angenommen hatte.«

»Auf mich hört ja keiner«, spuckte ich. »Ich erkläre euch schon seit hunderten von Jahren, dass jeder Eurynomos stärker ist als der Vorangegangene. Genauso ist es mit allen Höllenkreaturen im Reich der Jungfrau!«

»Willst du damit sagen, dass du dir Sorgen machst, sie unter Kontrolle zu behalten?«, fragte Athene.

»Nein. Ganz und gar nicht«, log ich.

»Was willst du dann sagen?«

»Dass es eine Ursache dafür gibt, dass sie an Stärke zunehmen. Wir sollten versuchen, ihr auf den Grund zu gehen.«

»Wir hatten dieses Gespräch schon einmal. Das ist ein Problem der Unterwelt, nicht unseres«, sagte Apollon abweisend.

»Ich versichere dir, die Ursache liegt nicht in meinem Reich. Jeder Sünder, der meinen Weg kreuzt, nährt die Dämonen. Und die Zahl der Sünder nimmt jede Minute zu. Der Olymp erfüllt die Menschen mit Gier und Hass. Das ist nicht mein Werk!« Frustration wallte in mir auf. Wie oft musste ich es ihnen noch sagen? Wie konnte ich ihnen klarmachen, in was für eine Welt sie unsere Gesellschaft verwandelten und welche Konsequenzen das haben würde? Wie konnte ich ihnen die Ernsthaftigkeit der Situation nahelegen, ohne einzugestehen, wie viel von meiner Seele ich bereits an die Dunkelheit verloren hatte?

»Wenn du unfähig bist, die Unterwelt weiter zu regieren, muss jemand anderes deinen Platz einnehmen«, sagte Zeus leise. Alle Augenpaare richteten sich auf ihn.

»Bietest du dein Reich zum Tausch an?«, fragte ich ihn sarkastisch.

Ich wusste, dass er mich niemals von meinen Pflichten befreien würde. Und es war sowieso zu spät. Das Reich der Jungfrau war ein Teil von mir. Ich war zu tief mit dem Reich verbunden, als dass ich mich jemals davon lösen könnte.

Wenn ich jemals fallen würde, würde ich zu einem Teil der Unterwelt selbst werden, einer der Toten, die ich beherrschte.

»Du wärst ein schlechter König des Himmels, Bruder«, sagte Zeus und sah mir immer noch nicht in die Augen. »Aber ich glaube, ich schulde dir eine Entschuldigung.«

»Was?« Ich war nicht der Einzige, der schockiert aussah.

»Die Dämonen, denen du vorstehst, brauchen mehr Kraft, als mir klar war und wir haben deine Warnungen nicht beachtet. Fass mein Eingeständnis deiner Stärke aber ja nicht als Kompliment auf.«

Seine Augen richteten sich schließlich auf meine und sie funkelten mit elektrisierender violetter Energie. Mein Instinkt warnte mich, dass etwas Gefährliches vor sich ging und Kraft strömte mir in die Adern.

»Die Dunkelheit in dieser Kreatur war pure Zerstörung. Du musst voll davon sein, um ihn kontrollieren zu können. Du bist gefährlicher, als ich dachte.«

Ich spürte, wie ich wuchs. Das Monster war wach und bereit zuzuschlagen. Wenn Zeus wissen wollte, wie gefährlich ich war, würde ich es ihm zeigen. Zu lange hatte er mich abgetan, mich schikaniert. Und jetzt, da er einen Vorgeschmack auf das bekommen hatte, womit ich täglich zu tun hatte, wollte er es gegen mich verwenden?

»Du hast einen der stärksten Dämonen in meinem Reich für Persephone ausgesucht, weil du mich quälen wolltest, weil du zusehen wolltest, wie ich sie verliere und jetzt bist du schockiert, herauszufinden, wie stark er ist?« Ich lachte lang und laut und Zeus Gesichtsausdruck verfinsterte sich noch weiter. Er stieß ein trockenes Lachen aus. »Bruder, du hast keine Ahnung, wozu ich fähig bin. Wozu ich schon immer fähig war.«

Blaues Licht strömte aus meinem riesigen Körper und formte eine Armee von Seelen, die sich um mich herum aufstellten. »Du hast mich zu einem König gemacht, Zeus. Dem König der Toten. Und ich habe all die Macht, die dieser Titel mit sich bringt.«

»Und sie wird niemals so groß wie meine sein«, zischte Zeus. »Nur weil ich deine verdammten Dämonen nicht kontrollieren kann, heißt das nicht, dass du stärker bist als ich. Du wärst nicht in der Lage, meine Blitze zu kontrollieren!«

»Ich könnte auch nicht Poseidons Wellen kontrollieren, aber ich bin nicht derjenige, der das einfach so zum Spaß versucht! Du benimmst dich wie ein verwöhntes Kind, das mit den Spielsachen der anderen spielen will. Das könnte unser aller Ende bedeuten!«

»Du hast damit angefangen, als du absichtlich unsere Regeln gebrochen und ein dreizehntes Reich erschaffen hast. Das ist dein Werk, nicht meins.«

»Ihr streitet euch wie Kinder. Hört schon auf!«, brüllte Hera plötzlich und stand wieder auf. »Zeus, du hast Hades gequält, indem du Persephone zurückgebracht hast und jetzt musst du damit leben. Hades, deine Gefühle für Persephone vernebeln deine Fähigkeit, deine Pflichten zu erfüllen und du musst damit fertig werden. Jetzt setzt euch hin, alle beide.« Ihre Stimme war so laut, dass mir der Kopf dröhnte. Meine blaue Armee der Toten schimmerte noch für einen Moment und verschwand dann.

Langsam begannen wir beide wieder zu schrumpfen. Ich bemerkte den amüsierten Gesichtsausdruck von Dionysos und widerstand dem Drang, auf ihn einzuprügeln.

»Es ist äußerst wichtig, dass sich das, was geschehen ist, nicht wiederholt. Ich meine damit, dass Persephone in den Tartarus geschickt wurde«, sagte Hera.

»Dem stimme ich zu«, sagte ich unwirsch.

»Dann wirst du verstehen, dass du das letzte Tribunal nicht mit uns anschauen darfst, sondern stattdessen den Eingang zum Tartarus bewachen musst.«

»Was? Nein! Wenn Zeus die Kontrolle über die Höllenhunde verliert, könnten sie sie in Fetzen reißen!«

»Dann musst du wenigstens nicht zusehen«, sagte Zeus mit einem grausamen Lächeln.

Bevor ich mich auf ihn stürzen konnte, stand Athene auf und schwoll auf die Größe eines dreistöckigen Hauses an.

»Genug jetzt! Der Olymp ist wichtiger als alles andere und Persephone hat die Fähigkeit, sein Ende herbeizuführen oder uns in einen weiteren endlosen blutigen Krieg zu stürzen. Wie viele Unsterbliche hat Cronos beim letzten Mal getötet, bevor wir ihn besiegt haben? Und wie viele unserer verbündeten Titanen, die uns damals geholfen haben, sind jetzt verschwunden? Wir wissen nicht, wo sie sind. Wir dürfen nicht riskieren, dass er befreit wird.«

»Bruder, du kannst nicht das Leben einer Sterblichen über die Sicherheit des gesamten Olymps stellen«, fügte Poseidon leise hinzu.

Ungläubig starrte ich zwischen den beiden hin und her. Meine Muskeln waren so angespannt, dass sie pochten. Ich konnte nicht widersprechen. Was sie sagten, war wahr und wenn alle elf von ihnen zustimmten...

»Was ist, wenn derjenige, der sie das letzte Mal in den Tartarus geschickt hat, ein Olympier ist?«, sagte ich und spielte die letzte Karte, die mir zur Verfügung stand. Athene zuckte sichtlich zusammen und Hera gab einen spöttischen Laut von sich. »Das ist die einzige Erklärung, die Sinn macht. Wer sonst sollte etwas über Cronos wissen? Über das, was zuvor passiert ist?«

Alle Augenpaare bohrten sich in meine.

»Bist du wirklich so verzweifelt, dass du uns beschuldigen würdest?«, fragte Apollon mit harter Stimme. »Warum sollte einer von uns einen Krieg wollen, nachdem wir diesen Ort so perfekt aufgebaut haben?«

Perfekt? Hatte er mir nicht zugehört, als ich erklärt habe, wie furchtbar die Seelen waren, die mein Reich betraten? Frustration durchströmte mich und meine Wut schwappte fast über. Ich musste sie dazu bringen, mich zu verstehen. Doch noch bevor ich noch etwas sagen konnte, ergriff Zeus das Wort.

»Selbst wenn es einer von uns ist, musst du den Tartarus bewachen. Du bist der Hüter von Cronos und musst da sein, wenn etwas passiert.«

»Ich kann blitzschnell da sein, wenn es sein muss«, spuckte ich.

»Ein Augenblick könnte Cronos genug Zeit geben, zu handeln. Die Entscheidung ist endgültig.«

SIEBZEHN

PERSEPHONE

Das Essen, das Morpheus uns servierte, war fantastisch. Während wir aßen, stellte Sam weitere Fragen über die Unterwelt und Hades, aber es fiel mir schwer, mich auf das Gespräch zu konzentrieren. Das letzte Tribunal stand vor der Tür und dann würde es vorbei sein. Der Gedanke, dass ich verlieren könnte, dass Hades sich mit jemand anderem vermählen würde, machte mich so todtraurig, dass ich mir verbot auch nur darüber nachzudenken. Ich musste gewinnen. Es gab keine Alternative. Ich war mir immer noch nicht sicher, wie ich für immer im Reich der Jungfrau leben konnte, aber ich wusste, dass ich es zumindest versuchen musste. Ich sehnte mich danach, mit Hades zu reden und fuhr fast aus der Haut, als seine leise Stimme in meinem Kopf erklang.

»Persephone?«
»Hades!«
»Störe ich?«
»Nein, niemals. Ich vermisse dich«, sagte ich.

»*Gut*«, antwortete er und ich schwor, dass ich ein Lächeln in seiner Stimme hören konnte.

»*Kann ich dich abholen?*«

»*Ja, bitte.*«

Eine Sekunde später tauchte Hades in einem weißen Blitz vor uns auf und ich war überrascht, ihn in einer schwarzen Toga zu sehen, statt in seiner Jeans. Er sah obszön heiß darin aus und ich wollte die Hand ausstrecken und seine nackte Brust berühren. Er nickte allen höflich zu während ich ihm erzählte, dass Hekate und Morpheus mit mir im Streitwagen fahren würden. Echte Erleichterung legte sich auf seine angespannten Züge und er dankte beiden.

»Ich muss Persephone auf morgen vorbereiten. Wir müssen dann mal«, sagte er.

»*Code für Vögeln*«, sagte Skop und ich sah ihn an.

Hades fixierte seinen Blick auf den kleinen Hund und er hörte auf mit dem Schwanz zu wedeln.

»Persephone braucht heute Nacht keinen Wächter«, sagte er. »Du kannst bei Hekate bleiben.« Hekate machte ein Geräusch, als wolle sie zum Protest ansetzen, aber ein Blick von Hades ließ sie verstummen.

»*Das könnte meine letzte Nacht mit Hades sein*«, sagte ich schnell zu Skop. »*Bitte.*«

»*Wenn Ihnen etwas zustößt, Fräulein, wird Dionysos mich töten. Und ich bin kein Dämon, ich werde wirklich sterben.*«

»*Was soll mir schon passieren, wenn der König der Unterwelt mich beschützt?*«

»*Darum geht es nicht. Ich soll Ihnen nie von der Seite weichen.*«

Ein langes Schweigen erfüllte den Raum, das stumme Gespräch für jeden offensichtlich.

»Du kannst dich wieder in einen Gnomen verwandeln und dieses Zeug mit mir trinken, wenn du willst. Dein riesiger Schwanz stört mich nicht«, sagte Sam und hielt Skop ein Glas hin.

»*Okay*«, sagte Skop nach einer Sekunde des Zögerns. »*Das klingt fair.*«

Lachend schüttelte ich den Kopf. Es bedurfte nur etwas Alkohol, um seine Kooperation zu erkaufen.

»Ich sehe euch dann morgen«, sagte ich und küsste meinen Bruder auf die Wange.

»Ich muss wissen, was es mit deinen Kötern auf sich hat«, sagte ich zu Hades, nachdem er uns in sein Schlafzimmer gebracht hatte. »Und dann muss ich wissen, was es mit dieser extrem sexy Toga auf sich hat...« Ich machte meine Stimme so verführerisch, wie ich konnte, runzelte aber die Stirn, als ich seinen Gesichtsausdruck sah. »Was ist los?«

»Sehr viel«, sagte er nachdenklich.

»Erzähl es mir.«

»Ich kann wirklich nicht-«, begann er und schüttelte den Kopf. Ich unterbrach ihn mit einem Stoß gegen seine Brust. Er reagierte nicht und ich tat mein Bestes, das elektrisierende Gefühl seiner Haut zu ignorieren und setzte mein grimmigstes Gesicht auf.

»Ich lasse mir diesen »Ich kann nicht«-Bullshit nicht mehr bieten. Ich weiß nicht, ob du es mitbekommen hast, aber ich habe heute einen Dämon getötet. Ich habe aufgehört, dich nach meiner Vergangenheit zu fragen, wie du es verlangt hast und ich tue alles, was ich kann, um meine Zukunft hier anzunehmen. Mit dir. Als Königin der gottverdammten Unterwelt. Sag mir verdammt noch mal nicht, dass ich es nicht wissen muss oder dass du es mir nicht sagen kannst, oder ich schwöre, dass ich das Tribunal morgen absichtlich verlieren werde.«

Ich erwartete Wut oder Widerrede, aber stattdessen sah er erleichtert aus. Seine Züge wurden weicher und es machte ihn unwiderstehlich schön.

Bevor ich mich eines Besseren besinnen konnte, stellte ich mich auf die Zehenspitzen und küsste ihn. Er küsste mich zurück, sanft und viel zu kurz.

»Du hast recht, und wir sollten reden. Jetzt. Wenn wir uns weiter küssen, werden wir heute Nacht nicht zum Reden kommen.« Verlangen blitzte in seinen Augen auf und ich trat einen Schritt zurück und nickte. Er hatte recht. Wenn seine Lippen noch eine Sekunde länger auf meinen lägen, würde ich ihm mit den Zähnen die Toga vom Leib reißen.

Wir setzten uns zusammen in sein Wohnzimmer. Er holte tief Luft und machte mich sofort nervös. Was könnte er mir schon sagen, dass schlimmer war, als dass Cronos mich benutzen wollte, um den Olymp zu zerstören? Wollte er mir erzählen, was ich in unserem früheren Leben getan hatte und wofür ich weggeschickt worden war?

Eine seltsame Mischung aus verzweifelter Neugier und Angst durchzuckte mich und ich faltete die Hände, um mich zu beruhigen.

»Wenn du morgen die Tribunale gewinnst, wirst du meine Königin werden. Und als du früher an meiner

Seite regiert hast, habe ich alles mit dir geteilt. Es wäre töricht, um das, was ich weiß, jetzt nicht mit dir zu teilen.«

»Ich bin froh, dass du endlich zur Vernunft gekommen bist«, sagte ich kurz angebunden.

Er warf mir einen Blick zu, der sagte »Übertreib nicht« und fuhr fort.

»Du hast die Dunkelheit in mir gesehen«, sagte er. Es war keine Frage. »Diese Dunkelheit kommt von den Seelen, die hier ankommen, weil sie gesündigt haben. Ich begann, die Hoffnung zu verlieren und die Dunkelheit schlug Wurzeln. Jedes Jahr nimmt die Zahl der schrecklichen Dinge, über die ich urteilen muss, zu. Die Zahl der Sünder wird immer mehr. Die Verbrechen werden immer schlimmer. Die Gier und der Hass der Sterblichen scheinen grenzenlos und unendlich zu sein.«

Der Ausdruck auf seinem Gesicht ließ einen Kloß in meinem Hals anschwellen. Die Last, die er trug war... *unendlich*. Seine unendliche Zukunft bestand darin, den allerschlimmsten Menschen ausgesetzt zu sein.

»Ich bin besorgt, Persephone und ich kann die wahren Konsequenzen meiner Sorgen nicht mit meinen olympischen Brüdern teilen. Die Welt, über die sie herrschen, feiert Gier, lebt täglich Egoismus vor und ermutigt Hass. Letztendlich wird die Dunkelheit siegen und ich werde der Unterwelt zum Opfer fallen.«

Mein Herz hämmerte in meiner Brust und ich hörte ihm atemlos zu. Was wollte er mir damit sagen?

»Wenn Zeus wüsste, wie stark die Bestie in mir ist, würde er einen neuen Herrscher der Unterwelt finden, anstatt zu riskieren, dass ich die Kontrolle verliere. Und er beginnt, etwas zu ahnen. Aber selbst, wenn er das tut, werde ich nicht in der Lage sein, zu gehen. Zu viel von mir steckt in den Felsen um uns herum und zu viel von der Essenz dieses Reichs lebt in mir. Meine Bindung an diesen Ort ist endgültig und unendlich.«

»Was würde dann aus dir werden?«

»Das, was du gesehen hast, als du aus New York zurückkamst. So würde ich für immer leben müssen. Und ich wäre viel zu mächtig, um in Freiheit existieren zu können. Zeus müsste mich in Tartarus einsperren.«

»Nein«, sagte ich fassungslos. »Nein, dort könntest du nicht leben!«

»Das wäre nicht ich. Nicht wirklich.«

»Wir können das nicht zulassen. Wir werden sie zur Vernunft bringen, sie dazu bringen, die Art und Weise, wie sie den Olymp regieren, zu ändern!«

»Persephone, ich bitte sie schon seit Jahrhunderten darum. Jetzt ist es zu spät. Du kannst die Welt nicht zwingen, netter zu sein.«

»Dann wird meine Magie dich retten!« Tränen liefen mir jetzt über die Wangen, Erinnerungen an die sinnlose Gewalt, die ich von ihm gespürt hatte, als das Monster die Macht übernommen hatte, durchzuckten mich.

»Ja. Deine Fähigkeit, Leben zu nähren, dein Licht zu teilen... Es heilt mich. Nur du kannst meine Seele beschützen.«

»Hades, selbst wenn ich verliere und du diese Hexe heiraten musst, werde ich alles tun, um dich zu beschützen«, flüsterte ich.

»Aber Zeus hatte recht damit, dass du hier nicht leben kannst. Irgendwann wird die Dunkelheit dein Licht auslöschen. Du bist dafür geschaffen, in der Natur zu leben, nicht unter der Erde, eingeschlossen von Felsen.« Schmerz erfüllte seine Stimme. Ich blickte ihn regungslos an.

»Also... Wenn ich hierbleibe und dich am Leben halte, sterbe ich?«

»Du wirst deine Seele an diesen Ort verlieren, genau wie es mit jedem anderen hier geschieht. Und damit auch die Kraft verlieren, mich zu heilen.«

Ein kleines Schluchzen entkam meiner Kehle, bevor ich es zurückhalten konnte und er schlang seine riesigen Arme um mich.

Jede Faser meines Wesens war sich sicher, dass ich lieber sterben würde, als zuzusehen, wie er an den Tartarus verloren ging.

»Wir werden einen Weg finden. Wir werden einen Weg finden, zu verhindern, dass so viel Schlimmes in der Welt passiert.« Ich wusste, dass ich naiv klang, aber das war mir egal. Ich hatte nichts anderes, an dem ich mich festhalten konnte. Hades strich mit einer Hand über mein Haar und seine robuste Wärme war wie ein Anker für meine aufgewühlten Gedanken.

»Meine Königin, wir haben viele Hindernisse zu überwinden, bevor wir überhaupt dazu kommen. Solange du in der Unterwelt lebst, in der Nähe von Cronos, werden sich die anderen Götter einmischen. Sie wollen, dass ich morgen den Tartarus bewache, statt deinem Tribunal zuzusehen.«

»Was? Warum?« Ich löste mich aus seiner Umarmung und sah ihn an.

»Sie sind besorgt über eine weitere Sabotage.«

»Aber du glaubst, es ist einer von ihnen?«

»Vielleicht, ja. Und Poseidon glaubt es auch.«

»Wer von ihnen?«

»Ich weiß es nicht. Ehrlich gesagt, sehe ich keinen Grund, warum einer von ihnen einen Krieg beginnen oder das Reich der Jungfrau zerstören wollen sollte.«

Hades verstummte und ich stieß einen Seufzer aus und versuchte, meine Gefühle zu zügeln.

»Was ist, wenn Zeus wieder die Kontrolle verliert?«, fragte ich ihn.

»Darüber habe ich gründlich nachgedacht«, sagte er und seine Stimme klang stählern. »Es wird mehr Sinn machen, wenn ich dir zuerst von meinen Hunden erzähle.«

Ich hob meine Augenbrauen und forderte ihn stumm auf fortzufahren. »Kerberos ist der bekannteste von ihnen. Ich fand ihn als Welpen in den Tiefen der Unterwelt. Er ist von einem Monster geboren worden, das jetzt im Tartarus gefangen ist. Das war eine einsame Zeit damals und er war mein einziger Freund.«

Ich spürte einen so starken Stich der Liebe zu Hades, dass ich ihn fast unterbrochen hätte, um ihn zu küssen, aber stattdessen setzte ich mich auf meine Hände und hörte aufmerksam zu.

»Kerberos war der Erste von meinen drei Hunden und obwohl die anderen beiden nicht so gefährlich sind wie er, sind sie beide auf ihre eigene Art auch todbringend. Sie heißen Fonax und Olethros. Als du hier eingezogen bist, hat es zwei Jahre gedauert, eine Bindung zu ihnen aufzubauen und obwohl es eine Geduldsprobe war, fassten sie schließlich Vertrauen zu dir. Kerberos hat am längsten gebraucht, aber letzten Endes mochte er dich am meisten.« Ein schiefes Lächeln legte sich auf Hades Gesicht. »Damals hattest du genug Kraft, um die ersten Versuche, dich mit ihnen anzufreunden, zu überleben. Ich bete nur, dass das jetzt auch der Fall ist.«

»Sicherlich habe ich eine bessere Chance als Minthe«, sagte ich optimistisch. »Vielleicht erinnern sie sich unbewusst an mich.«

»Der Fluss Lethe ist sehr mächtig. Ich bezweifle, dass er die Erinnerungen von Hunden weniger effektiv auslöscht als die von Menschen.«

»Apropos«, sagte ich beiläufig. »Wo ist der Fluss Lethe?«

»Persephone, du darfst niemals dorthin gehen. Ich schwöre dir, es wird dir nur Schmerz bringen.«

Frustration wallte in mir auf.

»Willst du dieses Geheimnis unser ganzes Leben lang vor mir bewahren?« *Oder was von uns übrigbleiben würde, wenn die gottverlassene Unterwelt unsere Seelen gefressen hatte.*

»Ja. Wie du es von mir verlangt hast.« Ich verdrehte die Augen. Er würde es mir nicht sagen. Für einen kurzen Moment erwog ich noch einmal, ihm von dem Atlasgarten und dem Fremden zu erzählen. Aber ich wusste, dass er es nicht gutheißen würde. Und ich war nicht bereit, den einzigen Zugang zu Informationen über meine Vergangenheit, den ich hatte, zu verspielen. Es war nicht so, dass ich Hades nicht vertraute, aber ich hatte meinen Entschluss noch nicht gefasst.

Das Bedürfnis zu wissen, wozu ich in meinem früheren Leben fähig war, ließ sich nicht auslöschen. Außerdem hatte der Fremde gesagt, dass selbst Hades nicht die ganze Geschichte kannte. Wenn auch nur die kleinste Möglichkeit bestand, dass ich unschuldig war, musste ich versuchen, die Wahrheit herauszufinden.

Doch zuerst musste ich mein Zusammentreffen mit den Höllenhunden überleben und die Hades Tribunale gewinnen.

»Normalerweise hört Kerberos genau auf meine Befehle«, sagte Hades. »Aber wenn das Arschloch Zeus die Kontrolle über ihn verliert, wird er nur nach seinem Instinkt handeln und der ist, mein Reich zu bewachen. Ich glaube nicht, dass er angreifen wird, außer ihr befindet euch in der Nähe der Tore zum Reich. Die anderen beiden werden etwas anderes bewachen. Ich weiß nicht, was, aber das gleiche Prinzip sollte gelten.«

»Okay, wenn alles schiefgeht, müssen wir uns von den Toren oder was auch immer der Hund bewacht, fernhalten?«

»Ja.«

»Das klingt machbar.«

»Und du musst gewinnen.«

»Ich *muss* gewinnen. Du hast schließlich gesagt, ich könnte eine Katze haben, wenn ich gewinne.«

Hades legte den Kopf schief und die Anspannung wich aus seinem Gesicht.

»Solange es eine furchterregende, der Unterwelt angemessene Katze ist.«

»Mach mal halblang. Woher kommen jetzt diese Bedingungen! Ich will ein niedliches, flauschiges Kätzchen.« Er sah mich finster an.

»Katzen sind nie niedlich.«

»Verleumdung.«

»Hmmm. Bis jetzt hast du mich noch nicht überzeugt. Du musst schon gewinnen, um es mir zu beweisen.«

Ich grinste ihn an und zwang mich, mich zu entspannen. Wenn er morgen nicht zuschauen konnte, wollte ich, dass er so zuversichtlich in mein Können war wie nur möglich.

»Kein Problem. Ich bin jetzt eine knallharte Göttin, falls du das noch nicht bemerkt hast.«

»Persephone«, sagte er und berührte meine Wange.

Seine silbernen Augen glänzten mit einer wahrlich herzzerreißenden Intensität. »Ich werde nicht zulassen, dass dein Licht gedimmt wird. Niemals.«

»Und ich werde nicht zulassen, dass die Dunkelheit dich einhüllt. Zusammen werden wir stark genug sein.«

Seine Lippen bewegten sich auf die meinen zu. Seine Berührung war sanft und hungrig zugleich. Er hob mich hoch und stand auf. Er trug mich ins Schlafzimmer und setzte sich aufs Bett. Seine Lippen hörten nicht für eine Sekunde auf, mich zu liebkosen und seine Zunge neckte mich. Hitze sammelte sich zwischen meinen Beinen, als die Intensität des Kusses zunahm und mein Kopf füllte sich mit Bildern von dem, was kommen würde.

Meine Füße fanden den Boden, ich löste mich von ihm und stand atemlos auf. Ich zog ihn auf die Füße, griff nach seiner Schulter und begann langsam an seiner Toga zu ziehen. Sie gab nicht nach und er lächelte ein köstliches, raubtierhaftes Lächeln.

»Weißt du, die kann man nicht so leicht ausziehen.«

»Die Toga muss weg. Zieh sie aus. Du musst dich ganz ausziehen.«

»Wenn auch nur die geringste Chance besteht, dass dies das letzte Mal ist, dass ich dich sehe, musst du jetzt völlig nackt sein.«

Einen Sekundenbruchteil später war seine Toga verschwunden.

Ich holte tief Luft und biss mir auf die Unterlippe. Mein Blick fiel sofort auf seine Erektion. *Bei den Göttern.*

»Jetzt bist du dran«, hauchte er und ich spürte einen Luftzug über meinem Körper und meine Kleidung löste sich auf.

Ich trat an ihn heran und er schlang seine Arme fest um mich. Zusammen fielen wir rückwärts auf das Bett und unsere Lippen fanden einander in einem noch hungrigeren Kuss als zuvor.

»Ich werde nie genug von dir bekommen«, sagte ich und kraulte ihm den Kopf.

»Ich möchte, dass du siehst, was ich sehe«, sagte er mit einem Schimmern in den Augen und mit Verlangen in seiner Stimme. Ich zog meine Hand aus seinem Haar und eine goldene Ranke schoss aus meiner Handfläche. Langsam schlängelte sie sich um seinen muskulösen Arm und wickelte sich um seinen harten Bizeps. Goldene Tätowierungen begannen sich auf seiner Haut auszubreiten und seine Hitze, Verlangen und Liebe strömten in mich ein.

Für einen Moment sah ich mich, wie er mich sah; strahlend honigfarbene Haut im glitzernden Licht und ein perfekten Gesicht. Ein Leuchtfeuer in der Dunkelheit. Dann spürte ich, wie er seine Männlichkeit an mich drückte und jeder Muskel in meinem Körper verkrampfte sich vor Verlangen. Die vereinte Leidenschaft, seine und meine, explodierte in mir und konzentrierte sich zwischen meinen Beinen.

»Ich liebe dich«, sagte er und drang in mich ein. Die Lust, die ihn durchströmte, floss durch die goldene Ranke auch in mich hinein.

Seine Liebe war mehr als nur körperliches Verlangen. Was er empfand, war so tief, so echt und wahr, wie meine eigenen Gefühle für ihn. Zu wissen, wie sehr er mich wollte, mich liebte, *mich brauchte*, war das intensivste Aphrodisiakum, das ich je erlebt hatte.

Unsere Körper bewegten sich gemeinsam und völlig synchron. Unsere Bewegungen wurden langsamer, wenn wir uns besonders zärtlich fühlten und schneller, wenn die Leidenschaft uns überwältigte. Ich verlor mich nicht nur in der Lust, sondern auch in dem gemeinsamen Gefühl, dem Wissen, dass wir füreinander geschaffen waren.

Die Lust, die Kraft, die Freude wuchs, bis sie uns vollkommen erfüllte. Jede Berührung seiner Lippen auf meiner Haut, das Gefühl seines heißen Atems an meinem Hals, seine Finger auf meinen Rippen und Brüsten, waren so intensiv wie seine Stöße. Die Gefühle schaukelten sich immer weiter hoch, bis es mehr war, als ich ertragen konnte.

Wir ließen uns gleichzeitig gehen und da war nichts als er und dieses Gefühl; mein Körper ein Teil von seinem.

Er hielt mich fest und ich bäumte mich auf, drückte meinen Körper in seinen, grub meine Nägel in seinen Rücken, als er sein Gesicht an meins presste.

»Du bist mein und ich bin dein«, flüstere ich in sein Haar.

»Für immer, meine Königin.«

ACHTZEHN

PERSEPHONE

»Warum kannst du es mir nicht einfach auf einer Karte zeigen?«, fragte ich Hekate, als sie versuchte, mir zu erklären, was die Halle des Jüngsten Gerichts war und wie sie aussah. Seit Stunden schon versuchte sie, mir die wichtigsten Monumente der Unterwelt nahezubringen und ich hatte immer noch Schwierigkeiten, sie mir vorzustellen.

»Persephone, jetzt hör mir mal zu! Alles in der Unterwelt bewegt sich ständig, die Flüsse sind lebendig. Die einzigen Konstanten sind die Dinge, die ich dir gerade zu erklären versuche!«

»Morpheus fährt den Wagen und du wirst bei mir sein, warum muss ich das alles dann wissen?«

Normalerweise hätte ich gern mehr über dieses Reich gelernt, aber mit weniger als einer Stunde vor Beginn des Tribunals ging mir einfach nichts mehr in den Schädel.

Ich war so nervös und energiegeladen, dass ich fast vibrierte. Entgegen meiner Vorbehalte hatte ich auch den letzten Samen gegessen. Im Gegensatz zu all den anderen

Malen konnte ich den Unterschied deutlich spüren. Es war als wirbelte Energie nur so durch meine Adern und suchte verzweifelt nach etwas, an dem es sich festhalten konnte. Ich hatte fast das Gefühl, dass ich meinen eigenen Körper wachsen lassen musste, größer werden musste, wenn ich nicht etwas anderes zum Leben erwecken oder wachsen lassen konnte.

»Du musst es wissen, falls etwas passiert oder du dich verirrst«, stieß Hekate genervt hervor.

»Es tut mir leid, ich kann mich einfach nicht konzentrieren. Ich muss etwas tun. Willst du trainieren?«

»Nein, du musst sparsam mit deinen Energiereserven umgehen.«

»Hallo?«, rief Morpheus durch Hekates geschlossene Tür hindurch.

Mein Bruder stöhnte auf. Er lag auf dem anderen Sofa, mit einem Kissen über dem Kopf.

»Geschieht dir recht«, sagte ich und Hekate sprang auf, um die Tür zu öffnen.

»Heil meinen Kater, bitte«, stöhnte er. Ich verdrehte die Augen und schickte meine Ranke zu ihm hinüber. Er zuckte überrascht zusammen, als sie sich um sein schlaffes Handgelenk wickelte und dann schrie er auf, als ich meine Magie in ihn einfloss.

»Das fühlt sich super komisch an!«

»Es funktioniert aber, hör also auf zu jammern.« Die Ranke löste sich auf als Morpheus in den Raum schritt. Seine Haut glühte förmlich.

»Bist du bereit?«, fragte er mich enthusiastisch. »Der Streitwagen steht bereit und ich möchte ihn dir zeigen, bevor wir anfangen.« Ich schoss in die Höhe wie ein Flummi.

»Auf jeden Fall.«

»Kann ich mitkommen?«, fragte Sam und kämpfte sich in eine sitzende Position. Sein Kissen rutschte vom Sofa.

»Nein«, sagte ich. »Scheiße, wer wird bei ihm bleiben, während du bei mir bist?«, fragte ich Hekate und fühlte, wie Panik sich in mir breit machte.

»Beruhige dich. Hedone wird sich um ihn kümmern.« Mit einem Seufzer der Erleichterung schaute ich Sam an.

»Nur für den Fall, dass ich sterbe, eine letzte Umarmung«, forderte ich. Er verzog das Gesicht, stand aber auf und schlang seine Arme um mich.

»Ich habe gesehen, was du mit dieser ekligen Bestie in der Höhle gemacht hast. Du packst das schon«, sagte er. »Und wenn das erledigt ist, können wir darüber reden, wie es weitergeht, ja?«, fügte er leise hinzu und sah mir direkt in die Augen.

»Ja. Ich verspreche es.«

»Gut. Denn so cool es hier auch ist, ich brauche etwas Sonne.«

»Ich auch«, sagte ich und drückte ihn.

»Viel Glück, Persy.« Er drückte mir einen Kuss auf die Stirn und ließ mich los. Eine neue Welle der Beklemmung überrollte mich. Hekate transportierte mich, Skop und Morpheus mit einem Blitz aus ihrem Zimmer.

Ich fand mich in einer kahlen, felsigen Höhle wieder, deren Wände von künstlichem Tageslicht erhellt wurden. In der Mitte des engen Raums stand ein hölzerner Streitwagen und meine Augen weiteten sich, als ich ihn in Augenschein nahm. Er ähnelte den Bildern in den Büchern über die Antike, die ich im Unterricht gesehen hatte, doch die Vorderseite war hochgezogen und spitz, wie der Bug eines kleinen Bootes und es gab keine Räder. Das Gefährt machte den Eindruck, als hätte jemand ein Boot horizontal in der Mitte durchgeschnitten und den Boden flach gelegt. Die Dekoration und die spiralförmigen Verzierungen auf dem Holz sahen aus wie aus dem antiken Griechenland. Die Rückseite war offen und die Holzplanken, die den Boden bildeten, hörten einfach auf. Aus beiden Seiten ragten zwei Meter lange Stacheln heraus und an den hohen Seiten des Wagens waren Ketten mit furchtbaren Stachelkugeln befestigt. Ich erinnerte mich an das Skelett und den Dreschflegel, den ich bei meinem allerersten Tribunal benutzt hatte. Es schien angemessen, auch in meinem letzten Tribunal einen Dreschflegel einzusetzen.

»Es ist fantastisch, Morpheus«, grinste Hekate und ging langsam um das Gefährt herum. »Persy, was auch immer du tust, fall bloß nicht hinten herunter.«

Ich blinzelte sie an und nickte stumm. Es sah aus, als würde es für drei Leute ziemlich eng werden.

»Sollen wir ihn an die Startlinie bringen?« Morpheus sah mich an. Seine Augen glänzten vor Aufregung. Ein klitzekleiner Teil von mir nahm ihm seine Vorfreude übel. Für mich war das kein Spiel. Es ging um Leben oder Tod und noch viel mehr, als er wusste.

Aber der größte Teil von mir war dankbar für seine Hilfe. Ich meine, wo zum Teufel hätte ich einen Streitwagen herbekommen sollen? Und schon gar nicht hätte ich die Zeit gehabt, zu lernen, einen zu steuern.

»Absolut«, sagte ich.

»Steig ein.« Er deutete auf das hölzerne Gefährt.

Es ging los. Ich tätschelte meinen Dolch an meinem Oberschenkel und strich mir mit der Hand über die

Tasche, in die ich Poseidons Perle gesteckt hatte, um zu prüfen, ob sie noch da war. Ich hatte heute das Lederkorsett angezogen, weil ich beschlossen hatte, dass Schutz wichtiger war als Manövrierfähigkeit. Mein Haar war zu einem Zopf geflochten, damit es mir nicht ins Gesicht wehte und meine Stiefel waren fest verschnürt. Ich konnte nichts weiter tun. Ich war bereit.

Mit einem tiefen Atemzug griff ich nach der Seite des Wagens und trat auf die Planken. Morpheus machte es mir gleich und positionierte sich an der Front, wo die hölzernen Seiten in einer scharfen Spitze zusammenliefen.

Hekate hüpfte hinter mir auf den Wagen.

»Halt dich fest«, grinste sie und wir hoben vom felsigen Boden ab.

Gerade noch schaffte ich es den Aufschrei zu unterdrücken, der meiner Kehle zu entkommen drohte und hielt mich an der Seite fest. Genau wie die Schiffe, die um den Olymp schwebten, flog der bootsförmige Wagen von Zauberhand durch die Luft. Wir schwebten für einen Moment und Morpheus drehte sich zu mir um. Seine Haut funkelte.

»Bereit?«

»Jep«, antwortete ich. Mein Puls raste und mein Herz hämmerte mir schmerzhaft gegen die Rippen. Hekate jauchzte und der Wagen raste vorwärts.

~

Einen Schreckensmoment lang dachte ich, wir würden direkt in die Höhlenwand krachen, aber als wir uns ihr näherten, begann sich eine Öffnung im Felsen zu bilden. Wir brachen hindurch und der unglaublichste Anblick materialisierte sich vor unseren Augen. Mit einem Ruck registrierte ich, was ich da sah. Die Unterwelt.

Während meiner Zeit im Reich der Jungfrau, war ich mit magischen Blitzen von Ort zu Ort gebracht worden. Obwohl ich verschiedene Räume gesehen hatte, wie mein Schlafzimmer, Hades Thronsaal, den Trainingsraum, den Wintergarten, den Ballsaal, den Frühstücksraum und sogar den Tartarus, war ich nie in der Lage gewesen, mir das Reich als Ganzes vorzustellen. Für mich war es nur eine Reihe von Höhlen und Gruben gewesen und die Art und Weise, wie sie alle miteinander verbunden waren, war mir bisher unklar. Hekate hatte es zwar zu beschreiben versucht, aber meine Fantasie hatte nicht ausgereicht, um ihr zu folgen.

Aber die Aussicht, die ich hatte, als wir in dem Wagen durch die Luft schwebten...

Es war, als befänden wir uns in einer riesigen Höhle, die so groß war wie eine Stadt. Gebirge ragte wild in die Höhe und wir flogen über einem Fluss aus blauem Licht, der in derselben Farbe leuchtete, wie Hades und Hekates Magie.

Das Flussbett war aus dem dunklen Felsen herausgemeißelt und schien überall Quellen zu haben. Wasserfälle aus fließendem blauen Licht glänzten und ergossen sich die vielen Hänge hinab.

Zu meiner Linken dominierte ein hoher Berg die Landschaft und auf seinem Gipfel stand ein Palast. *Hades Palast.* Ich spürte, wie mir die Kinnlade weiter herunterfiel. Riesige Schädel, die selbst aus größter Entfernung zu sehen waren, waren in die Wände gemeißelt und grimmig aussehende Türme und Balustraden im gotischen Stil waren von dornigen Rosenschnitzereien eingehüllt. Die Spitze des Palastes reichte bis über die Decke des riesigen Höhlengewölbes hinaus und ich erkannte mit Schrecken, dass sich dort die Räume mit Fenstern befinden mussten, die Räume, die über der Erde lagen, wie der Frühstücksraum.

Als ich meine Augen endlich vom Palast losriss, sah ich ein glühendes Band, das sich um die Mitte des Berges wickelte und golden schimmerte. Das helle Licht blendete mich, aber ich erkannte, dass dort eine Insel direkt vor dem Berg schwebte.

»Das ist das Elysium, die Insel der Gesegneten. Das ist, wo die Guten hingehen«, sagte Hekate und deutete mit dem Finger auf sie.

»Ich kann sie nicht richtig sehen«, sagte ich und sie lachte.

»Man kann das Paradies nur sehen, wenn man stirbt. Sei als besser vorsichtig. Dort drüben kannst du gerade noch den Feuerfluss Phlegethon sehen, der hinunter zum Tartarus führt.« Sie zeigte zu einem roten Flackern in der Ferne. »Und dort unten sind die Asphodel-Felder und die Richthalle. Die Toten kommen dorthin, um gerichtet zu werden.« Sie deutete unter uns.

Zögernd spähte ich hinunter, über die Seite des Wagens hinweg. Mein Kopf schwamm für einen Moment, aber ich beschwor meine Heilkräfte, um meine Höhenangst zu verdrängen. Ich konnte einfach nicht zulassen, dass das Schwindelgefühl mich in diesem Tribunal beeinträchtigte. Das konnte ich gar nicht gebrauchen. Ich war eine verdammte Göttin und ich war für meinen eigenen Körper verantwortlich.

Meine Sichtfeld wurde schärfer, als ich meine Kraft

kanalisierte und ich atmete tief durch und konzentrierte mich.

Unter uns lag eine riesige, ausgetrocknete Wiese. Tausende von Gestalten wandelten umher und obwohl wir zu hoch oben waren, um genaue Details zu erkennen, sah ich keinerlei Farben. Ein strahlend weißer Tempel stand zwischen dem blauen Fluss und einem anderen, der lila glühte, bis er mit dem Blau verschmolz.

»Was sind das für Flüsse?«, fragte ich.

»Der große blaue ist Styx. Er steht für Hass und Ehrlichkeit. Der violette ist Acheron. Er verkörpert das Unglück.«

»Na toll«, murmelte ich.

»Der Fluss Cocytus ist heute dort drüben. Er steht für die Klage.«

Sie zeigte auf einen grün glühenden Fluss, der durch einen unebenen Felsabschnitt weit rechts von uns floss.

»Und die Lethe?« Hekate zuckte die Achseln. »Der ist immer schwer zu finden.«

»Welche Farbe hat er?«

»Ich kann mich nicht mehr erinnern«, grinste Hekate. »Und ich habe es aufgegeben, es zu versuchen. Das ist ja schließlich seine Macht.«

»Es ist schön hier«, sagte ich und besah mir auf die Landschaft. »Wenn auch ein bisschen dunkel.«

»Ja. Das finde ich auch. Siehst du das da drüben? Das ist der Haupteingang, für die Leute, die sich nicht magisch umherbewegen können. Dort bewacht Kerberos die Tore und der Fährmann sammelt die Toten ein.«

»Okay. Also, wo findet das Rennen statt?«

»Der Startpunkt ist die Halle des Jüngsten Gerichts«, sagte Morpheus, ohne sich umzudrehen. Wir verloren an Höhe und die spektakuläre Aussicht verschwand. Je tiefer wir kamen, desto bedrohlicher ragten hohe, dunkle Felsen um uns auf.

»Wo sind die Höhlen der Dämonen, wie Empusa und Eurynomos?«, fragte ich Hekate.

»Sie bleiben nicht an Ort und Stelle, sondern bewegen sich umher, aber sie sind alle in den Felsen versteckt.« Ich starrte auf den dunklen, zerklüfteten Grund, über den wir hinweg flogen. Kreaturen aller Art konnten sich direkt unter der Oberfläche befinden und ich konnte sie nicht sehen.

»Wie findest du sie dann?«

»Wie Hades bin ich an sie gebunden. Und sie sind an uns gebunden.«

»Würden… Wären sie auch an mich gebunden, wenn ich Königin wäre?«

»Nein. Sie sind Hades untertänig, nicht dem Reich der Jungfrau.«

Ich erinnerte mich daran, was Hades mir am Abend zuvor gesagt hatte. Er hatte gesagt, dass er Teil des Reichs sei, dass er und die Unterwelt eins seien.

Vielleicht hatte Hekate also unrecht und wenn ich mir Hades zum Mann nahm, würde ich auch die Unterwelt heiraten. Wenn ich seine Königin wäre, hätte ich vielleicht doch die Herrschaft über diesen Ort.

Wollte ich das? Wollte ich wissen, was in den Felsen verborgen lag, an diesem dunklen und giftigen Ort? Wenn es ein Teil von Hades war, dann musste ich es annehmen. Aber es fühlte sich mir vollkommen fremd an.

Das Erscheinen des strahlend weißen Tempels vor uns rettete mich aus meinen Gedanken. Er war massiv, mindestens drei Stockwerke hoch und wie alle Thronsäle hatte er keine Wände. Die linke und rechte Seite waren von Säulen gesäumt, auf denen das dreieckige Dach auflag und die anderen beiden Seiten waren völlig offen. So konnte Morpheus den Wagen in das Gebäude hinein lenken. Wir landeten sanft auf dem weißen Marmorboden und mein Blick fixierte den Streitwagen, neben dem wir angehalten hatten.

NEUNZEHN

PERSEPHONE

Er sah genau so aus, wie ich es von Minthe erwartet hatte. Das Holz meines Wagens war in satten, natürlichen Farbtönen gehalten und ihr Wagen war in einem leuchtend dunklen Rot gestrichen. Anstelle der quadratischen griechischen Spiralen war er mit einem grimmig aussehenden Adler verziert, dessen Flügel sich furchterregend um beide Seiten spannten. Wie bei meinem Wagen ragten auf jeder Seite große, spitze Stacheln heraus, allerdings hatte sie Seile mit roten Säcken an den Enden befestigt. Ich betrachtete sie stirnrunzelnd, dann nahm ich den Rest des Tempels unter die Lupe und sprang aus meinem Wagen.

Ich konnte eine Reihe von gestuften Bänken sehen, die wie Tribünen entlang der rechten Seite des Raumes aufgestellt waren. Das Podium mit den zwölf Thronen dominierte die andere Seite der Halle. Vor dem Podium stand der große Tisch, an dem die drei Richter sitzen würden, wenn sie erschienen. Außer uns war der Tempel menschenleer.

»Wo sind all die Leute?«, fragte ich und Morpheus sprang ebenfalls aus dem Wagen.

»Ich bin mir nicht sicher. Ich werde mal nachsehen«, sagte er und schritt auf das Podium zu. Hekate folgte ihm.

»Sie warten schon auf dich«, ertönte Minthes Stimme und sie trat hinter einer der Säulen hervor. Sie trug ein ähnliches Outfit wie ich, aber das Leder hatte eine satte burgunderrote Farbe und ihr Haar hing ihr lose über die Schultern. »Sie können schließlich nicht ohne ihren Lieblingsaußenseiter anfangen«, sagte sie und ihre Stimme war bedrohlich leise.

»Ernsthaft, warum bist du immer noch so zickig zu mir? Ich habe dir schließlich dein verdammtes Leben gerettet?«

»Ich habe mir die Unsterblichkeit länger gewünscht, als ich in deiner Schuld stehe«, spuckte sie. »Wenn dein erbärmliches Bewusstsein es dir nicht erlaubt mich zu töten, um zu gewinnen, dann verdiene ich meine Chance, auf den Gewinn.«

»Der Gewinn, von dem du da sprichst, ist ein Mann«, sagte ich wütend. »Mit einem Herz und einer Seele und Gefühlen und-«

Sie unterbrach mich mit einem Zischen. »Spar dir das, Persephone. Du bist vielleicht nicht in der Lage, mich zu töten, aber ich glaube nicht, dass du so süß und unschuldig bist, dass du denkst, der König der Toten sei fähig zu lieben.«

Heiße Wut wärmte mir das Gesicht und ich fletschte die Zähne.

»Du verdienst ihn nicht«, zischte ich.

»Das stimmt nicht. Wer die Tribunale gewinnt, hat den Preis verdient.«

»Hör auf, ihn einen verdammten Preis zu nennen!«, schrie ich und meine Ranken schossen aus meinen Handflächen auf sie zu. Dunkle Felsbrocken flogen zwischen den Säulen hindurch und schlugen meine Ranken weg, bevor sie sie erreichten. Ich zog sie mit einem Knurren zurück.

»Meine Kräfte gehören in diese Welt hier unten«, sagte sie und die Felsen flogen wieder aus dem Tempel. »Deine nicht.«

Meine Ranken gingen ein wie verwelkte Pflanzen und verschwanden. Sie hatte recht. Ich gehörte nicht hierher.

Sie konnte mit ihrer Bergmagie das Gestein der Unterwelt durch die Luft schleudern und ich hatte nur diese Lianen. *Diese kleinen Pflanzen können die Seele des Mannes, den du liebst, heilen. Sie stärken und nähren den Mann, der dich begehrt.* Ich klammerte mich an diesen Gedanken und fühlte die Kraft in meine Hände zurückkehren.

»Ich lasse mich nicht einschüchtern, Minthe. Weder von dir, noch von Zeus, oder von sonst irgendjemandem.«

»Ich bin hier, um den Wettkampf zu gewinnen. Du bist mir egal. Ich verschwende keine Energie an dich.«

Sie hatte recht, das war ein Wettstreit. Und sie genoss es, mich aus der Fassung zu bringen. Sie versuchte, mir das Selbstvertrauen zu nehmen und mich aus der Bahn zu werfen.

Aber ich stand ihr in nichts nach. Ich ließ meine Ranken spielerisch um mich herum wirbeln und zwinkerte ihr zu.

»Dann viel Glück«, sagte ich so aufrichtig, wie ich es konnte. Sie sah mich stirnrunzelnd an. »Du wirst nicht gewinnen, aber ich hoffe, dass du überlebst, damit der

Kampf mit dem Dämon keine völlige Zeitverschwendung war.« Minthe neigte den Kopf.

»Ich schulde dir nichts, Persephone«, sagte sie leise. Aber ihre Stimme verriet sie. Sie wusste, dass sie nicht die Wahrheit sagte.

»Möge die beste Frau gewinnen, Minthe«, sagte ich und folgte meinen Freunden.

Morpheus und Hekate konnten niemanden finden, den sie fragen konnten, was wir als nächstes tun sollten, also schickte ich einen zaghaften Gedanken zu Hades.

»*Wo bist du?*«, fragte ich ihn.

»*Wir werden in zehn Minuten ankommen*«, antwortete er sofort. »*Mein egoistischer Bruder möchte den Göttern einen dramatischen Auftritt verschaffen.*« Die Anspannung war deutlich in seiner Stimme zu hören.

»*Okay. Bis gleich dann.*« Ich biss mir auf die Unterlippe und fügte schnell hinzu: »*Ich liebe dich.*«

Ein paar Sekunden verstrichen und sein Tonfall wurde weich und zärtlich.

»*Ich liebe dich auch, meine Königin.*«

Ich lächelte und sagte den anderen, dass wir noch warten mussten und wir machten uns auf den Weg zurück zum Wagen. Nur wenige Augenblicke später erschienen die ersten Zuschauer auf der Tribüne. Innerhalb von fünf Minuten war die Halle voll. Kreaturen und Menschen jeder Größe, Form und Farbe drängten sich zusammen und das Geplauder war überwältigend laut.

»Verdammte Touristen«, brummte Hekate. »Hades hält diesen Ort aus gutem Grund geheim.«

Ich hob die Augenbrauen und sie lehnte sich lässig an den Wagen.

»Die Leute müssen sich eine qualvolle Hölle vorstellen, warum sonst sollten sie Angst davor haben, sich nicht zu benehmen und hier zu landen? Verdammte Idioten.«

Ich konnte Hekate ansehen, dass sie viel nervöser war, als sie es sich anmerken ließ. Ich vermutete, dass wir die Angewohnheit teilten, ausgiebig zu fluchen, wenn wir aufgeregt oder wütend waren.

»Ist das ein Zyklop?«, fragte ich und zeigte auf eine riesige Frau auf der Tribüne mit einem großen bernsteinfarbenen Auge und scharfen Stacheln, die ihr durchs Haar ragten und ihren Kopf bedeckten.

»Ja. Man sieht sie aber nicht oft. Sie leben normalerweise in Hephaestus Schmieden und zu seinem Reich ist der Zutritt verboten.« Sie sah finster drein. »So wie es in diesem Reich eigentlich sein sollte.«

Ein heller weißer Blitz durchzuckte den Raum und alle Köpfe drehten sich zum Podium. Elf der Götter waren dort erschienen und sie alle sahen außergewöhnlich prächtig aus. Sie waren in Togas gekleidet, sogar Dionysos, und sie trugen alle große Kronen. Die von Hera war die auffälligste, geschmückt mit Pfauenfedern und die von Athene war die schlichteste, nicht mehr als ein Band aus Gold.

»Guten Tag, Damen und Herren des Olymps!«, dröhnte der Kommentator. Seine Stimme schien von den Felsen um uns herum verstärkt zu werden. Ich entdeckte ihn neben dem Richtertisch und schreckte auf, als ich bemerkte, dass die drei Richter ebenfalls anwesend waren. Ihre Blicke waren auf Minthe und mich gerichtet.

»Bitte begrüßen Sie Ihren Gastgeber für dieses unglaubliche, letzte Tribunal!«

Schwarzer Rauch waberte plötzlich durch den Raum und die Menge keuchte auf, als er sich vor dem Podium zu sammeln begann und ein kleiner Tornado entstand. Er verfestigte sich und blaues Licht flimmerte auf, das den Rauch wie ein Stroboskoplicht erhellte. Ein riesiger zweizackiger Stab aus schimmerndem Onyx tauchte aus dem wirbelnden Rauch auf und dann wurde die rauchige Gestalt eines Mannes sichtbar, der mindestens drei Meter in die Höhe ragte.

»Ist das der dramatische Auftritt, von dem du gesprochen hast?«, sagte ich im Geiste zu Hades, als die Menge in Jubel ausbrach.

»Das war nicht meine verdammte Idee«, stieß er hervor.

»Du siehst beeindruckend aus«, sagte ich ihm. Die Rauchfigur hob den Stab in die Höhe und blaues Licht schoss aus dem Ende wie ein Feuerwerk. Der Jubel wurde noch lauter.

»Beeindruckend? Ich sollte furchterregend sein, nicht beeindruckend. Ich könnte jeden in dieser Menge augenblicklich seine schlimmsten Ängste spüren lassen«, zischte er. *»Stattdessen zwingt Zeus mich, mich hier zu einem Narren zu machen, mit dieser Show.«*

Seine Worte klangen bitter und ich konnte seinen Zorn nachvollziehen. Zeus machte den König der Toten, den Herrn der Unterwelt, zu einem Spektakel, während er der Welt das Reich zeigte, das Hades immer hinter verschlossenen Toren gehalten hatte.

»Vielleicht kannst du ihnen einen kleinen Vorgeschmack auf das geben, was du tun kannst«, sagte ich und sah, wie seine Rauchform innehielt.

»Wirklich?«

»Nur ein bisschen. Wir wollen nicht, dass sich jemand in die Hose macht.«

Sein Kichern hallte durch meine Gedanken, dann überkam mich Kälte und der Jubel erstarb abrupt. Angst und Unbehagen breiteten sich in meinem Körper aus und ich bekam eine Gänsehaut. Ich beschwor ich meine Heilkräfte herauf und einen Sekundenbruchteil später war die Angst verdrängt und ich war vollständig immun.

Stille breitete sich im Raum aus und Zeus stand auf. Sein Gesichtsausdruck war angespannt.

»Vielen Dank, Bruder, für diese Begrüßung«, sagte er knapp.

Hades flackerte und erschien auf seinem Thron. Seine Rauchform sah lässig und entspannt aus. Ich wusste nicht, ob es ihm Freude bereitete, Menschen zu erschrecken, oder was das über ihn aussagte, aber ich wusste, dass es ihm Befriedigung bereitete, Zeus die Stirn zu bieten. Und das war es wert, ein paar morbide Zuschauer zu erschrecken.

»Danke, Zeus«, sagte Hades. Seine Stimme war ein unheimliches Zischen. Ich hatte mich an seine tiefe, warme Stimme gewöhnt und es war so seltsam, ihn jetzt so sprechen zu hören. »Das Rennen findet entlang des Flusses Styx statt und führt bis zu den Toren der Unterwelt. Unterwegs werdet ihr allen drei Höllenhunden begegnen. Kerberos bewacht die Tore und ihm werdet ihr zuletzt entgegentreten müssen. Jeder Hund bewacht einen Edelstein. Die grünen sind für Persephone, die roten für Minthe. Wer zuerst alle Edelsteine einsammelt gewinnt.«

Meine Nervosität überrollte mich wie eine Dampfwalze. Seine kalte, teilnahmslose Stimme stand in krassem Widerspruch zu dem, was er fühlen musste, aber er bemühte sich, so zu klingen, als wäre es ihm scheißegal, wer von uns gewann.

Zweifel durchbohrten mich. Dann hörte ich seine Stimme, seine wahre Stimme, in meinem Kopf ertönen.

»Gewinn für mich, meine Königin.«

»Das werde ich.«

»Ich muss jetzt gehen. Eine Attrappe aus Rauch wird an meiner Stelle hier sitzen, damit die Menge nichts von meiner Abwesenheit bemerkt.«

Hekate und Morpheus stiegen auf den Wagen und zwei Leute hatten sich zu Minthe gesellt. Aber ich hatte nur Augen für ihn. Ich wollte nicht, dass er ging.

»Okay«, sagte ich und stolperte. Ich stieg in den Wagen, aber mein Blick war noch immer auf seine Rauchform fixiert. Adrenalin rauschte nun durch meinen Körper.

»Ich liebe dich.«

»Ich liebe dich«, antwortete er.

Ich fühlte, wie er sich entfernte, doch unsere Verbindung brannte in meiner Brust und pulsierte.

»Scheiße«, murmelte Hekate neben mir und ich riss meine Augen von der Rauchfigur, die jetzt auf Hades Thron saß.

»Was ist los?«, fragte ich.

»Das«, sagte sie und deutete auf Minthes Streitwagen. »Das ist los. Sieh sie dir an, verdammt!«

Ich holte tief Luft. Hekate machte mir Angst. Zögerlich sah ich zu Minthes Teamkollegen hinüber.

Die Frau an der Spitze des Wagens trug eine Toga und sah gut hundert Jahre alt aus. Doch das war es nicht, was mir zuerst auffiel. Sie war durchsichtig, vollkommen durchsichtig. Und die andere Frau auf dem Wagen war mindestens zwei Meter groß, trug eine glänzende

Rüstung und hielt eine Armbrust vor sich. Ihr blondes Haar war zu einem Knoten gebunden und die Muskeln, die ihre Arme und Schultern umspannten, stellten die von professionellen Bodybuildern locker in den Schatten.

»Was sind sie?«

»Die Frau da vorne ist ein Eidolon. In eurer Welt würdet ihr sie einen Geist nennen.«

»Ich dachte, du kontrollierst die Geister?«

»Die hier unten schon. Aber nicht die, die frei sind. Wie sie.«

»Und die Bodybuilderin da?«

»Eindeutig eine Amazonenkriegerin. Aber die verlassen ihren Stamm in Ares Reich nie, also muss sie eine Ausgestoßene sein.«

Ich hob die Augenbrauen und sah mir die grimmig dreinblickende Frau, die jetzt ihre Waffe untersuchte, genauer an.

»Amazonenkriegerinnen? Gibt es irgendetwas, das es auf dem Olymp nicht gibt?«

»Nicht wirklich. Die Mythen in der Welt der Sterblichen basieren alle auf dem Leben im Olymp. Athene hat die griechische Mythologie in den Gedanken ihrer Schöpfung angepflanzt.«

Die Amazone bemerkte, dass ich sie anstarrte und fletschte die Zähne.

»Bist du bereit, dich dem Stachel meiner Bolzen zu stellen?«, rief sie mir zu und hob die Armbrust drohend in die Höhe. Normalerweise wäre ich vor Angst zusammengezuckt oder hätte mich hinter Hekate versteckt, aber meine neue Kraft knisterte in mir und ich hob meine Hände.

»Versuch es ruhig, dich mit mir anzulegen«, rief ich und schwarze Ranken peitschten aus meinen Handflächen hervor. Sie schossen auf sie zu, stoppten kurz vor ihr, pfeifen durch die Luft und zogen sich blitzschnell zurück. Die Augen der Frau verengten sich, aber sie hielt den Mund und ließ die Waffe sinken.

»Spar dir das für das Rennen, Sanape«, sagte Minthe und zerrte an ihrem Ellbogen. Sanape warf mir einen letzten hasserfüllten Blick zu an und wandte sich dann ab.

»Ich bin froh, dass so viel von der alten Persephone in der sterblichen Welt überlebt hat«, sagte Hekate leise. »Ohne eine anständige Portion Mut kommt man im Olymp nicht zurecht.«

»Du nennst es Mut, der Rest von uns nennt es Haltung«, sagte Morpheus grinsend. »Seid ihr beide bereit?«

Ich nickte und der Wagen erhob sich langsam in die Luft. Mein Magen drehte sich um.

Es ging los. Das letzte Mal würde ich um mein Leben und das Recht, den Mann zu heiraten, den ich liebte, kämpfen müssen. Den Mann, den ich, wie sich herausstellte, schon immer geliebt hatte. Der Mann, auf den ich mein ganzes Leben gewartet hatte, ohne es zu wissen.

Hades Gesicht erschien vor meinem inneren Auge und Kraft durchströmte mich. Meine Macht knisterte mir buchstäblich unter der Haut.

Ich würde das hier gewinnen und seine Königin werden.

ZWANZIG

HADES

Nicht in der Lage zu sein, Persephone zuzusehen, war Folter. Aber selbst, wenn etwas Schreckliches passierte, würde ich ihr nicht helfen können. Ich war an die Regeln der Tribunale gebunden.

Ich knurrte, als ich über die felsige Landschaft in die Richtung blickte, wo ich wusste, dass sie war. Wenn die Streitwagen hoch genug wären, konnte ich sie vielleicht von hier aus sehen. Ich wusste, dass ich zu weit weg war, aber ich klammerte mich trotzdem an den Trost, den dieser Gedanke mir spendete.

Etwas *würde* passieren, da war ich mir sicher. Wer auch immer versucht hatte, sie zu bestrafen oder an Cronos heranzukommen, würde auf keinen Fall diese letzte Chance verstreichen lassen, ohne es noch einmal zu versuchen. Bei dem Gedanken an Cronos sah ich den flammenden Fluss entlang, der in den Eingang der Höhle floss, die zum Tartarus führte. Dort, wo Persephone aufgetaucht war und mich davon abgehalten hatte, in den Tartarus zu gehen, während die Dunkelheit die Kontrolle über mich hatte. Sie hatte mich gerettet.

Aus dem Augenwinkel bemerkte ich eine Bewegung und erstarrte. Ich entspannte mich erst, als ich erkannte, dass es die flackernden Flammen des Flusses Phlegethon an den Felswänden waren. Ich hielt immer noch den Onyx-Stab in der Hand, den ich sonst nur noch selten hervorholte. Er war von Hephaestus für mich gemacht worden, um uns drei Brüder zu feiern, die ihre Rollen im Reich des Himmels, Meeres und der Erde einnahmen. Er hatte einen für jeden von uns gefertigt. Poseidon ging fast nie ohne seinen irgendwohin, aber ich brauchte die Verstärkung der Kraft, die er mir bot, nicht mehr. Wenn überhaupt, dann brauchte ich weniger Kraft, nicht mehr.

Der heutige Tag bildete eine Ausnahme. Wenn jemand Persephone hierherbringen wollte, würden sie an mir vorbeikommen müssen und ich würde alle Kraft brauchen, die ich aufbringen konnte. Ich kippte den Stab in Richtung des Höhleneingangs.

»Hast du das gehört, Cronos? Du kriegst sie nicht in die Finger, weder heute noch sonst irgendwann«, sagte ich und stieß einen frustrierten Seufzer aus. Hier festzusitzen war Blödsinn.

»*Wo bleibt dein Sinn für Humor?*«, schnurrte eine Stimme.

Ich hielt den Stab mit beiden Händen und zielte blitzschnell auf den Höhleneingang. Meine Gestalt gewann schnell an Größe und eine kleine Gestalt schlenderte gemütlich aus dem Höhleneingang. Das Ungeheuer in mir bäumte sich auf und meine Angst und Kraft schwollen an. Mein Herz raste.

Ankhiale trat aus der Höhle hervor und verbeugte sich tief vor mir. Ihr rotes Haar ging in Flammen auf, als sie sich aufrichtete und mich anlächelte. Das Blut gefror mir in den Adern und ich glotzte sie an.

»Wie? Wie bist du entkommen?« Wenn sie frei war, bedeutete das...

»Wo ist Cronos?«

»König Cronos ist wohlauf«, sagte sie. »Mein Freund konnte seine Fesseln nicht durchbrechen. Aber meine waren kein Problem für ihn.«

Blaues Licht schimmerte um mich und das Monster in meiner Brust graulte. Ankhiale war uralt. Sie war eine der stärksten Titanen im Tartarus. Niemand außer mir sollte in der Lage sein, sie aus dem Tartarus zu befreien.

»Wer?«, fragte ich. »Wer hat dich befreit?« Doch noch bevor ich die Frage herausgeschrien hatte, wusste ich die Antwort darauf. Die Angst schnürte mir den Atem ab, die Dunkelheit knurrte in mir und drohte mich zu überwältigen.

»Das ist nicht wichtig, kleiner Hades«, sagte sie und gackerte. Sie wuchs und stellte meine Größe im Nu in den Schatten. Intensive Hitze, die mich zusammenzucken ließ, schlug mir entgegen. Meine Augen blickten auf die Reihen von blauen Soldaten, die mich umgaben und immer mehr von ihnen erhoben sich aus dem Pool von blauem Licht, das von meinem Körper zu Boden floss. »Wichtig ist, dass in ein paar Stunden Cronos, der wahre König der Götter, frei sein und dieses Drecksloch, das du dein Zuhause nennst, auslöschen wird.«

»Niemals«, knurrte ich. »Nur über meine Leiche.«

»Ich fürchte, du irrst dich«, sagte sie, legte den Kopf schief und schenkte mir ein spöttisches Lächeln. »Es ist deine schöne Frau, die sterben wird, nicht du. Du wirst ohne sie weiterleben,

ein hirnloses Monster, das die Befehle deines Meisters ausführen wird.«

»Nein!«, brüllte ich. Das Entsetzen über den

Gedanken an Persephones Tod war unerträglich. Ich durfte sie nicht verlieren. Ich würde tun, was ich tun musste. Ankhiale warf ihren Kopf zurück und lachte. Ihrer Haut trat in Flammen und sie schrie vor Lachen.

»Oh doch, mein kleiner König«, sagte sie und stürzte sich auf mich.

EINUNDZWANZIG

PERSEPHONE

Wir müssen nur noch einmal auf die Regeln zu sprechen kommen, Leute, und wir können das Rennen beginnen«, sang der Kommentator. »Während des Rennens ist Gedankenübertragung nicht erlaubt. Minthe, du folgst den roten und Persephone, du folgst den grünen Lichtern. Bleibt auf eurem eigenen Kurs. So stellen wir sicher, dass nicht beide Parteien gleichzeitig mit den ersten beiden Hunden konfrontiert werden. Nur Persephone und Minthe dürfen den Edelstein vom Hund holen. Wenn jemand ihnen hilft, wird das Team disqualifiziert und hart bestraft. Nach den Begegnungen mit Fonax und Olethros folgt das Rennen zur Ziellinie und zu Kerberos!«

Ich blinzelte. Grünes Licht begann vor unserem Wagen zu pulsieren. Einen Moment lang schwebte es vor uns, dann schoss es aus dem Tempel. Ein identisches rotes Licht tat dasselbe vor Minthes Gefährt.

»Wir müssen also dem Licht folgen«, wiederholte Morpheus. »Kein Problem.«

»Wenn der Gong ertönt, geht es los«, sagte der Kommentator und die Menge jubelte.

»Komm schon, Persy!«, rief die Stimme meines Bruders über das Tosen der Zuschauer hinweg. Ich sah zu ihm hinunter und sah ihn mit Hedone in der ersten Reihe der Tribüne sitzen und mir zuwinken.

Als der Gong ertönte und der Kommentator das Zeichen zum Start gab, flammte plötzlich Wut in mir auf. Hades Zorn drang durch unsere Verbindung zu mir hindurch.

»Hekate«, keuchte ich und der Wagen schoss vorwärts. Ich griff nach den hölzernen Seiten, um nicht das Gleichgewicht zu verlieren. Sie konnte mich wegen des Gebrülls der Menge oder des Rauschens der Luft nicht hören, als wir aus dem Tempel heraus und über den glitzernden blauen Fluss rasten. Eine weitere Woge von Angst und Wut rollte durch meinen Körper und vermischte sich mit meiner eigenen adrenalingeladenen Energie.

»Kopf runter«, schrie Hekate und ein Armbrustbolzen schlug nur wenige Zentimeter von meiner Hand entfernt in das Holz ein.

»Irgendetwas passiert gerade mit Hades«, rief ich und der Wagen schwankte leicht, als Morpheus mit besorgtem Gesicht zu mir zurückblickte.

»Hades kann auf sich selbst aufpassen, Persy, jetzt duck dich endlich!«, rief sie zurück. Ihre Augen wurden milchig und blaues Licht strömte aus ihren Handflächen. Mein Mund blieb in stummer Verwirrung offenstehen, als ich beobachtete, wie das Licht in den roten Streitwagen drei Meter von uns entfernt eintraf. Sanape stolperte, aber sie hielt die Armbrust fest im Griff.

»Halt dich fest!«, rief Morpheus und der Wagen wich

hart nach links aus, als die roten und grünen Lichter abrupt in verschiedene Richtungen abbogen. Minthes Wagen schoss nach rechts weg und ich drehte mich zu Hekate um.

»Irgendetwas Schlimmes passiert, ich kann es fühlen!«

»Du kannst jetzt sowieso nichts tun, Persy!«, sagte sie, griff nach meinem Arm und sah mir in die Augen. »Er ist eines der stärksten Wesen des Olymps Das Beste, was du für ihn tun kannst, ist dich darauf zu konzentrieren, zu überleben und zu gewinnen.«

Ich nickte. Sie hatte recht. Hades konnte auf sich und auf das Reich aufpassen und es gab nicht viel, dass schlimmer für ihn oder mich wäre, als wenn ich die Tribunale verlieren sollte und nicht bei ihm bleiben dürfte.

Ein Geysir aus blauer Flüssigkeit schoss an dem Wagen vorbei und Morpheus riss die Steuerung so heftig zur Seite, dass ich fast den Halt verlor.

Mein Mund war vor Angst vollkommen ausgetrocknet, aber ich räusperte mich, stellte mich breitbeinig hin und atmete tief durch.

Sterben. Sterben wäre schlimmer als verlieren.

»Okay. Volle Konzentration. Wir holen uns diese Steine und zeigen es dieser Zicke ein für alle Mal«, sagte ich zu Hekate und atmete tief durch.

Mein Zopf peitschte mir über die Schulter, als ich mich nach vorne drehte und mich auf das konzentrierte, was vor uns lag. Wir folgten dem vor uns tanzenden grünen Licht entlang eines schmalen Ausläufers des Styx. Ich drehte mich kurz um, um das rote Licht in der Ferne zu betrachten, hinter dem Minthes Streitwagen über einen anderen blauen Strom des Styx entlang sauste. Das Gestein um uns herum war uneben und ging in Berge über und als ich wieder nach vorne schaute, bemerkte ich, dass das Licht an Höhe verlor und uns näher an den Fluss drängte. Unbehagen machte sich in mir breit. Jetzt, da ich meine Höhenangst unter Kontrolle hatte, war es eigentlich besser, weiter oben zu bleiben, da wir so mehr von der Unterwelt sehen konnten. Je tiefer wir sanken, desto mehr verdeckten die felsigen Hänge unsere Sicht. Etwas Dunkles zeichnete sich vor uns ab und das Licht schwenkte entlang des glühenden Flusses unter uns darauf zu.

Es war ein großer Bergrücken und der Fluss mündete in einen tief gelegenen Höhleneingang.

»Wollen wir wetten, dass entweder Fonax oder Olethros da drin ist?«, rief Hekate.

»Dann mal los«, rief ich zurück. Mein gespielter Optimismus machte mich ganz und gar nicht weniger nervös.

Ich konnte nicht anders als den Atem anzuhalten, als wir uns in die Dunkelheit der Höhle begaben. Ich wurde sofort an den Tartarus erinnert, wo alles vom Schein des flackernden Flusses erhellt war. Hier schien der Fluss blau statt rot. Das grüne Licht vor uns zischte am Ufer des Styx entlang und Morpheus leitete unseren Wagen hinterher.

»Irgendwelche letzten Tipps zum Umgang mit Höllenhunden?«, fragte ich Hekate. Ich hatte zu schwitzen begonnen.

»Es ist am besten, sich nicht auffressen zu lassen.«

»Na, danke.«

Mein Herz setzte einen Schlag aus, als der Wagen plötzlich an Höhe verlor und eine neue Farbe durch die Dunkelheit sickerte. Lila. Hekate hatte gesagt, der violette Fluss sei Acheron und verkörperte das Unglück.

»Was passiert, wenn wir in einen Fluss fallen?«, fragte ich so beiläufig wie möglich.

»Styx würde dein Fleisch bis auf die Knochen verätzen. Er ist erfüllt mit dem Hass jeder toten Seele des Olymps und ist verdammt giftig.«

»Und der Acheron?«

»Er würde dich so sehr mit Traurigkeit überfluten, dass du auf der Stelle den Verstand verlieren würdest.«

»Gut zu wissen.«

»Fall nicht in den Phlegethon. Du willst gar nicht wissen, was passieren würde.«

Mir schauderte schon beim Gedanken an den brennenden Fluss.

»Leute«, rief Morpheus über die Schulter. Das grüne Licht wurde langsamer und trieb auf eine Insel aus festem Gestein zwischen den beiden fließenden Flüssen zu. Als wir näherkamen, konnten wir langsam immer mehr Details ausmachen.

Auf der anderen Seite der Insel befand sich ein Tor, das den Eingang zu einem kleinen einstöckigen Gebäude versperrte. Es war eine schmutzige, halbzerfallene Hütte. Sie bestand aus abgenutztem, altem Stein und zeigte deutliche Verfärbungen auf. Das Dach war kaum noch als solches zu erkennen und sah aus, als bestehe es aus Stroh oder Lehm. Das Tor jedoch... Das Tor glänzte.

Es bestand aus gekreuzten Eisenstäben und sah aus wie etwas, das man vor einem Wohnblock in der Fifth Avenue sehen würde. Es war groß und imposant. Das grüne Licht wippte darauf zu und ließ sich dann an der

Spitze des Tores nieder. Der Wagen verlangsamte sich und wir blickten mit geweiteten Augen darauf hinunter.

An den Eisenstangen waren hunderte von Dingen festgebunden; altes Papier, Tassen, Schmuck, Lumpen, Waffen, alles Mögliche.

»Glaubst du, der grüne Edelstein ist irgendwo dazwischen?«, flüsterte ich. Ohne den rauschenden Fahrtwind war es plötzlich unheimlich still.

Ein tiefes, grollendes Knurren antwortete auf meine Worte.

»Wenn ja, dann geh besser sofort und sieh nach, bevor...« Hekate brach ab. Ein Hund, der doppelt so groß war wie ich, tauchte aus der Dunkelheit auf und trat aus dem Eisentor, als wäre es eine Art Portal. Er sah aus wie ein Windhund, wenn ein Windhund tiefschwarz und mit zu vielen Zähnen gesegnet wäre und einen Schwanz aus Feuer hätte.

Ich schluckte.

»Olethros«, flüsterte Hekate.

»Was bedeutet das noch einmal?«

»Zerstörung.«

»Na, ausgezeichnet.«

Olethros bellte einmal auf und die Flammen von seinem Schwanz züngelten über seinen geschmeidigen Körper und entzündeten Feuerspiralen, die über sein glattes Fell tanzten.

»Warum brennt alles in diesem verdammten Höllenloch?«

»Geh, Persephone«, sagte Morpheus. »Wir dürfen nicht vergessen, dass das ein Wettrennen ist.«

»Du hast leicht reden«, murmelte ich und die Ranken

schlängelten aus meinen Handflächen heraus. Ich hatte den Blick noch immer auf den Hund gerichtet, der nun vor dem Tor auf und ab lief. »Wie zum Teufel komme ich an ihm vorbei?«

»Wir dürfen dir nicht helfen, Persy.«

»Stimmt ja.«

Ich holte tief Luft und peitschte meine Liane in Richtung der felsigen Insel, weit weg vom Eisentor. Olethros erstarrte und seine schwarzen Augen sahen meine Liane misstrauisch an. »Komm schon, Hündchen«, lockte ich ihn. »Nimm den Köder.« Er ließ sich auf seine riesigen Hüften sinken und legte seine Ohren flach an den Kopf.

»Ja, so geht's...«

Er stürzte sich auf mich und verdammt, er war so schnell, dass ich keine Zeit hatte, die Liane aus dem Weg zu ziehen. Seine lange Schnauze schloss sich um die Liane, aber nicht hart genug, um sie zu durchtrennen. Mit einem Ruck zog er daran und ich wurde ohne Vorwarnung aus dem Wagen gezogen.

Ich hatte nur einen Bruchteil einer Sekunde Zeit zu reagieren, bevor ich vor den Füßen des Hundes auf den Boden knallte. Ich warf meine andere Hand aus und schoss verzweifelt eine Ranke an das Eisentor. Sie verfing sich und wickelte sich gerade noch rechtzeitig um die Eisenstäbe. Wie an einem Bungee-Seil wurde mein Körper zwischen dem vier Meter großen Hund und dem massiven Tor hin und her geschleudert. Olethros schüttelte seinen riesigen Kopf und ich unterdrückte einen Schrei, als er mir die Schulter auskugelte.

Ich konzentrierte mich darauf, die Liane, die der Hund festhielt, aufzulösen und die andere zu verkürzen.

Ich zog mich schnell am Tor empor und sandte meine Heilkraft in meine Schulter.

Olethros knurrte und nahm die Verfolgung auf. Ich prallte gegen das Tor und zog mich schnell noch höher. Die Stäbe waren so weit auseinander, dass es schwierig war, daran hochzuklettern. Ich schickte meine Ranken aus, um mir zu helfen, mich hochzuziehen und um sicherzustellen, dass ich nicht weit fallen würde, sollte ich abrutschen. Eine Sekunde später knallte Olethros mit all seinem Gewicht gegen das Tor und es erzitterte heftig. Auch mein Herz hämmerte mir gegen die Rippen, aber das Adrenalin hatte meinen Fokus geschärft, und ich sah mir jedes Stück Gerümpel, an dem ich vorbeikam genau an, während ich höher kletterte.

Nach einer gefühlten Ewigkeit warf ich einen Blick nach unten, um mich zu vergewissern, dass ich außerhalb der Reichweite des Hundes war. Mir blieb das Herz stehen. Der Hund sprang, schnappte nach mir und gab ein lautes, widerhallendes Bellen von sich, das mir Kopfschmerzen bereitete. Aber er konnte mich nicht erreichen.

Ich brauchte einen Moment, um wieder zu Atem zu kommen und schaute an dem Tor entlang, auf der verzweifelten Suche nach einem grünen Glitzern. Wie ich die Götter und ihren ungeheuerlichen Humor kannte, hatten sie, was ich brauchte, tief unten platziert, in Reichweite des Hundes. Die Feuerspiralen, die Olethros Fell bedeckten, wurden größer und Unbehagen durchströmte mich. Er würde bald komplett in Flammen stehen.

Doch dann reflektierte etwas Feuerlicht von seinem Körper und meine Augen weiteten sich. Ich ließ den Blick nicht davon ab und bewegte mich an meinen Lianen ein Stück heran. Bei näherem Hinsehen stellte sich heraus, dass es eine Kette mit einem Anhänger war, der nur drei Meter über dem Boden am Eisentor befestigt war. Und er war besetzt mit einem massiven grasgrünen Edelstein.

Ich griff zu meiner Linken und löste unbeholfen mit einer Hand das Objekt, das mir am nächsten hang. Es war einen Kriegerhelm mit verblichenem rotem Federbusch. Sobald sich die Kordel löste, fiel er herunter und ich schickte ein stummes Dankgebet in die Dunkelheit, als er mit einem lauten Scheppern auf den Boden landete und sofort die Aufmerksamkeit des Hundes auf sich zog. Olethros spitzte die Ohren und ich brach innerlich in Jubel aus, als der Helm geräuschvoll vom Tor wegrollte. Olethros folgte ihm.

Ich verschwendete keine Sekunde. Mithilfe einer Liane ließ ich mich hinunter, sprang auf den Boden und rannte dorthin, wo ich den Anhänger gesehen hatte. So leise wie möglich kletterte ich die paar Meter am Tor hinauf, hielt den Atem an und erreichte endlich den Edelstein. Ich versuchte verzweifelt, die Schnur, an der er hing zu lösen, aber es gelang mir nicht. In der Ferne hörte ich ein Knurren und meine feuchten Hände fummelten immer panischer an dem Knoten. Ich bekam das verdammte Ding einfach nicht auf. Ich brauchte etwas, um es durchzuschneiden.

»Ich bin so ein Idiot«, fuhr ich mich an, als ich *Faesforos* aus seiner Scheide zog und die Schnur mit Leichtigkeit durchtrennte. Doch meine Finger zitterten so sehr, dass der Anhänger zu Boden fiel und ich sprang hinterher. Ich bückte mich, um die Kette aufzuheben und ein Hochgefühl durchströmte mich. Ich legte sie mir um den Hals und richtete mich auf.

Mein Herz setzte einen Schlag aus.

Olethros sprang auf mich zu und sah stinksauer aus. Ich warf den Kopf zurück, erspähte den Wagen über mir und streckte beide Handflächen danach aus. Ohne auch nur eine Sekunde zu vergeuden, schoss ich meine Ranken in die Höhe und bete. Der Hund hatte mich schon fast erreicht, als ich spürte, dass sie sich um etwas gewickelt hatten und beschwor sie, mich hinaufzuziehen. Ich schoss nach oben, aber Olethros war zu schnell. Er sprang mir nach und schnappte nach meinem Bein. Seine rasiermesserscharfen Zähne rissen mir den Muskel meiner rechten Wade auf. Ich schrie und unerträglicher Schmerz schoss mir vom Bein durch den ganzen Körper als stände ich in Flammen. Mir wurde kalt und Schwindel überkam mich. Im nächsten Moment packten mich Hände an den Schultern und Hekate zerrte mich in den Wagen. Es gab kaum genug Platz, dass ich mich hinsetzen konnte.

»Heil dich, schnell. Der Biss wird immer schlimmer werden«, sagte sie eindringlich. Ich konzentrierte mich, versuchte den stechenden Schmerz auszublenden und meine Heilkraft auf mein Bein zu lenken. Wärme ersetzte das eisige Gefühl, dann kribbelte Magie in der Wunde und breitete sich in meinem ganzen Körper aus. Meine Kräfte kämpften gegen Giftstoffe, die sich aus dem Biss ausgebreitet hatten.

»Ich glaube, es funktioniert«, keuchte ich.

»Gut«, antwortete sie und ihr Griff um meine Schulter lockerte sich. Ich spürte, wie die Kraft in meine Glieder zurückkehrte, die Enge in meiner Brust nachließ und das Schwindelgefühl zurückging. Das letzte Mal, als ich vergiftet worden war, konnte ich mich nicht selbst heilen.

Doch jetzt... Jetzt war ich stark. Stark genug, um mich selbst zu heilen. *Stark genug, um Hades zu heilen.*

· · ·

»Auf geht's, Morpheus«, sagte ich laut und kam langsam auf die Beine. Ich schwankte, aber Hekate und die Seitenwand des Wagens hielten mich aufrecht.

»Zu Befehl«, sagte er und lenkte den Wagen dem kleinen grünen Licht hinterher in die Dunkelheit.

ZWEIUNDZWANZIG

PERSEPHONE

Wir verfolgten das grüne Licht aus dem Berg heraus und fanden uns in einer tiefen Schlucht, bei welcher Styx und Acheron nebeneinanderher flossen, wieder.

»Achtung!«, rief Morpheus und ich blinzelte. Das rote Licht kam immer näher und Minthes Wagen erschien gleich dahinter.

Sie war auf dem Weg zu Olethros, was bedeutete, dass auch sie ihren ersten Edelstein bereits erbeutet hatte. Verdammt.

Meine Ranken sprangen mir aus den Handflächen und waren bereit, in die Offensive zu gehen. Hekate hob die Hände und ihre Augen wurden milchig.

Die Lichter schossen aufeinander zu und zwangen unsere Streitwägen in Schlagdistanz zueinander. Die Dreschflegel an der Seite unseres Wagens erwachten zum Leben, wirbelten an ihren Ketten und flogen hoch über die Stacheln.

Aber auch die roten Säcke am Ende der Seile an Minthes Wagen bäumten sich auf und ein Armbrustbolzen zischte nahe an meinem Kopf vorbei und schlug in die Felsen der Schlucht ein. Minthes Augen fanden meine und sie hob die Arme. Felsbrocken explodierten aus den Säcken und flogen durch die Luft. Ich duckte mich und rief Morpheus zu, dasselbe zu tun. Während er das tat, beschwor Hekate eine Wand aus blauem Licht hervor, die etwa die Hälfte der Steine davon abhielt, im Wagen zu landen. Aber als der Rest der Steine uns traf, kippte der Wagen und schoss im Sturzflug auf den Boden zu.

»Morpheus!«, schrie ich, doch der Wagen neigte sich stark, so dass ich auf den Hintern fiel. Für einen Moment hatte ich das Gefühl, dass ich keinen Halt finden und rücklings aus dem Gefährt fliegen würde, aber meine Ranken wickelten sich instinktiv um den hölzernen Rand des Wagens und hielten mich an Ort und Stelle. Morpheus kam steif zu Beinen, zog den Bug wieder in die Höhe und wir nahmen unseren Kurs, dem grünen Licht hinterher, wieder auf.

»Sie sind an uns vorbei«, rief Hekate und ich sprang auf.

»Bist du verletzt?«, fragte ich Morpheus.

»Ein wenig«, sagte er, und ein Rinnsal Blut, das seltsam silbern glänzte, lief ihm die Schläfe hinunter. »Aber das wird verheilen. Ich muss mich nur konzentrieren.«

»Okay«, sagte ich und drehte mich um, um zu beobachten, wie Minthes Wagen immer kleiner wurde und sie sich Olethros Höhle näherten. »Nun, ich würde sagen, dieser Punkt geht an Minthe.«

. . .

Morpheus schaffte es perfekt, sich zwischen den Geysiren glühender Flüssigkeit hindurch zu winden, die die Flüsse auf uns schossen, während wir dem grünen Licht hinterherfuhren und schließlich aus der Schlucht herauskamen. Der Fahrtwind rauschte über uns hinweg und der Anblick der weitläufigen von glühenden Strömen bedeckten Felslandschaft war auf eine überirdische Art atemberaubend schön.

Das grüne Licht schoss auf einen weiteren steilen Abhang zu und wir blieben dicht dahinter, bis wir einen langen, abgeflachten Felsvorsprung erreichten. Dort wurde das Licht abrupt langsamer und mein Puls beschleunigte sich. Hatten wir den zweiten Hund erreicht?

»Fonax heißt übersetzt »blutrünstig«, Persy, du musst wirklich vorsichtig sein. Er sieht nicht so schlimm aus wie Olethros, aber glaub mir, er ist schlimmer.« Ich nickte und wir flogen weiter dem Abgrund entgegen.

»Wenn Minthe mit ihm umgehen konnte, kann ich das auch«, sagte ich entschlossen.

Aber als ich Fonax erblickte, wie er anmutig über den Vorsprung schritt, kribbelte es in meinem Inneren. Er hatte eine rauchgraue Farbe, war breiter und viel kleiner als der letzte Hund und reichte mir etwas zur Hüfte.

Er hielt inne, streckte die Nase hoch in die Luft und schnüffelte misstrauisch. Seine Schnauze triefte von etwas Rotem und seine Augen leuchteten scharlachrot. Ein tiefes, bedrohliches Knurren entblößte seine blutroten Zähne.

»Was meinst du damit, dass er nicht so schlimm aussieht wie Olethros? Er sieht genauso furchtbar aus!«, rief ich.

»Er ist kleiner und steht nicht in Flammen«, protestierte sie.

»Er hat rote Augen und riesige Zähne. Das ist verdammt gruselig.«

»Dies ist ein Wettrennen gegen die Zeit, meine Damen«, rief Morpheus und unterbrach uns.

Ich biss die Zähne zusammen und suchte nach irgendetwas auf dem Felsvorsprung, das einen Edelstein verbergen könnte. Ich entdeckte einen großen Eisenring am Boden und mutmaßte, dass das eine Falltür sein konnte.

Ich beschloss, die gleiche Taktik wie zuvor anzuwenden und bat Morpheus, uns so nah wie möglich an die Falltür zu bringen. Fonax bellte, als wir uns näherten und Wellen eiskalter Angst ließen meine Adern gefrieren. Hades hatte gesagt, seine Hunde teilten seine Fähigkeit, Menschen Furcht einzuflößen, erinnerte ich mich. Aber wenn sie wie er waren, konnte ich mich mit meiner Kraft davor schützen. Ich konzentrierte mich und benutzte meine Heilmagie, um einen Schutz um meinen Kopf zu erschaffen, der die Visionen blockierte, die kommen würden, wenn ich mich nicht davor absicherte. Zuversichtlich, dass es funktionierte, schlängelte ich meine Ranken heraus und schleuderte eine so weit von der Falltür weg, wie ich konnte.

Fonax rannte hinterher und ich schickte die Liane meiner rechten Hand zu dem Eisenring an der Tür. Ich hielt den Atem an, als ich die drei Meter vom Wagen auf den Boden sprang. Ich landete ungünstig, mein Knöchel knickte um und ich fiel zu Boden. Mein schmerzverzehrter Schrei machte Fonax auf mich aufmerksam. Das Ablenkungsmanöver hatte mir nicht genug Zeit beschert. Er wirbelte herum, drehte sich blitzschnell um die eigene Achse und raste auf mich zu.

Ich zerrte so fest ich konnte mit der Ranke an dem Ring der Falltür und versuchte, sie zu öffnen und mich auf die Füße zu ziehen. Sie knarrte, öffnete sich aber nicht. Ich stolperte darauf zu und schrie erneut auf, als ich mein linkes Bein belastete.

»Aufmachen! Verdammt noch mal, geh auf!« Ich zwang meine Kraft in die grüne Ranke und zog verzweifelt daran. Der Hund war nur noch wenige Meter entfernt und seine roten Augen schimmerten mit furchtbarer Entschlossenheit.

Mit einem Ruck gab die Falltür schließlich nach und ich stürzte mich, ohne zu zögern in den dunklen Raum und zog die Tür hinter mir mit der Ranke zu. Was auch immer mich dort erwartete, konnte unmöglich schlimmer sein als ein Aufeinandertreffen mit Fonax.

Die Tür fiel zu und durchtrennte die Liane, die daran befestigt war. Hilflos stürzte ich durch die Dunkelheit, bis ich auf etwas relativ Weichem landete.

Panik stieg in meiner Brust auf. Ich rollte davon herunter und versuchte mich aufzurichten. Ich hatte keine Ahnung, worauf ich gelandet war.

Tastend fühlte ich um mich herum, aber da war nichts als Sand. Ich stand auf, stöhnte vor Schmerz und klopfte mir den Dreck vom Hintern. Es schien, dass ich auf einem Haufen Erde gelandet war. Ich beugte mich vor, um ihn weiter abzutasten, wobei ich mein Gewicht nicht auf meinem verletzten Bein abstütze. Ich hielt inne, als meine Finger sich um etwas Festes schlossen. Ich brauchte Licht. Vorsichtig beschwor ich eine goldene

Ranke hinauf in der Hoffnung, dass ihr Glühen ausreichen würde, um etwas zu erkennen.

Das schwache Leuchten reichte gerade so.

Der Raum, in dem ich mich befand, war klein und voller Staub und Sand. Die Decke war so niedrig, dass ich gerade noch aufrecht stehen konnte. Im Licht der Ranke sah ich, dass ich eine zerbrochene Puppe in dem Sandhaufen gefunden hatte. Bei genauerem Hinsehen erkannte ich, dass noch weitere Sachen im Sand verborgen waren. Ohne zu zögern begann ich zu graben und suchte in dem schwachen goldenen Licht nach etwas Grünem.

Über mir ertönte ein fieberhaftes Bellen, das mich überrascht zusammenzucken ließ, gefolgt von einem Kratzen. Fonax versuchte, durch die Tür zu gelangen.

Ich grub schneller und schickte meine Heilkräfte in meinen Knöchel, um ihn zu heilen. Sobald die Kraft in mein Bein floss, brachen Wellen der Furcht über mich her. Flammen und Schreie stürmten in meinen Geist hinein; Leichen, die Körper derer, die ich getötet hatte...

Meine Hände hörten auf zu graben, als das Kratzen lauter wurde. Schweiß brach mir auf der Stirn aus. Die Angst breitete sich in meiner Brust aus und lähmte mich.

Resigniert zwang ich meine Heilkraft in meinen Kopf zurück und gab die Heilung meines Knöchels auf. Langsam verebbten die Schreie und mein Puls verlangsamte sich wieder.

Schwer atmend fuchtelte ich mit meinen zitternden Händen herum und versuchte, das verzweifelte Kratzen und Bellen auszublenden. Wenn meine heilende Kraft mich nur vor der Angst schützen oder meinen Knöchel kurieren konnte, dann würde ich ein wenig länger mit ihm leben müssen. Die Angst würde mich zu sehr beeinträchtigen und mich daran hindern, nach dem Stein zu suchen.

Ich rollte auf meine Knie und fing wieder an, im Dreck zu wühlen und die anderen Sachen über meine Schulter zu werfen, doch ich konnte nichts Grünes finden.

Das Kratzen über mir hörte abrupt auf und ein unheilvolles Knarren war zu hören. Ich hielt inne und blickte zur Falltür über mir. Ein schallendes Knacken ließ mich aufschrecken, dann strömte ein Lichtstrahl durch das Holz.

»Scheiße.« Ich grub weiter und bewegte mich so schnell ich konnte auf Händen und Knien. Die leuchtende Ranke hing nahe am Boden. »Komm schon, komm schon, komm schon«, murmelte ich verzweifelt und versuchte, den Gedanken zu ignorieren, der mich fast um den Verstand brachte: Selbst wenn ich den verdammten Edelstein fand, wusste ich nicht, wie ich durch die Falltür und an dem Hund vorbei kommen sollte.

Der grüne Stein war in einen antiken Ring eingebettet, der kaum groß genug war um auf meinen Finger zu passen. Mittlerweile hatte der Höllenhund den größten Teil der Tür zerstört.

Ich taumelte zu Füßen und schob mir den Ring höher auf den Zeigefinger. Mein Knöchel schmerzte, aber es war nicht mehr qualvoll. Der Schweiß lief mir den Rücken hinunter und mein Verstand überschlug sich. Doch meine Ideen waren alle unsinnig. Es gab keinen Weg an Fonax vorbei. Klaustrophobische Gedanken verstärkten meine wachsende Panik und die niedrige

Decke und die Düsternis schienen mir immer näher zu kommen.

Ein Knacken, lauter als alle vorherigen, lenkte meine Aufmerksamkeit auf die Falltür und mein Herz setzte für einen Moment aus. Ein großes Stück Holz fiel in den Raum, unmittelbar gefolgt von Fonax.

Er glühte in demselben Rot wie seine Augen und Zähne. Seine Ohren waren zurückgelegt, seine Schultern zusammengezogen und sein tödlicher Blick war direkt auf mich gerichtet.

»H-h-h-hallo«, stotterte ich und streckte ihm die Hand entgegen. »Braver Junge.«

Er knurrte und dunkle Flüssigkeit tropfte von seinen Zähnen. Ich versuchte, mich auf ihn zu konzentrieren und meine Gedanken auf ihn zu projizieren, wie ich es tat, um mit Skop zu reden, aber da war nichts.

»Du wirst mich doch nicht fressen, Fonax, oder? Dein Herrchen wäre stinksauer auf dich, wenn du das tun würdest«, flüsterte ich, als sich der Hund an mich heranpirschte. Meine goldenen Ranken färbten sich schwarz, wirbelten um mich und bereiteten sich auf den Kampf vor.

Fonax stürzte sich auf mich. Zu meinem Glück konnte er in diesem engen Raum nicht viel an Höhe gewinnen und meine Ranken trafen ihn direkt in die Brust. Ich war nicht mit genug Hass oder Wut erfüllt, dass sie durch ihn durchgingen, wie sie es bei Eurynomos getan hatten, aber sie warfen ihn zumindest aus der Bahn. Sie wickelten sich um seine Vorderbeine und Brust und er knurrte laut, während er darum kämpfte, sich von ihnen zu befreien. Sein kräftiger Körper drückte mich in den Sandhaufen hinter mir und ich versuchte verzweifelt dem riesigen Köter standzuhalten.

Für den Bruchteil einer Sekunde hörte er auf gegen die Ranken zu drücken, sammelte sich aber sofort wieder und kämpfte mit aller Kraft gegen mich an. Meine Lianen hielten ihn gerade noch zurück, als er versuchte mit seinen Zähnen nach meiner Taille zu schnappen.

»Oh nein, das wirst du nicht tun«, sagte ich und spürte, wie seine Kraft begann, über die Lianen in mich hineinzufließen. Dunkle, schwarze Tätowierungen breiteten sich auf seinem Fell aus und er kläffte und versuchte, sich gegen mich zu wehren.

Im Gegensatz zu vorherigen Malen, an denen ich die schwarzen Lianen eingesetzt hatte, schien ich jetzt mehr Kontrolle über den Energiefluss zu haben. Ich wurde nicht sofort von der dunklen Energie des Höllenhundes überrollt.

»Es tut mir leid Fonax, aber ich muss dieses Tribunal gewinnen«, sagte ich zu ihm und bahnte mir einen Weg um ihn herum in Richtung der Falltür. »Ich werde nur so viel von deiner Kraft nehmen, dass ich heil hier rauskomme.«

Je mehr der blutrünstigen Energie des Hundes jedoch in mich einfloss, desto mehr hatte ich das Verlangen, ihm jeden Tropfen seiner Kraft zu rauben. Ich würde sie schließlich brauchen, um an Kerberos vorbeizukommen. Mehr Macht konnte mir letztendlich nur helfen, nicht schaden, oder doch?

Ich spürte, wie Fonax aufhörte zu kämpfen und sah in seine roten Augen.

Nein. Das war nicht meine Stimme, die da sprach. Das war die Unterwelt. So war ich nicht. Ich brauchte seine dunkle, bösartige Macht nicht. Ich hatte meine eigene.

Langsam zog ich eine meiner Ranken zurück, vorsichtig darauf bedacht, dass der Hund sich noch immer nicht regte und schickte sie in die Höhe, aus der Falltür heraus. Ich spürte, wie sie sich um etwas Festes wickelte, einen Felsen wahrscheinlich, und zog probeweise daran. Sie hielt.

»Ich werde jetzt gehen«, sagte ich und verspürte Macht in mir. Ich fühlte mich, als könnte ich die Welt erobern, da war so ein Kampf gegen einen Hund absolut gar nichts.

Tod. Blut. Zerstörung.

Die Worte schossen mir ohne Vorwarnung durch den Schädel und ich schüttelte den Kopf. *Das ist Fonax, der blutdürstige Höllenhund, nicht du*, erinnerte ich mich entschlossen.

»Mach bloß keine Bewegung«, sagte ich laut und löste auch die andere Ranke auf. Er hatte nicht genug Kraft, um mich zu verfolgen, da war ich mir sicher.

Aber ich hatte unrecht. In demselben Augenblick, in dem meine Ranke verschwand, stürzte er sich auf mich und war einen Sekundenbruchteil später auch schon bei mir. Seine Kiefer umklammerten meinen Oberschenkel und ich schrie auf. Der gleiche höllische Schmerz, den ich bei Olethros Biss verspürt hatte, durchzuckte mich. Ich zerrte an der Liane, meine Füße verließen den Boden, rissen mein Bein aus Fonax Mund und ließen ein Stück meines Fleisches zwischen seinen Kiefern zurück.

Wut trübte meine Sicht, die Stimme in meinem Kopf war jetzt lauter als meine eigenen Gedanken.

Tod! Feuer! Blut!

Meine Ranke zog mich durch das Loch, wo die

Falltür einst gewesen war und schleifte mich bis zu dem Felsen, um den sie sich gewickelt hatte. Der Schmerz nahm mir die Sicht und unterband die Wut, die mir noch immer in den Adern pochte.

»Persy!«, schrie Hekate und ich rollte herum und sah, dass der Streitwagen nur weniger Meter von mir entfernt über dem Felsvorsprung schwebte.

Aber ich wollte nicht wieder in den Wagen klettern. Ich hatte eine Rechnung mit einem undankbaren, mörderischen Höllenhund zu begleichen. Qualvoll drehte ich mich auf die Knie und war mir schon nicht mehr bewusst, wie viel Blut ich aus der Wunde an meinem Oberschenkel verlor.

»Persy, du musst die Blutung sofort stoppen!«

Ich ignorierte sie und kroch zurück zur Falltür.

»Persephone, was tust du da? Steig wieder in den Streitwagen!«, rief Morpheus. Aber die Wut hatte die Oberhand gewonnen und Fonax blutdürstige Macht der Unterwelt durchströmte meinen Körper.

»Persy, wenn du die Blutung nicht stillst, wirst du sterben und Hades braucht dich!« Hekates Worte drangen endlich durch mein vernebeltes Hirn.

Hades. Hades und Minthe und... Der Wettstreit. Die Tribunale.

Ich schlug mir gegen die Stirn und zwang mich tief durchzuatmen und mich auf den Schmerz zu konzentrieren. Die Wut ebbte ab und gab mir Raum, rational zu denken.

Heilen. Ich musste mich heilen. Fonax war in dem Raum unter der Falltür gefangen und ich hatte ihm den größten Teil seiner Kraft genommen, so dass ich nicht mehr von Angst gelähmt wurde, als ich meine Heilkräfte in mein Bein schickte. Langsam und schmerzhaft begann die Wunde sich zu schließen.

»Persephone, du musst wieder auf den Wagen steigen, wir dürfen nicht noch mehr Zeit verlieren«, sagte Morpheus und seine Stimme klang jetzt ruhiger als zuvor. Ich schaute zur Seite und sah, dass er den Wagen neben dem Felsvorsprung positioniert hatte, so dass ich an Bord springen konnte.

»Okay«, stammelte ich und schleppte mich auf die Beine. Ich humpelte zum Abhang hinüber und jeder Schritt war eine Qual. Ich würde meinen Knöchel heilen müssen, aber jetzt musste ich all meine Kraft in meinen Oberschenkel senden, bevor es zu spät war. Hekate zog mich in das Gefährt.

»Sag mir, dass du den Edelstein hast«, sagte sie und verzog das Gesicht, als sie mein Bein sah. Ich stütze mich mit dem Rücken an der Seite des Wagens ab und spürte, wie er sich in Bewegung setzte. Ich hielt ihr die Hand hin und zeigte ihr den Ring.

»Ja. Ich habe ihn!«

DREIUNDZWANZIG

HADES

»Lass mich gehen!«, brüllte ich zum hundertsten Mal. Ankhiale verdrehte die Augen, so wie jedes Mal zuvor.

»Bei den Göttern, du bist vielleicht eine Nervensäge. Wenn du so leichtsinnig bist, dich von mir in eine Falle locken zu lassen, musst du es nehmen wie ein echter Mann.«

Ich starrte auf das Metallband hinunter, das um mein Handgelenk glühte und war unaussprechlich wütend darüber, dass sie es geschafft hatte, es so weit zu bringen. Wenn ich gewusst hätte, dass sie eine solche Waffe hatte, hätte ich schärfere Geschütze aufgefahren, um sie abzuwehren.

»Ich weiß, woher du das hast«, zischte ich. Es war eine von Hephaistos geschmiedete Fessel, von denen nur drei existierten. Sie waren in der Lage, einen Gott fast jeder Stärke zu binden und wurden aufgrund ihrer außergewöhnlichen Kraft nur in extremen Situationen eingesetzt.

Und die einzigen Götter, denen sie anvertraut

wurden, waren die drei stärksten unter ihnen: Zeus, Poseidon und ich.

Ich schüttelte mein Handgelenk und ließ die wenige Kraft, die mir noch zur Verfügung stand, in das Metall fließen, aber die Fessel bewegte sich nicht. Sie war an einen Eisenpfahl im Boden gekettet, der mich an Ort und Stelle festhielt. Ich wusste, dass es sinnlos war, dagegen anzukämpfen. Ich benutzte meine eigene Fessel, um mächtige Gefangene in den Tartarus zu transportieren, bis sie so viel von ihrer Macht verloren hatten, dass es nicht mehr nötig war, sie körperlich zu beschränken. Ich wusste, wie unerbittlich die Magie der Fessel war. Und ich wusste, dass nur einer meiner Brüder sie entfernen konnte.

»Das ist ja auch offensichtlich«, sagte Ankhiale und trat durch den Flammenring, den sie um mich herum geschaffen hatte. Ich würde ihr Feuer ohne meine Kraft nicht überleben können. Meine Gedanken rasten und die Angst um Persephone überlagerte alles in meinem Kopf.

Ich war vollkommen hilflos.

»Dein erbärmlicher, wasserliebender Bruder ist nicht stark genug, um einen Titanen aus dem Tartarus zu befreien.« Ankhiale lächelte mich an.

Sie hatte recht. Poseidon würde nie die Herrschaft über die Unterwelt an sich bringen können. Zeus jedoch...

»Er hat die Prüfungen hier so inszeniert, dass ich die Kontrolle über die Unterwelt an ihn abtreten werden muss. Es ging nie darum, mir eine Ehefrau zu suchen. Zu diesem Zweck hat er Persephone zurückgebracht.«

Sie nickte und ihr flammendes Haar fiel ihr ins Gesicht. Ihre blutroten Lippen zogen sich zu einem Grinsen zusammen.

»Je länger die Prüfungen andauerten und je mehr Kontrolle du ihm zugestanden hast, desto mehr Macht hat er hier erlangt. Er ist der Stärkste von euch allen. Alles, was er brauchte, war ein wenig Zeit und ein kleines bisschen Unaufmerksamkeit von deiner Seite. Und das Mädchen natürlich.«

»Ich bin die Unterwelt«, spuckte ich. »Er kann mich in meinem eigenen Reich nicht besiegen.«

Sie gluckste.

»Wie es scheint, hat er das bereits getan, kleiner Gott«, sagte sie und deutete zu meinen Handgelenken. Instinktiv rief ich meine Kraft zusammen, aber das Resultat war nur ein erbärmlicher Schwall von Wut, der nutzlos durch mich hindurchströmte. Ich konnte sie nicht in Magie umwandeln, egal wie sehr ich es versuchte.

»Warum sollte Zeus dich befreien? Er hasst dich und alle anderen Titanen.« Ich verstand es nicht. Der letzte Olympier, der wollte, dass Cronos freikam, war doch Zeus, oder nicht?

»Ego und Hass sind mächtige Gefühle, Hades. Die Welt hat vergessen, wie böse wir Titanen waren. Wir dürfen an den Akademien Magie lernen, wir dürfen in den Reichen arbeiten und leben und wir werden behandelt wie alle anderen. Und jetzt hast du zu allem Überfluss auch noch einem unserer Mächtigsten, dem mächtigen Oceanus, sein eigenes Reich im Olymp zugestanden.«

Ich starrte sie ungläubig an.

»Du meinst, Zeus lässt Cronos frei, um der Welt zu zeigen, wie furchtbar die Titanen wirklich sind?«

»Er glaubt nicht, dass Cronos es tatsächlich schaffen wird, freizukommen. Er denkt, dass er mich und deine reizende Ex-Frau benutzen kann, Cronos ein wenig

Chaos anrichten zu lassen, um die Welt daran zu erinnern, wozu Titanen fähig sind. Und im letzten Moment wird er eingreifen und die Situation wieder geradebiegen. Und plötzlich heißt es wieder, alle Ehre unserem mächtigen König Zeus.« Sie verbeugte sich spöttisch. »Aber er ist ein verdammter Narr«, zischte sie und richtete sich plötzlich auf. »Sobald Cronos deine kleine Blumengöttin in die Finger bekommt, wird Zeus ihn nicht mehr aufhalten können. Niemand wird das können!«

VIERUNDZWANZIG

PERSEPHONE

Morpheus hielt uns auf Kurs und wir rasten den Styx entlang zu den Toren der Unterwelt und zu Kerberos. Mein Bein fühlte sich zwar immer noch steif an, aber die Wunde war jetzt vollständig geschlossen und der Blutverlust, den ich möglicherweise erlitten hatte, wurde durch Forax Kraft ausgeglichen, die mir immer noch in den Adern pulsiere.

Ich hielt die Stimme, die mir befahl zu töten, in Schach, indem ich mich an das Bild von Hades Gesicht klammerte. Aber je mehr ich an ihn dachte, desto intensiver fühlte sich seine Angst durch das Band an. Und das machte mich ängstlich, wütend und anfälliger für Forax dunkle Macht in mir.

»Bitte sag mir, dass wir bald da sind«, schrie ich über den rauschenden Wind hinweg.

»Dort drüben ist es«, rief Hekate und zeigte mit dem Finger auf einen Punkt am Horizont. Unter uns stieg der Grund allmählich an und ich konnte gerade noch ein dunkles Loch im Felsen über uns ausmachen, aus dem der leuchtend blaue Fluss zu strömen schien.

Es dauerte nur noch wenige Augenblicke, bis wir dort ankamen und ich ballte meine Fäuste, als wir in die Dunkelheit eintraten.

Wir flogen in eine Höhle und sobald sich meine Augen an die Finsternis gewöhnt hatten, klappte mir die Kinnlade herunter.

Der Fluss bog nach rechts ab und wurde sofort von den Wänden der Höhle verdeckt. Aber die Wände bestanden nicht aus Stein, sondern aus *Flügeln*. Sie ragten gut dreißig Meter in die Höhe und erstreckten sie sich über die gesamte Länge der Höhle. Verstrebungen, die wie Rippen aussahen, hielten sie dort und da sie transparent waren, konnte ich dahinter riesige Flammen flackern sehen, die die Szenerie in ein feuriges Orange tauchten. Wir wurden langsamer, flogen aber immer tiefer in die lange Halle und ich sah, woran die Flügel befestigt waren. Am Ende des Raumes befand sich ein riesiges Eisentor mit dicken Gitterstäben und darüber thronte die Statue eines Dämons, aus dessen Rücken die Wände aus Flügeln herausstachen. Er sah aus wie ein grotesker Wasserspeier mit Reißzähnen, Hörnern und schlaffer Steinhaut und ich erschauderte bei seinem Anblick.

»Wow«, hauchte ich. Die Tore der Hölle waren furchterregend. Beeindruckend, aber furchterregend. »Wo ist Kerberos?«, fragte ich. Im selben Augenblick durchriss ein grollendes Knurren die Stille. Morpheus brachte den Wagen nur ein paar Meter über dem Boden zum Stehen.

»Ich bin mir nicht sicher, aber da ist jedenfalls Minthe«, antwortete Hekate und schaute über die Schulter.

Ihr roter Streitwagen raste auf uns zu und als sie sich

näherte, sah ich, dass ihr Arm in Stoff gewickelt war und Blut durch das Material sickerte. Sie konnte sich nicht heilen, erinnerte ich mich und Olethros Biss war giftig.

»Alles in Ordnung?«, rief ich ihr zu, als sie langsamer wurden. Sanape grunzte und richtete ihre Armbrust auf mich, aber Minthe bellte ihr etwas zu.

»Gut«, rief sie mir zurück. »Möge die Beste gewinnen!«

Ich nickte ihr so respektvoll wie möglich zu und drehte mich wieder zu Hekate um, die mich seltsam ansah.

»Du willst doch gewinnen, oder?«

»Ja, aber nicht, wenn jemand dafür sterben muss«, schnauzte ich.

»Ihre Gesundheit ist nicht dein Problem. Es ist extrem vorteilhaft für dich, dass sie verletzt ist.« Ihre Worte klangen wie ein tiefes Knurren und sofort stellten sich mir die Haare zu Berge.

»Ich werde gewinnen, weil ich es verdiene, nicht weil sie stirbt«, sagte ich leise und Ranken schlangen sich mir um den Körper. »Wo ist Kerberos?«, fragte ich erneut, bevor sie etwas anderes zu diesem Thema sagen konnte.

»Er bewacht normalerweise nicht die Innenseite der Tore«, sagte sie. »Persy, wenn du von ihm gebissen wirst, wirst du nicht lange Zeit haben, das zu beheben. Seine Macht, Leute zu Tode zu ängstigen, ist so stark wie die von Hades. Und der hat dich einmal fast umgebracht.«

»Verstanden«, nickte ich. »Ich werde nicht zulassen, dass er mich beißt.« Mein Magen krampfte sich vor Angst zusammen und ich beugte meine Finger, wobei sich meine Ranken schwarz färbten. »Ich bin bereit.«

. . .

Wie aufs Stichwort schmolz eine Kreatur durch die Eisentore hindurch und ich spürte, wie mir die Knie weich wurden. Kerberos war eine Kombination aus den beiden anderen Hunden und das auf die schlimmstmögliche Weise. Er zehn Meter groß und sein dunkler Körper war mit züngelnden Flammen bedeckt. An seinen Schultern teilte sich der Hals in drei Teile. Jeder der drei breiten, knurrenden Köpfe hatte kantige Augen, die wie blutrote Edelsteine aussahen und von den todbringenden Reißzähnen tropfte eine dunkelrote Flüssigkeit.

Der Schrecken packte mich in der Brust, als ich die Bestie anstarrte und breitete sich wie ein Gift in meinem Körper aus. Kerberos Ohren spitzten sich und alle drei Köpfe bellten. Das Geräusch erschütterte mich und ich schlug die Hände über die Ohren, während das Grauen durch meine Adern floss.

Feuer, Fleisch, Blut...

Ich ertrank in meiner Angst.

»Persy!« Hekate fing mich auf, als mir die Beine einknickten.

Mit größter Mühe beschwor ich meine Heilkräfte herauf und blockierte den Zugang seiner Kraft zu meinem Körper. Einen Moment lang tat sich nichts. Aber dann brach Licht durch die dunklen Flecken in meinem Sichtfeld und das Verlangen, weit wegzurennen und niemals aufzuhören, schwand.

Meine Knie stabilisierten sich und ich konnte Hades Gesicht wieder vor meinem inneren Auge sehen, grimmig und leidenschaftlich. Ich war aus einem bestimmten Grund hier. Ich konnte nicht weglaufen.

Ich musste gewinnen.

. . .

»Wo ist der Edelstein?«, sagte ich und atmete schwer. Morpheus zeigte auf ihn und mein Inneres krampfte sich wieder zusammen. Im orangefarbenen Licht glitzerten zwei Edelsteine so groß wie meine Faust an einer silbernen Kette um Kerberos mittlerem Kopf. Einer war grün und der andere rot. Ich starrte zwischen Hekate und Morpheus hin und her.

»Wie zum Teufel soll ich an seinen Hals kommen? Er steht verdammt nochmal in Flammen!« Sie sahen mich beide regungslos an und in Hekates Augen lag ein entschuldigender Blick.

»Wir können dir nicht helfen, Persy«, sagte sie schließlich.

»Aber Minthe hat einen Plan, also lass dir lieber schnell etwas einfallen«, sagte Morpheus und ich drehte mich, um zu sehen, wie der andere Wagen auf den riesigen Hund zusteuerte.

Ich konnte auf keinen Fall auf ihm landen, ich würde sofort verbrannt werden, dachte ich und versuchte, mögliche Szenarien so schnell wie möglich in meinem Kopf durchzuspielen. Aber von unten konnte ich vielleicht meine Ranken benutzen, um das silberne Halsband zu erreichen.

»Lass mich runter«, bat ich Morpheus und er nickte, woraufhin der Wagen sofort an Höhe verlor. Ich sprang heraus, verschwendete keine Zeit und sprintete auf Kerberos zu. Er knurrte, als ich mich näherte, doch sein rechter Kopf bewegte sich nach oben und schnappte nach Minthes Streitwagen. Ich nutzte die Ablenkung, um mich auf den Boden zu werfen und auf ihn zuzurutschen. Ein riesiger, flammender Kopf kam mir entgegen und die Reißzähne schnappten nach mir, aber ich schaffte es unter seine massive Brust, bevor er mich erreichen konnte. Er bellte wieder und das Geräusch war so laut, dass ich dachte, mein Kopf würde explodieren. Ich rollte auf meinen Rücken und sah an der Unterseite seines Körpers hoch. Seine Pranken mit furchterregenden Krallen stampfen neben mir umher. Die Flammen reichten ihm nicht unter die Brust und ich sah die Anhänger an einer Kette, die über seine Rippen gespannt hing und mit jeder Bewegung gegen sein schwarzes Fell prallte. Wenn ich die Augen zusammenkniff, konnte ich das Bild eines Schädels erkennen, um den eine Rose gewickelt war. Ohne nachzudenken, ging ich in die Hocke und sprang nach dem Anhänger. In dem Moment, in der meine Hand sein Fell berührte, heulte Kerberos markerschütternd auf.

Es war viel schlimmer als sein Bellen. Das Geräusch flößte mir so einen Schrecken ein, wie ich ihn noch nie in meinem Leben verspürt hatte. Wellen der Angst schlugen gegen meine Abwehrmechanismen ein und der Impuls wegzurennen, mich zu verstecken und zu schreien, war fast unbesiegbar.

Nach einer gefühlten Ewigkeit hörte das Heulen gnädigerweise auf. Keuchend bewegte ich mich vorwärts und versuchte, unter seine Köpfe zu gelangen, um das Halsband zu sehen. Mit Schrecken stellte ich fest, dass er nicht mehr brannte.

Der Anhänger... Hatte er etwas damit zu tun, dass das Feuer ausgegangen war? Meine Gedanken rasten und ich änderte den Kurs und rannte stattdessen zum Schwanz. Wenn er nicht in Flammen stand, konnte ich an seinem Rücken hochklettern.

Aber das konnte Minthe auch.

An der Hinterseite der Bestie angelangt, drehte ich mich schnell um, sandte meine Ranken zur Schwanzspitze hinauf und zog mich schnell hoch. Sein linker Kopf drehte sich zu mir und schnappte nach seinem Hinterteil, aber er konnte mich nicht erreichen. Mein Magen drehte sich um, als ich aufblickte und Minthe sah, die fest um den Hals seines rechten Kopfes gewickelt war. Tränen flossen ihr hübsches Gesicht hinab, als der Kopf zuckte. Blut sickerte ihr noch immer durch den Verband. Aber sie war näher am Halsband als ich. Und ich musste gewinnen.

Ich konzentrierte mich auf den Kopf in der Mitte und rannte die riesige Wirbelsäule von Kerberos entlang, wobei ich meine Arme wie ein verdammter Seiltänzer ausstreckte. Das Einzige, was mich aufrecht hielt, während der Hund immer weiter auf der Stelle stampfte, war meine Geschwindigkeit. Ich stürzte mich auf den mittleren Hals, doch mein Fuß rutschte ab und ich verfehlte mein Ziel.

Bevor ich weit fallen konnte, feuerte ich meine Ranken ab und eine von ihnen schlängelte sich um Kerberos Hals und fing mich ab. Ich blieb zwischen seinem mittleren und linken Kopf hängen und baumelte durch die Luft. Der dritte Kopf schnappte und knurrte und ich schwang verzweifelt weg. Ich konnte die Edelsteine hoch über mir an seinem Halsband glitzern sehen. Aber dann sah ich Minthe. Ihr Kopf tauchte über der Spitze seines mittleren Halses auf und sie griff nach dem Halsband. Sie sah meine Ranke und hielt inne. Ihr Blick folgte ihr zu der Stelle, an der ich baumelte. Sie streckte die Hand aus und ich sah ein Messer darin glänzen. Sie würde die Ranke durchschneiden. Ich schickte schnell eine weitere hoch und sie wickelte sich um das Halsband. Ein heißer Atemzug war meine einzige Warnung, dass der dritte Kopf sich auf mich zubewegte, um mich zu fressen. Ich zog kräftig an beiden Lianen, um sie zu verkürzen und die riesigen Kiefer verfehlten mich um Haaresbreite. Kerberos heulte wieder auf und ich zuckte zusammen. Schmerz und ein Gefühl völliger Hoffnungslosigkeit nahmen meinen Kopf ein.

Doch ich hatte nur noch Sekunden, bevor Minthe ihren Edelstein erreichen würde. Sie hatte meine Liane nicht durchgeschnitten. Ich schaute zu ihr auf, als sie nach der Unterseite des Halsbandes griff und sah, dass sie einen Arm über ihr Gesicht gelegt hatte, während der andere sich an den oberen Teil der Kette klammerte. Ich war jetzt nur noch ein paar Meter von ihr entfernt.

Ich zog wie wild an dem Halsband und versuchte, es so zu drehen, dass ich den grünen Edelstein erreichen konnte. Doch das Band war dicker als mein Arm und ließ sich nicht bewegen. Der linke Kopf schnappte nach der Stelle, wo Minthe sich befand und ich hörte sie wimmern. Sie konnte die Angst nicht ausblenden wie ich.

Ich zerrte an der Kette, zog mich hoch und um die andere Seite seines Halses herum, näher an den Edelstein. Der rechte Kopf stürzte sich auf mich und ich schleuderte eine schwarze Ranke auf ihn zu. Adrenalin schoss durch mich hindurch. Ich war so nah dran.

Die Ranke kollidierte mit Kerberos Schläfe und begann sich um sein Ohr zu winden. Ich konnte den Hund nicht schwächen, indem ich ihm die Kraft entzog, sonst hätte Minthe auch eine Chance gehabt.

Der einzige Grund, warum sie ihren Edelstein nicht schon bekommen hatte, war die Angst, die sie lähmte. Aber ich konnte zumindest einen der Köpfe ablenken. Kerberos schüttelte den Kopf heftig und versuchte, meine Liane zu lösen, was mich ins Wanken brachte, aber ich hielt mich fest. Ich hievte mich neben Minthe und überkreuzte meine Beine über das Band. Sie zitterte, aber ihr Atem wurde langsamer.

»Liebst du ihn wirklich?«, hörte ich sie sagen. Ihre Stimme war schwach. Ich erstarrte.

»Ja.«

Der linke Kopf begann zu bellen und drehte sich auf uns zu. Reflexartig bewegte ich mich und griff nach dem grünen Edelstein. Meine Finger schlossen sich darum und ich zog.

FÜNFUNDZWANZIG

PERSEPHONE

Blaues Licht blitzte um uns herum auf und Kerberos begann zu schrumpfen. Minthe und ich schrien gleichzeitig auf. Mein Streitwagen erschien direkt neben mir und Morpheus zerrte mich hinein.

»Gut gemacht!«, brüllte er und ich fiel mit dem Hintern auf die Planken.

»Was ist los? Habe ich gewonnen?«

Licht blitzte wie ein Stroboskop um mich herum auf und verwirrte mich völlig. Ich sah auf meine Hand hinunter. Der grüne Edelstein war riesig und glühte. Hatte ich es geschafft? Hatte ich wirklich gewonnen?

Aber Morpheus lenke den Wagen weiter und wir entfernten uns von Minthe und Kerberos.

»Morpheus, wo...« Ich brach ab und aus meiner Verwirrung wurde Angst. »Wo ist Hekate?« Morpheus hielt den Blick nach vorn gerichtet und als die blinkenden Lichter schwächer wurden, erkannte ich, dass wir aus der orange-glühenden Höhle herausglitten.

Ich sprang auf, ließ den Edelstein fallen und hielt mich an der Wagenseite fest.

»Morpheus!«, schrie ich.

Der Wind rauschte über uns hinweg, jetzt da wir wieder über die felsige Landschaft brausten und die glühenden Flüsse der Unterwelt sich unter uns schlängelten.

»Morpheus, was ist hier los?« Die schwarzen Ranken schossen aus meinen Handflächen.

»Das wirst du gleich sehen«, rief er zurück, ohne sich umzudrehen.

»Was werde ich sehen? Wo ist Hekate?«

»Das war alles ihre Idee! Aber sie wird schlimmer bestraft werden als ich, also haben wir vereinbart, dass ich dich allein dort hinbringe.«

»Wo wirst du mich hinbringen?«

»Zum Fluss Lethe.«

Etwas stimmte hier ganz und gar nicht. Ich wusste mit jeder Faser meines Körpers, dass das hier nicht richtig war. Im Geiste versuchte ich verzweifelt Kontakt mit Hades oder Hekate aufzunehmen, aber keiner von beiden antwortete.

Zwar hatte ich viel Zeit mit dem Versuch verbracht, herauszufinden, wie ich meine Erinnerungen zurückbekommen konnte, aber so wollte ich das Rätsel nicht lösen. Ich hatte gerade Kerberos Edelstein erkämpft und hatte somit die Hades Tribunale gewonnen. Jetzt sollte ich mit Hades feiern, nicht an den Ort fliegen, der mir verboten war!

»Morpheus, ich will nicht. Ich will zu Hades.« Ich versuchte mit ruhiger Stimme zu sprechen, aber die Worte kamen gut eine Oktave zu hoch aus meinem

Mund.

»Du bist so weit gekommen, Persephone. Du musst es zu Ende bringen.«

»Warum tust du das? Ich will mit Hekate sprechen.«

»Ich habe doch schon gesagt, sie hält die anderen zurück. Das war alles ihre Idee.«

»Das glaube ich dir nicht.« Und das tat ich wirklich nicht. Hekate würde mich nicht mit so etwas überrumpeln. Sie liebte Hades und wenn Hades sagte, ich solle meine Erinnerungen nicht zurückbekommen, dann würde Hekate ihn in seiner Entscheidung unterstützen.

Wir flogen im Tiefflug durch eine Schlucht über den purpurnen Fluss hinweg und in der Ferne fiel mir ein sonnengelber Fleck ins Auge. Der Fluss Lethe.

»Du kannst mich nicht zwingen«, sagte ich.

»Ich will dich zu nichts zwingen. Ich versuche, dir zu helfen.«

Ich erwog, meine Ranken einzusetzen, doch wenn der Streitwagen abstürzte, würden wir beide sterben. Ich hatte keine Ahnung, wie man so eine Kiste kontrollierte, in dem Fall, dass es mir gelingen sollte, ihn außer Gefecht zu setzen. Es wäre sicherer, zu versuchen zu entkommen, wenn wir gelandet waren. In Gedanken versuchte ich panisch mit Hades oder Hekate zu sprechen, aber ich bekam keine Antwort.

Sobald der Wagen auf den Felsen am Ufer des Gelben Flusses aufgesetzt hatte, schleuderte ich meine Ranken Morpheus entgegen. Er drehte sich ruhig zu mir um und die Luft vor ihm flirrte und krümmte sich. Ein Bild entstand in der Luft zwischen uns. Meine Ranken lösten sich sofort auf, als ich das verschlafen aussehende Gesicht meines Bruders erkannte.

»Sam?« Er war noch immer in dem Tempel, in dem das neunte Tribunal begonnen hatte, doch die Menschenmenge war verschwunden und nur mein Bruder und Skop waren noch da. Skop saß in der Gestalt eines nackten Gnoms da und sah genauso verwirrt aus wie mein Bruder.

»Was geht hier vor?«, fragte ich. Hedone trat in das Bild und ihr Gesicht hatte einen traurigen Ausdruck.

»Das ist ein Portal und es funktioniert wie die Flammenschalen. Es ist eine meiner göttlichen Gaben«, sagte Morpheus. »Hedones Gabe ist es, die Menschen um sie herum mit ihrem unwiderstehlichen Charme zu verzaubern. Männer wie dein Bruder und Skop sind besonders empfänglich dafür.«

Wut wallte in mir auf und meine Ranken meldeten sich zurück.

»Ich dachte, ihr wärt meine Freunde!«

»Es tut mir leid, Persy. Unser Anliegen ist wichtiger als das Schicksal eines einzelnen. Es muss so sein«, sagte Hedone aus dem Portal heraus. Sie sah aufrichtig traurig aus und ich blinzelte verwirrt.

»Welche Angelegenheit? Warum tust du das?«

»Den Göttern muss eine Lektion erteilt werden. Sie müssen lernen, dass sie die Sterblichen nicht wie Spielzeug behandeln, ihre Erinnerungen auslöschen und sie zu ihrem eigenen Vergnügen zum Handeln zwingen können.« Mit jedem Wort klang Hedones Stimme härter.

»Was hat das mit mir zu tun? Und wo ist Hekate?« Hedone deutete neben sich auf den Boden und das Portal schwang herum und gab den Blick auf Hekates Körper auf dem Marmor frei.

»Hekate!«, rief ich und das Portal schwang zurück zu Hedone.

»Sie ist nur bewusstlos«, sagte Morpheus. »Im Moment haben wir keinen Grund, sie zu töten.« Die Wut in mir begann zu brodeln und die Überreste von Fonax Unterweltskraft strömten mir durch die Adern.

»Sie töten? Ich kann es nicht glauben! Ihr seid doch meine Freunde! Ihr seid Hekates Freunde!« Der Verrat stach mir bis ins Mark und meine Augen füllten sich mit Tränen, aber ich konnte jetzt nicht weinen. Ich konnte nicht schwach aussehen. Sie hatten meine wahren Freunde und meinen Bruder.

»Das war alles ganz anders geplant«, sagte Morpheus. »Es hätte so einfach sein sollen. Aber dann gingen so viele Dinge schief.« In seiner Stimme lag ein bitterer Beigeschmack. »Hedone hat Leuten die Erinnerung an das in den Kopf gepflanzt, was du damals getan hast, um dir damit Angst zu machen. Die Idee war, dich dazu zu bewegen, deine Macht zurückbekommen. Aber dann hat sie die Kontrolle über einen von ihnen verloren und er ist mit dem Phönix auf dem Ball aufgetaucht. Also haben wir die Taktik geändert. Aber Hades hat dich im Tartarus erwischt, bevor Cronos dich erreichen konnte, als wir dich dorthin geschickt haben.«

Seine Worte liefen mir eiskalt über den Rücken und mein Kopf schmerzte vor Wut und Schock.

»Warum? Warum tut ihr das?«

»Deshalb sind wir hier, am Fluss Lethe. Cronos und Hedone glauben, dass du kooperativer sein wirst, wenn du die Wahrheit kennst. Dann wirst du endlich verstehen, warum wir das hier tun müssen und wie groß das Ausmaß unserer Mission ist.«

Seine Augen waren weit aufgerissen und Licht

wirbelte auf seiner Haut. Seine Worte nahmen an Lautstärke zu.

»Trink. Trink aus dem Fluss. Du musst deine Erinnerungen wiedererlangen.«

»Nein«, sagte ich. Wochenlang hatte ich mich nach meiner verlorenen Vergangenheit gesehnt, aber so wollte ich sie nicht zurückbekommen. Wenn meine Erinnerungen mit Cronos und diesen Wahnsinnigen verbunden waren, dann hatte Hades recht, dass ich nichts mit ihnen zu tun haben wollte.

Morpheus seufzte.

»Hedone, meine Süße, du musst übernehmen«, sagte er. Durch das Portal konnte ich sehen, wie Hedone einen langen Dolch aus den Falten ihres Kleides zog, ihre Augen glänzten entschuldigend. Sie reichte Sam das Messer. Entsetzen erfüllte mich, als mein Bruder es annahm und hypnotisiert auf die Klinge sah.

»Sam, meine Lieber, wärst du so gut, die Spitze des Dolches für mich auf deine Brust zu legen? Du würdest mich sehr glücklich damit machen«, sagte sie in einer Stimme so süß wie Honig.

Sam lächelte sie dümmlich an und hob die Klinge an seine Brust.

»Wenn ich dir das Zeichen gebe, wirst du zustechen. Es wird nicht weh tun, es wird sich wie reine Glückseligkeit anfühlen.« Sams Lächeln wurde noch breiter.

»Nein!«, schrie ich und schleuderte meine Ranke in seine Richtung, um ihm den Dolch zu nehmen. Doch das Bild schimmerte nur und meine Ranke flog harmlos durch die Luft. Mein Herz hämmerte so heftig gegen meine Rippen, dass ich dachte, es könnte jeden Moment explodieren. Mir wurde schlecht und jetzt konnte ich die brennend heißen Tränen nicht mehr zurückhalten. Ich sah Morpheus an und ein hoffnungsloses Grauen nahm von meinen Körper Begriff. Ich konnte nicht zu Sam gelangen, um ihn zu retten.

»Trink, Persephone«, sagte er. »Jetzt.«

~

Langsam kniete ich mich hin und meine Gedanken überschlugen sich förmlich. Würde Hedone Sam wirklich umbringen? Sie sah nicht so aus, als würde sie es tun wollen. Aber ihre Stimme hatte verführerisch geklungen und ich hatte kein Zögern herausgehört. Das Risiko konnte ich nicht eingehen. Ich streckte meine Hände nach dem Wasser aus und tauchte sie in die glühende sonnengelbe Flüssigkeit.

Ein Schwall von Erinnerungen durchflutete mich. Erinnerungen an Mama, die mich in den Arm nahm, als ich weinte. Erinnerungen an Sam, der mir in der Schule half, Bücher vom Boden aufzuheben. Erinnerungen an Professor Hetz und den botanischen Garten und an meine Wohnung.

Ich holte schaudernd Luft. Ich hob die Hände aus dem Fluss und das Wasser tropfte langsam aus der Schale, die meine Handflächen gebildet hatten.

»Ich will das nicht tun«, versuchte ich es noch einmal und sah zu Morpheus auf. Er schüttelte langsam den Kopf.

»Das liegt nicht in unserer Macht, Persephone. Diese Sache ist größer als du oder ich. Trink.«

Eine Gänsehaut überzog meine Haut und ich schloss die Augen. Ich hob die Hände zu meinem Gesicht und trank.

∾

»Persephone, wie kannst du glauben, eine gute Königin für Hades sein, wenn du nicht einmal die Unterwelt richtig kennst?« Ich wirbelte auf der Stelle herum und fand mich in einem Speisesaal wieder, der dem Frühstücksraum in Hades Palast sehr ähnlich war. Ich erstarrte, als ich mich selbst an einem Tisch sitzend sah, mit einem Mann, dessen Gesicht ich nicht sehen konnte. Es war nicht Hades, soviel war sicher. Ich trug ein schwarzes Kleid mit Korsett und mein Haar war genauso weiß wie jetzt, aber ich sah jünger aus.

»Ich habe mich jetzt mit den Hunden angefreundet! Und ich habe den Großteil des Reichs schon gesehen. Nur die wirklich üblen Teile haben wir ausgelassen«, sagte die Persephone am Tisch zu dem Mann.

»Wenn du Hades wirklich helfen willst, musst du auch die schlimmsten Teile seiner Welt verstehen«, sagte der Mann. Seine Stimme klang vertraut und ich trat vorsichtig näher.

»Das macht Sinn«, sagte das jüngere Ich langsam. »Weißt du, ich habe ihn schon gebeten, mich in den Tartarus mitzunehmen. Aber er sagt immer Nein.«

»Du bist eine Königin, Persephone. Du triffst deine eigenen Entscheidungen. Und meiner Erfahrung nach ist es immer besser, um Vergebung zu bitten, statt um Erlaubnis.« Der arrogante Ton half mir, die Stimme endlich zuzuordnen. Ich atmete laut aus und umrundete den Tisch.

Es war Zeus.

Er sah nicht mehr ganz so aus wie jetzt, aber seine violetten Augen waren unverkennbar.

»Du hast wahrscheinlich recht«, sagte mein jüngeres

Ich mit einer Stimme voller naiver, jugendlicher Erregung. »Wenn du meinst, dass ich Hades damit helfen kann, ein besserer König zu sein, sollte ich es tun. Er wird es verstehen. Ich werde Kerberos mitnehmen, nur für den Fall der Fälle.«

Das Bild vor mir wirbelte und löste sich auf und mit einem Ruck stand ich am Höhleneingang des Tartarus. Der flammende Fluss brannte neben mir und die jüngere Persephone steckte gerade den Kopf in die tiefschwarze Finsternis der Höhle. Neben ihr stand Kerberos, jetzt drei Meter groß und mit züngelnden feurigen Spiralen auf dem Fell. Alle drei Köpfe sahen das jüngere Ich an. Eine feuchte Schnauze stupste ihr an die Schulter und er drehte sich um und versuchte, sie von der Höhle wegzubewegen. Kerberos wollte nicht, dass sie hineinging.

»Stell dich nicht so an. Ich bin die Königin der Unterwelt, jeder da drin muss tun, was ich sage«, sagte das jüngere Ich zu dem Hund. Kerberos winselte, wandte sich aber wieder der Höhle zu. Sein Schwanz hing herab.

Die Szene vor mir wirbelte wieder, löste sich abermals auf und ich fand mich im Tartarus wieder. Ixion drehte sich auf seinem flammenden Rad über uns und ich sah zu, wie mein jüngeres Ich vor einer wirbelnden Masse aus Licht und Schatten stand. Kerberos knurrte tief und furchterregend, aber eine Stimme übertönte ihn.

»Ich schwöre es, meine Königin, ich wurde zu Unrecht verurteilt. Zeus, der Herr der Götter selbst, hat dafür gesorgt, dass Hades ausgetrickst wurde und ich für die Ewigkeit hierhergeschickt wurde. Ich bin ein Gott des Lichts und hier in der Dunkelheit gefangen zu sein, ist eine furchtbare, unerträgliche Qual.«

Übelkeit überrollte mich. Ich erkannte die Stimme. Es war der Fremde aus dem Atlasgarten.

»Warum sollte ich dir glauben?«, fragte mein jüngeres Selbst und die Lichtmasse pulsierte hell.

»Weil ich die Wahrheit sage. Ich schwöre es.«

»Hmmm. Du weißt, ich kann es selbst herausfinden.« Langsam hob das jüngere Ich die Hände und Ranken schlängelten sich aus ihnen heraus. »Ich kann deine Macht spüren und feststellen, was für ein Gott du bist«, sagte sie selbstbewusst.

»Nein«, flüsterte ich. Die Ranken färbten sich schwarz, als sie die Masse erreichten und eine Welle der Kraft durch die tiefrote Höhle brodelte. Mein jüngeres Selbst keuchte auf und fiel auf die Knie. Kerberos heulte laut. Die Masse pulsierte heller und die Stimme sprach wieder.

»Ihr könnt mir meine Macht nehmen, aber Ihr könnt sie nicht eindämmen!«, sagte die Stimme erfreut.

Ein Stöhnen drang aus Königin Persephones Lippen. Dann erhellte ein Ausbruch von blauem Licht die ganze Höhle und eine Säule reiner, lodernder Kraft schlug in die Masse ein und riss die Ranken aus ihr heraus. Hades, rauchig, blau und riesig, nahm mein jüngeres Selbst auf die Arme und ein Blitz schoss durch die Dunkelheit.

»Es ist zu viel«, heulte das jüngere Ich in Hades Armen. Wir waren in einem düsteren, winzigen Raum mit Felswänden.

»Lass es raus. Hier unten ist es sicher. Wir sind tief unter der Erde«, sagte Hades und sein Gesicht war schmerzverzehrt.

»Ich kann nicht. Ich kann nicht. Wenn ich loslasse, setze ich seine Macht frei.«

»Nein, du hast nur ein kleines bisschen davon in dir. Lass es raus, bevor es dich umbringt.«

Bei seinen Worten begann mein Körper in einem tiefen Blutrot zu glühen und mit einem gequälten Schrei brachen Wellen der Macht aus meiner Haut. Sie schlugen gegen den Felsen und ich sah, wie sich Angst auf Hades Gesicht ausbreitete, als die Wände zu bröckeln begannen.

Er ballte die Fäuste und es blitzte erneut auf, dann schwebten wir am Himmel über dem Ozean. Unter uns sprenkelten vereinzelte Inseln das Blau des Meeres.

Ich blickte auf die Reiche des Olymps hinab. Er ließ es wieder aufblitzen und wir befanden uns in der Tiefe und blickten auf eine Reihe kleiner Kuppeln, die auf der Oberfläche schwebten. Sie sahen aus wie die Kuppeln im Reich des Wassermanns, doch sie waren über der Wasseroberfläche statt darunter.

Galle stieg in meiner Kehle auf, als Felsen zwischen den Wellen hervorbrachen und sich in die Höhe reckten. Wir mussten uns weniger als einen Kilometer von der nächsten Kuppel entfernt befinden und der Berg wuchs und wuchs. Ein Wimmern entkam mir, als ich erkannte, was ich da mit der Kraft in mir erscheinen ließ. Es blubberte rot und schwarz an der Spitze und dann hallte ein ohrenbetäubender Knall durch die Luft.

Es war ein Vulkan.

Hades Gesicht war weiß. Er schwebte am Himmel und Wellen roter Energie pulsierten noch immer aus dem Körper meines jüngeren Ichs, das er in den Armen hielt, heraus. Lava spie aus dem Vulkan und ich fühlte mich schwach, als ich sah, wie sie sich über drei Kuppeln ergoss. Tränen flossen mir die Wangen herab, als die Schreie einsetzten und so verzweifelt ich mich auch abwenden wollte, ich konnte es nicht. Menschen stolperten im Lauf gegen den Tod und die feurige Flüssigkeit verfolgte sie und machte es ihnen unmöglich zu entkommen. Gebäude stürzten zu Boden. Die Lava ergoss sich über allem und erdrückte die fliehenden Menschen.

Ein weiterer Schrei drang an meine Ohren und ich riss meine Augen von den Kuppeln los, um mein jüngeres Ich zu sehen, das in Hades Armen brüllte. Die Wellen der roten Macht hatten aufgehört zu pulsieren und ihr Blick, *mein Blick*, war wie gebannt auf den Tod und die Verwüstung unter ihr gerichtet.

»Lass mich helfen gehen! Wir müssen ihnen helfen!«, schrie sie und ich schluckte ein Schluchzen herunter.

Das war es, was ich getan hatte. Ich hatte einen Vulkan verursacht und damit den Tod von Hunderten unschuldiger Menschen.

SECHSUNDZWANZIG

PERSEPHONE

Wieder wurde ich in weißes Licht getaucht, doch gnädigerweise musste ich das Leid, das der Vulkan verursacht hat, nicht länger mitansehen. Ich erschien am Ufer des Flusses Lethe und Morpheus stand über mir.

»Drei der Kuppeln oberhalb der Oberfläche wurden zerstört und zwei darunter wurden zerbrochen und überflutet, als der Vulkan sich vom Meeresgrund erhob«, sagte Morpheus mit sanfter Stimme.

Ein erstickter Laut entkam meiner Kehle und weitere brennende Tränen trübten meine Sicht. Galle brannte mir im Rachen.

»Ich habe sie getötet. Deshalb hasst mich Poseidon.«

»Du bist nicht für dieses Unglück verantwortlich. Zeus ist schuld. Er hat dich dort hinuntergeschickt, in der Hoffnung, dass du sterben würdest.«

»Warum?« Ich blinzelte Morpheus verwirrt an.

»Er hasste es, Hades glücklich zu sehen. Zeus Ego ist so riesig, dass es fast komisch wäre, wenn es nicht auch so gefährlich wäre. Du hast Hades stark gemacht und er konnte damit nicht umgehen.«

»Woher weißt du das alles?«

»Cronos. Er hat es in dir gesehen, als du dich mit ihm verbunden hast.«

»Du hast ihn zu mir sprechen lassen. In meinen Träumen«, sagte ich, klammerte mich an die Worte und verdrängte das schreckliche, furchtbare Wissen, das ich jetzt hatte. Ich konnte es nicht ertragen, mich damit auseinanderzusetzen.

»Ja. Ich kann ihn nicht befreien, aber ich kann ihm einen gewissen Zugang zu den Menschen verschaffen, über ihre Träume.«

»Der Atlasgarten. Du hast ihn erschaffen.«

»Nein. Das war Cronos. Er ist nicht der, für den ihn die Welt hält. Er ist stark, wundervoll und wäre ein viel, viel besserer Herrscher als Zeus. Deshalb musstest du die Wahrheit erfahren.«

»Aber um ihn zu befreien, muss ich sterben«, sagte ich und versuchte aufzustehen.

»Ja. Aber jetzt verstehst du, warum. Zeus wird den Olymp zerstören und alles Gute darin, um der Welt seine Macht zu beweisen.«

»Das verstehe ich nicht.« Ich wusste nicht, was ich sagen oder denken sollte. »Wo ist Hades?« Er sollte hier sein. Er war in der Lage, meinen Schmerz durch die Verbindung hindurch zu spüren. Er sollte mich mittlerweile gefunden haben. »Und wie habt ihr mich in den Tartarus geschickt? Nur Hades kann das tun. Er dachte, ein Olympier steckt hinter dieser ganzen Sache.«

»Und er hat recht. Ich mag zwar mächtig sein und ein Bewohner des Reichs der Jungfrau, aber selbst ich kann nur über meine Träume mit Cronos sprechen. Ich kann den Tartarus nicht betreten, geschweige denn jemand anderen dorthin schicken. Aber der mächtigste Gott des Olymps kann es, nachdem Hades ihm ein bisschen seiner Kontrolle überlassen hat.«

»Was? Aber das ergibt keinen Sinn, warum sollte-«

Morpheus unterbrach mich mit einem bösartigen Lachen.

»Persephone, Zeus ist gefährlich und er ist verrückt! Sein Hass auf die Titanen wird nicht mehr geteilt und die Bürger des Olymps haben begonnen, sie zu akzeptieren. Wie könnte man die Welt besser an ihr Übel erinnern, als Cronos freizulassen? Zeus denkt, er kann eingreifen und den Olymp in letzter Sekunde retten und die Welt wird sich daran erinnern, warum sie ihn verehrt. Aber er irrt sich. Cronos ist viel, viel stärker als er. Er hat den Krieg zu schnell vergessen, seine Selbstüberhebung ist jetzt so verblendet, dass Realität und Fantasie für ihr verschmolzen sind. Er trat an mich heran, kurz nachdem du verbannt wurdest und ich mir begann ernsthafte Sorgen um Hades zu machen. Mein König war nur noch ein Schatten seiner selbst. Zeus bat mich, ein zusätzliches Auge auf Cronos zu werfen, falls Hades nicht in der Lage war, all seinen Verantwortungen nachzugehen, und ich stimmte zu, in der Hoffnung, meinen König zu unterstützen. Ich entdeckte, dass Cronos nicht der war, für den ich ihn hielt. Er war gerecht und weise und alles, was Zeus nicht war. Als Zeus mich also bat, ihm bei der Umsetzung dieses schrecklichen Plans zu helfen, stimmte ich zu, aber nur, weil ich wollte, dass Cronos an Zeus Stelle trat. Ich erzählte Cronos, was Zeus geplant hatte und selbst jetzt vermutet Zeus noch, ich würde für ihn arbeiten. Sein Ego wird ihm nicht erlauben, etwas anderes zu glauben.«

Furcht und Unglaube überlagerten alles andere in

meinem Kopf. Zeus steckte hinter dieser Sache. *Und er war der einzige Gott, der mächtiger war als Hades.*

»Wo ist Hades?«

»Er ist im Moment mit einem Freund beschäftigt. Aber keine Sorge, Cronos möchte dir einen Vorschlag machen.«

»Warum tust du das? Was springt für dich dabei raus?«

»Aus Liebe zum Olymp, Persephone. Zeus muss beseitigt werden, zum Wohle der ganzen Welt. Hades hat dir vielleicht nicht davon erzählt, aber in der Unterwelt kommen jedes Jahr grausamere Seelen an, und das ist die Folge der Gesellschaft, die Zeus erschaffen hat. Cronos wird die Welt zu einem besseren Ort machen. Und du hast das Privileg ihn zu treffen.«

~

Protestieren war zwecklos. Morpheus sah mir dabei zu, wie ich wieder auf den Wagen kletterte. Da Sam, Hekate und Skop ihm ausgeliefert waren, wusste er, dass ich tun würde, was er wollte.

Doch der rationale Teil meines Gehirns wusste, dass sie so oder so sterben würden, wenn Cronos seine Macht auf mich ausübte und ich wie eine Bombe hochging.

Ich musste etwas tun, aber egal, wie verzweifelt ich nach einer Lösung suchte, mir fiel nichts ein. Wenn Zeus die anderen Götter abgelenkt oder überzeugt hatte, dass alles in Ordnung war und Hades irgendwo gefangen hielt, dann würde niemand nach mir suchen. Ich war auf mich allein gestellt.

Ich sah kaum, wie die Unterwelt unter uns vorbeizog, so sehr war ich darauf konzentriert, mir einen Plan auszudenken, bei dem nicht jeder, den ich liebte, sterben musste. Aber als der flammende Fluss in Sichtweite kam, wurde mir schlecht, denn Morpheus steuerte uns direkt darauf zu.

»Ah. Da ist ja auch Hades«, sagte er und meine Eingeweide brannten heiß.

Etwas entfernt von der Höhle, die zum Tartarus führte, befand sich auf einem kahlen, unebenen Stück Fels ein flammender Ring von etwa sechs Meter Durchmesser. Und in seiner Mitte, auf Knien, war Hades. Seine Augen fanden meine und ich verlor fast das Gleichgewicht und fiel aus dem Wagen, so intensiv spürte ich seine Gefühle.

Er war verängstigt. Und wütend.

In Gedanken versuchte ich mit ihm zu sprechen, aber ich konnte ihn nicht hören und nicht zu ihm durchdringen. Kein blaues Licht umgab ihn und sein schwarzer Stab lag nutzlos auf dem Boden. Irgendetwas hatte ihm die Kraft geraubt, wurde mir klar. Als der Wagen über ihm schwebte, trat Ankhiale aus dem Feuer. Sie legte den Kopf schief und winkte mir mit dem Finger zu. Ein frustriertes Brüllen entwich mir.

Er ist unsterblich. Sie können ihn hier festhalten, aber sie können ihn nicht töten. Ich klammerte mich an den Gedanken und wiederholte die Worte immer und immer wieder. Unser Wagen setzte zur Landung an und Hades und die Feuerhexe verschwanden aus meinem Blickfeld. Schmerz schoss mir wieder durch die Eingeweide, meine Gefühle vermischten sich mit denen von Hades.

Morpheus setzte den Wagen am Eingang der Höhle, die zum Tartarus führte, ab und wandte sich an mich.

»Auf geht's, meine Königin. Cronos erwartet dich.«

»Nur Hades und anscheinend auch Zeus können den

Tartarus betreten oder verlassen«, sagte ich und weigerte mich, auch nur einen Schritt vom Wagen zu machen.

»Du wirst feststellen, dass die Gewinnerin der Hades Tribunale und Hades zukünftige Königin dieses Privileg ebenfalls teilt«, lächelte er.

Scheiße. Was zur Hölle sollte ich nur tun? Adrenalin raste mir durch meinen Körper, fokussierte meinen Geist und baute meine Kraft auf. Aber diese konnte mir hier nicht helfen. Sie würde mich und alle anderen im Olymp umbringen. Und wenn Cronos so schlimm war, wie Hades behauptete, würde ich möglicherweise auch den gesamten Olymp zerstören.

»Ich hätte diese verdammten Samen nicht essen sollen!«, schrie ich, aber Morpheus blieb regungslos.

»Es ist zu spät für Reue, Persephone. Du wirst zur Märtyrerin werden. Du, kleine Göttin, wirst die Welt vor einem Wahnsinnigen retten.«

»Du bist der verdammte Wahnsinnige.«

»Ah, wie ich sehe, hat der Schock etwas nachgelassen«, sagte er. »Ich empfehle, höflicher zu König Cronos zu sein.«

»Hades ist dein König, du dreckiger Verräter«, knurrte ich.

»Nicht mehr lange. Und jetzt geh.«

Ich starrte ihn an und Verzweiflung und Wut kochten in mir über. Ich hatte kein Ventil für all diese Gefühle. Mit einem Zischen streckte ich meinen Arm aus und schlug ihm so fest ich konnte ins Gesicht.

»Du bist eine Schande für die Unterwelt«, spuckte ich und stapfte vom Wagen auf die Höhlenöffnung zu. Ich drehte mich nicht um, ich konnte den Gedanken nicht ertragen, dass ich mit meiner Aktion meinem Bruder oder meinen Freunden geschadet haben könnte.

. . .

Die orangefarbenen Flammen des Flusses warfen flackernde Schatten auf die Wände der Höhle und ich ging schnell darauf zu. Als ich das letzte Mal hier gewesen war, war Hades seinem Ungeheuer erlegen und im Begriff gewesen, den Fuß in den Tartarus zu setzen und seine Wut an den schlimmsten Geschöpfen der Unterwelt auszulassen.

Vielleicht hätte ich ihn gewähren lassen sollen. Vielleicht hätte er Cronos getötet. Ich wusste aber, dass das nicht möglich gewesen wäre. Hades hatte Cronos Macht als Urgewalt beschrieben. Er war wirklich unsterblich und konnte nicht zerstört werden. Erinnerungen an meinen letzten Aufenthalt im Tartarus durchströmten mich; die völlige Dunkelheit, die Schrei der gequälten Seelen, die endlose Angst. Panik drohte mich zu erschlagen und ich sah kaum noch etwas, aber biss die Zähne zusammen und richtete all meine Gedanken auf Hades.

Ich musste stark sein. Ich musste einen Weg finden zu entkommen.

An der Mündung des Tartarus hielt ich inne, schloss die Augen und betete. *Bitte lasst mich nicht durch, bitte lasst mich nicht durch.* Doch enttäuscht stellte ich fest, dass mein Fuß problemlos in die Dunkelheit trat. Ich holte tief Luft und trat durch die Öffnung. Die Finsternis war genauso erschreckend, wie ich sie in Erinnerung hatte, aber dieses Mal durchströmte mich meine neue Kraft, die mich vor der Angst und den Gerüchen schützte. Die Schreie konnte ich jedoch nicht unterdrücken und ich schritt vorsichtig entlang des flammenden Flusses. Kreischend erschien Ixion über mir und ich schluckte meine Angst hinunter. Jetzt hatte ich nur noch mich selbst, und ich hatte nicht vor, verängstigt den Kopf einzuziehen. Cronos würde auf die Göttin treffen, von der ich wusste, dass sie in mir steckte, nicht ein naives Mädchen oder eine verängstigte Frau.

Er würde auf die gottverdammte Königin der Unterwelt treffen.

~

»Cronos!«, brüllte ich und nahm all meinen Mut zusammen. Die Flammen im Fluss loderten auf und ein tiefes Grollen erschütterte den Boden. Zu meiner Rechten erleuchtete plötzlich eine Reihe großer Stühle und ein Mann, der auf einem von ihnen saß, schrie laut auf.

»Hilf mir, bitte«, schrie er und ich schreckte zurück, als ich die Reste von Fleisch und Blut sah, die an den leeren Stühlen klebten. Der Mann und die Stühle verschwanden wieder in der Dunkelheit, bevor ich ein Wort sagen konnte.

»Cronos, ich bin hier!«, schrie ich wieder.

Das Grollen wurde lauter und dann erschien vor mir die Lichtmasse, die ich in der Erinnerung vom Fluss aus gesehen hatte. Schatten verwoben sich mit dem weißen Licht und drehten und wendeten sich in einem hypnotisierenden Tanz.

»Kleine Göttin«, sagte Cronos und ein Mann trat aus dem Licht.

Er war so schön, dass ich keuchte und meine Lungen einen Herzschlag lang nicht richtig funktionierten. Seine Augen, sein Haar und seine Augenbrauen bestanden aus etwas, das wie pures Tageslicht aussah und anstatt gruselig zu sein, war es atemberaubend. Er streckte mir seine Hände entgegen und auch aus ihnen leuchtete helles Licht.

»Ich werde dich nicht befreien«, würgte ich hervor. Meine Augen reflektierten sein Licht.

»Ich wünsche mir so sehr, dass du nicht sterben müsstest. Ich hätte mir gewünscht, dass du an meiner Seite regieren würdest.« Die ruhige, beruhigende Stimme, der ich im Atlasgarten vertraut hatte, überkam mich und ich klammerte mich an meinen Zorn und weigerte mich, ihn mein Gehirn vernebeln zu lassen.

»Ich werde dich nicht befreien«, wiederholte ich. »Du kannst mich nicht zwingen, meine Reben zu benutzen.«

»Es ist wirklich eine große Schande, eine so schöne Frau wie dich zu verlieren. Aber so muss es sein. Und die Bedürfnisse der Welt sind größer als unsere eigenen.«

»Du wirst aus einem bestimmten Grund hier gefangen gehalten und du wirst hierbleiben«, sagte ich und wünschte mir verzweifelt, ich könnte wie Hades und die anderen Götter an Größe gewinnen. Vor Cronos stehend, fühlte ich mich winzig, obwohl sein physischer Körper kaum größer war als meiner. Seine Präsenz war immens, als wäre er das Licht selbst, mehr Element als Wesen.

»Kleine Göttin, ich habe ein Angebot für dich, über das du nachdenken solltest. Ich habe dich liebgewonnen und ich würde die nächsten Schritte lieber mit deinem Einverständnis einleiten. Es wird weniger weh tun.«

Meine Hände begannen zu zittern und ich konnte meine Augen nicht von ihm losreißen. Er hatte keine Angst vor mir. Meine Worte hatten überhaupt keine Wirkung auf ihn. Was zum Teufel sollte ich tun?

»Du kannst mich nicht zwingen, meine Ranken zu benutzen«, sagte ich wieder. »Wenn ich für immer hier vor dir stehen muss, werde ich es tun.«

»Wenn du mit mir kooperierst, werde ich Hades leben lassen, frei von seiner Verpflichtung gegenüber der Unterwelt«, sagte Cronos. Ich erstarrte. »Ich werde seine Seele von diesem Ort befreien und er wird endlich das Leben leben, nach dem er sich immer gesehnt hat.«

SIEBENUNDZWANZIG

HADES

Ich musste zu ihr gelangen.

Cronos war das stärkste, noch existierende Wesen im Olymp, und nur meine Herrschaft über den Tartarus gab mir Macht über ihn.

Persephone hatte nicht die geringste Chance. Wut durchströmte mich, mein Kopf pochte vor Schmerz.

»Das wirst du mir büßen, Ankhiale! Wenn ich meine Macht zurückerlange, wirst du hierfür bezahlen!«, brüllte ich. Sie trat aus den Flammen und schüttelte den Kopf.

»Hades, du wirst deine Kräfte nicht zurückbekommen, du verdammter Idiot. Du wirst von ihnen verzehrt werden.«

»Und wenn ich dir einen Deal anbiete?«, versuchte ich, die Taktik zu ändern. »Was, wenn ich dir mehr gebe, als er kann?« Sie lachte.

»Mehr als Cronos mir geben kann? Ich bitte dich. Mach dich nicht lächerlich. Du bist nicht einmal halb so stark wie er. Was könntest du...« Sie brach abrupt ab und verzog das Gesicht, als ein Lichtblitz hinter ihr aufleuchtete.

Ich runzelte die Stirn, dann rappelte ich mich auf. Aus dem Nichts tauchte burgunderrot schimmernder Puder auf und bedeckte ihren gesamten Körper. Ein Lächeln breitete sich auf ihrem Gesicht aus, dann kicherte sie. »Ihr seid zu sechst«, lallte sie und dann sackte sie zu Boden.

»Was zum...«, begann ich und dann blinzelte ich, als ein kleiner, nackter Gnom auf mich zu rannte. »Skop?«

»Hedone dachte, sie hätte mich verzaubert, aber obwohl sie verdammt heiß ist, bin ich gegen solche Kräfte immun«, sagte er schnell. Ich streckte ihm die Fessel entgegen und ein einziger verzweifelter Hoffnungsschimmer nahm von mir Besitz.

»Steck meinen Stab in das Schlüsselloch«, sagte ich eindringlich. Er konnte nur von mir benutzt werden und hoffentlich hatte er genügend meiner Kraft in sich, um die Fessel zu lösen.

»Ich tat so, als hätte sie mich in ihrer Kontrolle, aber insgeheim gab ich alles an Dionysos weiter. Er konnte mich nicht zu Persephone in den Tartarus schicken, also schickte er mich stattdessen zu dir. Bewaffnet mit Weinpulver, aber es wird nicht lange halten. In 5 Minuten kommt Ankhiale wieder zu sich.«

»Zeus steckt hinter dem allen«, sagte ich dem Kobaloi, der den Stab auf mich zu zerrte. Er musste dreimal so schwer sein wie er selbst und sein bärtiges Gesicht war angestrengt.

Energie baute sich in mir auf, als Hoffnung meine Adern durchströmte.

»Dionysos hat das herausgefunden, als ich ihm sagte, dass du nicht wirklich mit Persephone zusammen warst. Zeus brachte die anderen Götter ins Reich des Löwen, um euch beiden etwas Zeit allein zu geben. Ich glaube, Dionysos und Poseidon stellen ihm gerade zur Rede.«

Er hatte den Stab vor meine Füße geschleppt und ich hockte mich hin und hob ihn mit einer Hand auf.

»Hilf mir«, sagte ich und gemeinsam rangen wir das Ende der langen Waffe in die Fessel. Mit Gebrüll drückte ich das Ende des Stabs in das Metall und mit einem lauten Knacken öffnete sich sie sich endlich.

Kraft durchflutete meinen Körper und das Monster in mir bäumte sich auf und war bereit, alles und jeden zu töten, der sich zwischen mich und meine Königin stellte.

ACHTUNDZWANZIG

PERSEPHONE

Cronos konnte Hades befreien. Er konnte ihn von seinen Verpflichtungen erlösen und ihn so leben lassen, wie er es wirklich wollte. Wenn ich sowieso sterben würde, war das doch ein guter Kompromiss?

»Und wenn du ihn aufhalten kannst? Gib ja nicht nach!«, schrie die Kämpferin in mir. Aber mein Herz schmerzte, als ich an den von der Dunkelheit verzehrten Hades dachte. Die Vorstellung, dass er als hirnlose Gewaltmaschine im Tartarus gefangen leben musste, war mir unerträglich.

Ich spürte kaum, wie sich die Ranken aus meinen Handflächen schlangen.

Wie von Magneten angezogen, stürzten sie auf Cronos zu.

»Warte!«, rief ich, aber es war zu spät. Es war, als hätte ich keine Kontrolle mehr über sie. Ein Lächeln breitete sich auf Cronos Gesicht aus, als sie ihn erreichten und der Lichtsturm um ihn herum in einem dunklen Orange schimmerte.

»Es scheint, dass du deine Wahl getroffen hast, Persephone.«

»Nein! Nein, ich hatte mich noch nicht entschieden!«

»Deine Kraft hat auf dein Herz reagiert, kleine Göttin. Du würdest alles für ihn tun.«

Meine Ranken wickelten sich um seine Arme und ich schickte jedes Quäntchen Kraft, das ich in meinem Körper hatte, in sie hinein, damit sie grün blieben. Sobald sie schwarz wurden, würden sie ihm seine Kraft nehmen. Schweiß lief mir den Rücken hinunter und ich konzentrierte mich.

»Aber ich habe gelogen.« Ich sah ihn ungläubig an. »Hades war für eine sehr, sehr lange Zeit mein Wächter. Glaubst du wirklich, ich würde mich nicht für seine Taten revanchieren? Nachdem du den Tartus zerstört hast, werde ich ihn wieder aufbauen und er wird viel, viel schlimmer sein als das hier. Die Olympier haben wenig Fantasie, wenn es um Folter geht. Und Hades wird mindestens so lange wie ich in der Finsternis verbringen.«

Wut tobte in mir und meine Leidenschaft und mein Instinkt, ihn zu beschützen, waren zu groß, um sie zu unterdrücken.

»Es ist Zeus, auf den du wütend bist, nicht Hades!« Ich spürte, wie meine Kraft auf meinen Zorn reagierte. Hades Gesicht vor meinem inneren Auge machte mich noch stärker, wie es das immer schon getan hatte. Ich konnte ihn nicht diesem Schicksal überlassen. Ich musste etwas tun. Und meine Ranken stimmten zu, sie wurden schwarz.

»Nein!«

Cronos stieß einen langen Atemzug aus und schloss die Augen, während sich schwarze Tätowierungen über seine Schultern auszubreiten begannen.

»Nein!«, schrie ich wieder und versuchte verzweifelt, die Ranken loszureißen. Aber es war, als klebten sie an ihm. Er war zu stark für mich.

Und dann traf mich die Kraft, die von ihm ausging und alles blieb stehen.

Die Zeit blieb stehen, als die Macht mich verzehrte. Sie war so gewaltig, dass ich sie nicht begreifen konnte. Innerhalb von Sekunden überwältigte sie mich und ich ertrank in der Unendlichkeit. Ich wirbelte durch eine unendliche Masse aus Licht und Schatten.

»Persephone!«

Diese Stimme... Ich kannte diese Stimme. Diese Stimme war das Wichtigste auf der Welt für mich. Wichtiger als alles andere. Ich klammerte mich an sie und der schwindelerregende Strudel um mich herum wurde langsamer.

Es war Hades.

Als ich in die Realität zurückkehrte, sah ich Hades, wie er gewaltig und wütend eine Kanone aus blauem Licht auf meine Ranken einschlug. Legionen von blauen Gestalten kletterten an Cronos sich ausdehnender Form empor, aber Cronos reagierte nicht. Seine Arme waren weit ausgebreitet und schwarze Ranken-Tätowierungen breiteten sich weiter über seinen Körper aus.

»Persephone, halt die Ranken auf! Ich kann dich hier

nicht rausholen, solange du mit ihm verbunden bist!«, brüllte Hades, aber ich konnte nicht antworten. Wellen der Macht rollten durch mich und ließen mich völlig atemlos zurück. Bilder von Welten jenseits meiner wildesten Vorstellungen blitzten vor mir auf.

»Persy! Persy, mein Fräulein, sagen Sie mir, wie ich Ihnen helfen kann!« *Skop. Ich konnte Skops Stimme hören.*

»Bete mich an.« Ich war mir vage bewusst, dass die Worte von meinen eigenen Lippen kamen und Hades sah mich ängstlich an. Noch mehr blaues Licht strömte aus ihm hervor. »Der Olymp wird wahre Furcht kennenlernen. Wahre Macht. Wahren Tod«, donnerte meine Stimme.

Halt! Mein Verstand wetterte gegen die Worte, die ich aussprach, aber die kleine Stimme in meinem Kopf, die wirklich meine war, war zu klein, zu leise, zu schwach. Cronos hatte die Macht übernommen. Seine Kraft erfüllte mich und verbannte alles andere aus mir.

Der Schmerz, der anfangs nicht von der Flut von Emotionen und Energie zu unterscheiden gewesen war, wurde immer stärker. Brennender Schmerz explodierte in meinem Kopf und ich schrie auf.

Verzweiflung überzog Hades Gesicht und in einem Rausch wurden seine silbernen Augen schwarz. Das Monster übernahm die Kontrolle.

»Du kommst zu spät, Hades!«, sagte Cronos und sein ruhiger, beruhigender Ton war verschwunden. »Ich werde schwach. Das heißt, sie hat bereits den größten Teil meiner Kraft in sich aufgenommen.«

Mein Kopf schwirrte und ein Sturm tobte in mir.

»Niemals!«, brüllte Hades und hob seinen schwarz schimmernden Stab.

Meine Augen füllten sich mit Tränten und ein weiterer Puls von Schmerz durchfuhr mich. Die Flut der Bilder, die mir in den Geist strömten, verschwamm mit der Realität und ich konnte die beiden Gestalten vor mir gerade noch sehen. Ich konnte kaum noch atmen.

Ich fiel auf die Knie, als Hades seinen Stab mit Gebrüll in meine Ranken stieß. Ich spürte Cronos Reaktion, ehe sie eintrat. Hades Zorn reichte aus, um ihm die Selbstbeherrschung zu nehmen. Es war zu viel.

In dem Augenblick, in dem ich spürte, dass die magnetische Kraft schwächer wurde, zog ich mit aller Kraft an meinen Ranken. Ich stürzte rückwärts, als sie sich losrissen, aber statt auf den felsigen Boden zu fallen, fiel ich in Hades Arme. Die Welt leuchtete weiß auf und Cronos schrie.

PERSEPHONE

Ich schnappte nach Luft, als ein schreckliches Geräusch meine Ohren erreichte. Weißglühender Schmerz brannte in meinen Adern.

»Persephone«, würgte Hades hervor. Ich erkannte, dass das Geräusch von ihm kam.

Ich blinzelte zu ihm hinauf und versuchte, die dunkle Macht, die in mir pulsiere, lange genug zu verdrängen, um mich auf ihn zu konzentrieren. Ich lag in seinen Armen und um uns war nichts als kahles Ödland.

»Wo sind wir?« Ich schluckte.

»Die Oberfläche«, sagte er und ich merkte, dass ihm Tränen über sein schönes Gesicht liefen.

»Du musst mich irgendwohin bringen, wo ich niemanden töten kann«, sagte ich und die Panik ließ eine weitere Woge des Schmerzes in mir aufsteigen.

»Benutz deine goldenen Ranken. Gib mir die Kraft«, sagte Hades und strich mir über die Wange.

»Wird es dich töten?«, stieß ich hervor und meine Gedanken überschlugen sich.

»Nein, es wird mich nicht töten«, sagte er, Verzweiflung stand ihm in den Augen. Ich wusste, dass er log.

»Es wird dich mit Dunkelheit erfüllen«, flüsterte ich. Er antwortete nicht.

Wenn ich Cronos Macht an Hades weitergab, würde er seine Seele genauso sicher verlieren, als wenn Cronos sich losgerissen hätte.

»Es ist egal. Solange du nur überlebst«, hauchte Hades und zog mein Gesicht an seines. Eine weitere Welle unendlicher Kraft durchzuckte mich schmerzhaft und ich konnte spüren, wie sich der Druck in mir aufbaute. Ich konnte es nicht mehr lange unterdrücken. Ich wusste, dass ich es nicht konnte. Ich würde sterben. Und ich konnte weder das Reich der Jungfrau noch Hades mit mir nehmen.

»Ich liebe dich«, sagte ich und eine unerwartete Ruhe schnitt durch den Sturm, der in meinem Kopf wirbelte. »Ich bin so froh, dass ich dich gefunden habe.« Tränen kullerten über Hades Gesicht. Sein Atem fühlte sich heiß auf meiner Wange an, als er mein Gesicht wieder und wieder küsste.

»Bitte, bitte, Persephone, gib mir die Kraft.« Ich schob eine Hand in meine Hosentasche und schloss sie um Poseidons Perle. Ich hob meine andere an Hades nasse Wange.

»Lass das Monster nicht gewinnen. Niemals. Du bist stärker als das Monster es je sein wird.«

»Persephone, ich liebe dich. Bitte, du darfst mich nicht wieder verlassen. Ich flehe dich an.«

Ich zog ihn an mich und presste meine Lippen ein letztes Mal auf seine. Dann zerdrückte ich die Perle in meiner Hand.

~

Eiskaltes Meereswasser stürzte über uns hinein und Hades schrie überrascht auf. Ich stand auf und meine Sicht war verschwommen. Mein ganzer Körper war taub und dann tauchte Buddy wiehernd neben mir auf. Wie ich gehofft hatte, war er kein Seepferdchen. Er war ein geflügeltes Pferd.

»Ich liebe dich. Du musst mich gehen lassen«, sagte ich und blickte in Hades gequältes Gesicht.

»Ich liebe dich«, würgte er hervor und ich zog mich unbeholfen auf Buddys Rücken. Sofort begann er zu galoppieren, öffnete seine riesigen Flügel und wir flogen zum Himmel hinauf.

Der Schmerz wurde immer stärker und ich packte seine Mähne so fest ich konnte, als wir höher aufstiegen.

»Wenn ich dir das Zeichen gebe, musst du verschwinden, Buddy«, flüsterte ich dem Pferd zu und es wieherte laut. Poseidon hatte gesagt, er könne fünf Minuten ohne Wasser auskommen. Und um sicher zu gehen, dass ich niemanden tötete, wenn die Kraft mich überkam, musste ich so hoch wie möglich sein, weit weg von allem und jedem im Olymp.

Wir flogen weiter. Wir stiegen höher und höher und der Druck in mir war so schmerzhaft, dass ich wusste, dass ich es nicht mehr aushalten konnte.

»Jetzt, Buddy!« Ich ließ seine Mähne los. Ich ließ die Macht los. Ich ließ von mir selbst ab. Ich ließ ganz und gar los.

Eine Klarheit, wie ich sie nie gespürt hatte, legte sich über mich. Das Pferd verschwand und ich schwebte schwerelos durch Zeit und Raum. Ich drehte den Kopf und der Schmerz hörte auf. Eine wirbelnde Masse aus

Licht und Schatten umgab mich und mit einem Ruck wurde mir klar, dass mich die Kraft noch nicht verlassen hatte.

Für die wenigen Augenblicke, bevor sie mich überwältigte, gehörte die Macht mir. Ich hatte Magie und Kraft ohnegleichen. Und als sie in mir glühte und um mich herumwirbelte, kam mir eine Einsicht.

Die Macht war nicht nur dunkel.

Tageslicht und Schatten, Licht und Dunkelheit; beides wirbelte ineinander.

Hades Worte erklangen in meinem Geist: »Man kann ein so helles Licht nicht in der Dunkelheit halten.«

Aber welchem Zweck diente ein helles Licht, wenn es nicht die Dunkelheit erfüllte? Das eine konnte ohne das andere nicht existieren. Das eine hatte keinen Zweck ohne das andere. Das Licht war dazu bestimmt, mit der Dunkelheit zu leben.

Ich wusste, was ich zu tun hatte. Ich wusste es mit Gewissheit. Ich musste Licht in die Dunkelheit bringen.

Meine Ranken brachen aus meinen Handflächen hervor und schimmerten golden, als ich immer weiter durch die Luft fiel. Mit einem letzten Stoßgebet sandte ich sie zur Oberfläche des Reichs der Jungfrau. Sie schlugen in den Boden ein und ich hörte Hades über den rauschenden Wind hinweg schreien. Ich kanalisiere jedes bisschen Licht, das ich aus Cronos Macht schöpfen konnte, in den Felsen hinein. Leben flammte hell in mir auf und rauschte durch meinen Körper. Ich konzentrierte mich auf Hades Gesicht, auf Liebe, Licht und Wachstum.

Und ich spürte, wie sich die Dunkelheit um mich herum, *in mir*, veränderte. Die Schatten in der wirbelnden Masse wichen zurück und das Licht verdrängte sie. Ströme der Kraft, die in mir gewütet hatten, flossen nun durch mich und in meine goldenen Ranken wie ein Fluss aus Leben. Je näher ich der Oberfläche kam, desto mehr Grün sah ich vor meinen verschwommenen Augen.

Zu spät erkannte ich, dass ich auf dem Boden aufschlagen würde und da meine Ranken mit der Erde verbunden waren, konnte ich sie nicht benutzen, um mich abzustützen. Aber statt auf harten Felsen traf ich auf etwas Weiches. Ich befand mich auf einem Kissen aus blauem Licht. Es setzte mich sanft auf dem Boden ab und Hades rannte auf mich zu.

In seinem Gesicht standen Ehrfurcht und Schock geschrieben und als ich den letzten Rest der glitzernden Kraft in den Boden kanalisierte, rief ich ihm zu: »Ein so helles Licht wurde für die Dunkelheit geschaffen. Sie gehören zusammen.«

Meine Ranken lösten sich auf, als er mich erreichte, mich von den Füßen hob und so fest küsste, dass ich keine Luft mehr bekam.

»Du lebst«, sagte er immer wieder zwischen verzweifelten Küssen. Ein Hochgefühl durchfuhr mich und als die Reste der göttlichen Kraft mich verließen, ergriffen meine eigenen Gefühle endlich wieder Besitz von mir. *Ich lebte. Und Hades auch.*

»Wir sind beide am Leben«, keuchte ich und erwiderte den Kuss ebenso heftig.

Nach einer Ewigkeit ließ er mich wieder herunter und sah mir in die Augen, als hätte er noch nie etwas so Faszinierendes gesehen.

Ich hatte es geschafft. Ich hatte uns tatsächlich gerettet. Ich hatte diese immense Kraft in etwas Gutes geleitet. Ich hatte mich nicht von ihr überwältigen lassen. Ich war stark genug gewesen, um uns zu retten. Mir wurde schwindelig, als ich zu Hades hinaufstarrte. Wenn ich sein Reich wirklich mit Licht erfüllt hatte, dann gab es eine Chance für uns. Eine echte Chance.

»Ich liebe dich. Ich liebe dich so sehr. Sieh nur, was du aus diesem Ort gemacht hast«, sagte er, packte mich an den Schultern und drehte mich langsam herum.

Wir standen auf einer Lichtung und die Weidenbäume wiegten sich sanft in einer leichten Brise. Irgendwo in der Ferne zwitscherten Vögel und Schmetterlinge flatterten zwischen den Wiesenblumen hin und her, die das üppige Gras übersäten.

»Sieht es überall an der Oberfläche so aus?«, fragte ich atemlos. Ich war mir nicht sicher, wie viel ich getan hatte.

Hades zog mich rücklings an sich und überkreuzte die Arme fest auf meiner Brust. Mit einem Blitz schwebten wir hoch über der Oberfläche, wo ich kurz zuvor noch mit Buddy gewesen war. Nirgendwo sah ich ein staubiges, ödes Stück Fels. Bäche schlängelten sich durch die Landschaft, Bäume jeder Art und Statur, Blumen jeder Farbe und Art erfüllten jeden Zentimeter der Oberfläche des Reichs. In der Ferne konnte ich einen riesigen Wald sehen und dahinter ein grün bewachsenes Tal, an dessen Seite Wasserfälle hinabstürzten.

Hades ließ es wieder blitzen und brachte uns zurück in die Lichtung. Ich drehte mich in seinen Armen um und sah ihm in die Augen.

»Dies ist immer noch ein Teil deines Reichs. Kannst du hier leben?« Hades hob die Augenbrauen und schloss die Augen. Ich spürte, wie seine Kraft mich überrollte.

»Wir sind weit weg von der Dunkelheit, wo meine Macht am meisten gebraucht wird, aber ... du hast recht, dies ist immer noch mein Reich.« Aufregung leuchtete in seinen atemberaubenden Augen auf, als er sie öffnete und die Hoffnung ließ meine Brust anschwellen. »Ja. Ja, ich glaube, ich kann hier leben.«

»Wir können die Hälfte der Zeit hier oben leben! Wir können uns hier von der Dunkelheit erholen, aber du wirst deine Kontrolle über die Unterwelt erhalten!« Vor Freude überschlugen sich meine Worte fast und meine Stimme war viel höher als sonst. *Wir konnten zusammen sein. Wir würden hier sicher sein, zusammen, Licht und Dunkelheit vereint.*

Er strich mir sanft übers Haar und streichelte mir mit dem Daumen über die Wange.

»Persephone, du... Du vervollständigst mich. Du machst mich stark. Du machst mich ganz. Du hast uns gerettet.« Glückseligkeit überwältigte mich und ich spürte, wie sich ein Kloß in meinem Hals bildete. »Ich liebe dich«, sagte er, und seine Stimme war die sanfteste und sinnlichste, die ich je gehört hatte.

»Wenn das so ist«, flüsterte ich, ließ die Freudentränen laufen und stellte mich auf die Zehenspitzen, um ihn zu küssen, »ist es ja gut, dass ich deine neue Königin bin.«

PERSEPHONE

Als mir jedoch klar wurde, was meine Worte bedeuteten, durchfuhr Panik meine Ruhe. Das Tribunal... Morpheus!

»Sam und Hekate! Hedone hält sie als Geiseln! Wir müssen Morpheus aufhalten!« Wir mögen überlebt haben und Cronos mag immer noch im Tartarus gefangen sein, aber es war noch nicht vorbei. Schuldgefühle überfluteten mich, als die Emotionen und die Kraft, die durch mein Gehirn strömten, sich zu klären begannen und die volle Auswirkung von allem, was ich in der letzten Stunde herausgefunden hatte, durchzusickern begann. *Der Vulkan. Zeus. Mein Bruder und Hekate.*

Hades Gesicht verfinsterte sich und die Welt um uns herum blitzte auf.

Wir landeten im Gerichtssaal und mein vor Kraft trotzender Körper und mein Gehirn konnten nicht verarbeiten, was ich sah.

»Persy!« Mein Bruder stürmte auf mich zu und hob

mich von den Füßen. »Gott sei Dank, es geht dir gut.« Ich drückte ihn und sah ihm über die Schulter.

Morpheus und Hedone waren mit Ketten aus einer Art glühendem Metall gefesselt und beide saßen auf Minthes rotem Streitwagen. Kerato und zwei andere Wachen hatten Speere auf sie gerichtet und Morpheus fletschte die Zähne als er mich sah.

Minthe und Sanape standen in der Nähe und waren beide mit Blut bedeckt. Der Geist, der ihren Streitwagen gelenkt hatte, schien ihre Wunden zu versorgen.

»Was ist passiert?«, hauchte ich, als Sam mich losließ. »Wo ist Hekate?«

»Ich bin hier«, sagte sie hinter uns und ich wirbelte herum und war erleichtert zu sehen, dass es ihr gut ging. »Es tut mir leid, Chef. Sie hat mich erwischt.« Ihr Blick war auf den Boden gesenkt.

»Sie haben es geschafft, mich zu fesseln, ich wäre ein Heuchler, wenn ich dich für dieselbe Schwäche zurechtweisen würde«, sagte Hades in einem stählernen Ton.

»Sie haben dich gefesselt?«, keuchte Hekate. »Zeus ist so ein verdammtes Arschloch, ich schwöre, wenn er jemals-«

»Wer hat Morpheus festgehalten?«, unterbrach Hades sie.

»Minthe«, antwortete mein Bruder. »Es war so cool.«

»Ja, wir sind ihr was schuldig«, sagte Hekate. »Fragen wir sie selbst. Wir waren nicht dabei, also kann sie es uns am besten sagen.«

»Minthe?«, rief Hades und die Bergnymphe blickte zu uns herüber und zuckte zusammen. Ich warf Hades einen kurzen Blick zu und eilte zu ihr hinüber. Meine goldenen Ranken schossen aus meinen Handflächen.

»Ich helfe dir«, sagte ich und erwartete, dass sie mir widersprechen würde. Aber sie hob nur ihr Handgelenk, damit sich meine Ranken um sie schlingen konnten. »Hast du wirklich meinen Bruder gerettet?«, fragte ich sie und Hades tauchte hinter mir auf.

»Diese Schlampe Hedone dachte, ich sei zu verletzt, um eine Bedrohung darzustellen. Das wird sie lehren, mich nicht zu unterschätzen«, schnauzte Minthe, als meine Heilkraft in sie einzufließen begann. Sie schloss die Augen, ein erleichterter Ausdruck legte sich auf ihr Gesicht.

Ihr Ton war weniger wütend, als sie wieder zu sprechen begann: »Als wir hier ankamen, rollte ich mich auf dem Boden neben dem Wagen. Mein Arm und mein Knie waren vollkommen im Arsch. Durch das Portal konnte ich dich und Morpheus sehen und habe alles mitangehört. Also bat ich Poly«, sie deutete auf die Geisterfrau, »Hilfe zu holen. Dann stürzten Sanape und ich uns auf Hedone, sobald das Portal geschlossen war. Morpheus tauchte kurz darauf auf, aber Sanape ist eine wirklich gute Schützin.« Sanape schenkte mir ein bösartiges Grinsen und ich warf einen Blick über die Schulter auf Morpheus, der im Streitwagen gefesselt war. Silberne Flüssigkeit tropfte ihm von der Schläfe. »Kerato und die Wachen sind gerade noch rechtzeitig mit den Ketten gekommen. Ich bin mir nicht sicher, ob wir sie noch viel länger hätten aufhalten können.«

»Danke«, flüsterte ich und warf meine Arme um sie, bevor ich mich zurückhalten konnte. Sie versteifte sich in meiner Umarmung und murmelte dann: »Du kannst jetzt aufhören, mich zu heilen. Mir geht es gut. Hilf Sanape.«

Ich ließ sie los und tat, worum sie mich gebeten hatte. Die Amazone sah mich widerwillig an, aber sie akzeptierte schließlich, als Minthe ihr einen langen Blick zuwarf.

»Minthe, die Unterwelt steht in deiner Schuld«, sagte Hades.

Sie sah ihn an, dann senkte sie den Kopf.

»Ich war Persephone etwas schuldig. Jetzt sind wir quitt.« Sie hatte ein hartes Glitzern in den Augen, als sie mich wieder ansah.

»Ja, natürlich. Wir sind quitt«, sagte ich.

»Ich kann dir keine Unsterblichkeit verleihen. Wie du weißt, kann kein Gott allein Unsterblichkeit verleihen. Aber ich kann dich reich machen. Du wirst genügend Diamanten erhalten, die dein Leben lang ausreichen«, sagte Hades.

Minthes Mund öffnete sich langsam und ihre Augenbrauen hoben sich.

»Danke, König Hades«, hauchte sie und senkte wieder den Kopf.

»Du auch, Sanape«, sagte er und wandte sich an die Amazone. Sie senkte den Kopf weniger ehrfürchtig, aber Stolz war auf ihrem Gesicht zu erkennen.

Hades drehte sich um und schritt zum Wagen. Ich zog die Ranken zurück, die Sanape nun geheilt hatten und folgte ihm. Ich war nervös. Hedone schlief und sah friedlich aus. Sie lehnte mit dem Rücken an Morpheus.

»Du kannst sie nur für eine kurze Zeit vor ihrer Strafe bewahren«, sagte Hades und seine Stimme war kalt wie Eis.

»Ich werde sie so lange wie möglich schlafen lassen«, antwortete Morpheus, ohne aufzusehen. »Es ist nicht ihre Schuld. Sie wollte niemandem wehtun.«

»Im Gegensatz zu dir?«

»Ich habe für eine höhere Sache gekämpft. Ich habe für den Olymp gekämpft. Cronos sagte, es würde Opfer geben.«

Blaues Licht flackerte um Hades herum und die Farbe wich abrupt aus Morpheus Gesicht. Er schien zusammenzuschrumpfen und ich sah, wie sich eine Gänsehaut auf seiner Haut bildete. Ein kleines Wimmern entkam seinem Mund.

»Du bist an deine Rolle als Gott der Träume genauso gebunden wie ich an meine«, zischte Hades, »und nur das wird dich vor dem Tartarus retten. Aber du wirst diese Rolle für den Rest deines unsterblichen Lebens als Gefangener deiner eigenen Angst ausüben, Morpheus. Was du jetzt in deinem Geist siehst, ist das, was du jede Minute eines jeden Tages und jeder Nacht sehen wirst.«

»Nein«, flüsterte er und sah Hades schließlich mit gequälten Augen an. »Nein, bitte!«

»Bringt ihn in sein Zimmer und fesselt ihn«, sagte Hades und Hekate trat vor.

»Mit Vergnügen, Chef«, sagte sie und mit einem Blitz verschwanden sie beide. Hedone fiel nach hinten, jetzt, da sie sich nicht mehr an Morpheus anlehnen konnte und stöhnte leise auf.

»Kerato, sperr sie im Palast ein, bis Aphrodite sich mit ihr befassen kann. Sie ist eine ihrer Gottheiten.«

»Ja, mein Herr«, sagte der Minotaur.

»Was hast du Morpheus sehen lassen?«, fragte ich Hades leise, als der Minotaur, die halb bewusstlose Hedone an sich zog und der Wagen vom Tempelboden abhob.

»Das spielt keine Rolle«, antwortete er.

Aber es spielte eine Rolle für mich. Seine Strafe traf mich hart. Denn ich hatte das schreckliche Gefühl, dass, wenn ich sein Schicksal teilen würde, ich all die Menschen, die ich getötet hatte, wieder und wieder sehen würde, jeden Tag. Schreiende, unschuldige Menschen, die hoffnungslos vor der Lava flohen, würden mich heimsuchen, wenn ich an seiner Stelle wäre.

Meine Gedanken waren mir entweder deutlich ins Gesicht geschrieben oder er konnte sie durch die Verbindung lesen. Hades zog mich an sich und hob mein Gesicht an seines.

»Cronos hat das getan, nicht du. Du warst ein Kanal, ein Gefäß, eine Waffe. Nicht die Ursache. Verstehst du das?« Ich nickte und versuchte, den Worten zu glauben. »Und du bist nicht mehr dieselbe Person. Erinnere dich daran, was du da oben getan hast. Diesmal hast du die Macht kontrollieren und das Leben von Tausenden retten können, möglicherweise sogar noch mehr.«

Seine Worte trafen mich tief in meinem Inneren. Ich hatte die Leben tausender Unschuldiger gerettet. Er hatte recht. Die neue Persephone rettete Leben.

Ich würde mir nie verzeihen, was ich damals getan hatte, aber zumindest hatte ich einen Anfang gemacht, es wieder gut zu machen.

Auf einen hellen Blitz folgte schnell der Geruch des Meeres. Dann erschien Poseidon vor uns, mit Dionysos an seiner Seite.

»Skop!« Der Gnom saß auf Dionysos Schulter und verwandelte sich in einen Hund, als er heruntersprang und zu mir lief. Ich ging in die Hocke und zog den Hund in eine Umarmung. »Ich bin so froh, dass es dir gut geht.«

»*Und Junge, bin ich froh, Sie zu sehen, Fräulein*«, sagte er.

»Zeus ist entkommen«, sagte Poseidon und ich stand schnell auf und richtete meine Aufmerksamkeit auf den Meeresgott. »Er hat Ares und Artemis schwer verwundet und Hera hat sich völlig zurückgezogen und will mit niemandem reden.«

»Scheiße«, zischte Hades.

»Scheiße deckt es nicht mal ein bisschen ab«, sagte Dionysos. »Er hat diese Feuer-Titanin bei sich. Sie ist erschienen und hat ihn aus Ares Griff befreit.«

»Aber er hasst Titanen!«, rief ich aus.

»Als Ankhiale herausfand, dass Cronos nicht frei sein würde, ist sie zum nächststärkeren Gott übergewechselt«, murmelte Hades. »Und Zeus wird jetzt keine Verbündeten abweisen.«

»Heißt das also, dass ihr euch im Krieg befindet?«, fragte ich langsam. »Nein. Zeus hat keinen Krieg erklärt, aber er wird sich einer Gerichtsverhandlung und einer Bestrafung stellen müssen. Genau wie Hades, als er die Regeln gebrochen hatte«, sagte Poseidon mit Blick auf Hades.

»Ist er deshalb geflohen?«

»Ja. Er wird zurückkommen, daran habe ich keinen Zweifel, mit einer raffinierten Ausrede für all das und einem neuen Plan, sein Ego weiter aufzublähen.«

»Er ist ein gefährlicher Wahnsinniger und er kann nicht mehr über die Olympier regieren«, sagte Hades. Dionysos nickte.

»Hört, hört. Der Typ muss sich verdammt noch mal beruhigen.«

»Wir werden uns später um die Nachfolge kümmern. Im Moment bin ich hier, um mit Persephone zu sprechen«, sagte Poseidon. Ich schluckte, als der Herr der Meere sich zu mir umdrehte. »Dein Umgang mit Cronos Macht trägt die Zeichen einer wahren Königin und Göttin des Olymps. Ich freue mich, dich in unseren Reihen willkommen zu heißen.«

Mir fiel die Kinnlade herunter.

»Und danke, dass du dich um meinen Hippokamp gekümmert hast«, fügte er hinzu. Er zwinkerte mir zu und verschwand.

»Gut gemacht, Persy«, sagte Dionysos. »Sieh zu, dass du uns bald besuchst. Es gibt einige Leute im Reich des Stiers, die sich daran erinnern, wie sie mit dir aufgewachsen sind«, sagte er mit einem breiten Grinsen. »Und dein Kerl braucht einen Drink. Davon habe ich jede Menge.«

»Das werde ich«, stotterte ich und spürte, wie sich ein Lächeln auf meinem Gesicht breit machte. Meine Zukunft im Olymp sah viel rosiger aus, als ich es mir je hätte vorstellen können.

PERSEPHONE

Ich holte tief Luft und starrte mein Spiegelbild in dem großen Spiegel ungläubig an. Ein so intensives Glücksgefühl durchflutete mich, dass ich schreien wollte. Ich trug ein Hochzeitskleid.

Glücklich wirbelte ich auf der Stelle und ließ die weiße Spitze um den darunter liegenden Satin-Rocks kreisen. Das Kleid war speziell für diesen Anlass angefertigt worden und das Oberteil war ein klassisches weißes Korsett. Der Rock jedoch... Der Rock bestand aus kilometerlanger weißer Spitze, die ich selbst entworfen hatte. Es war ein kompliziertes Muster aus Rosen und Totenköpfen. Erde und Natur, Dunkelheit und Licht, Leben und Tod.

Es war einen Monat her, dass Cronos mich fast getötet und ich seine Macht genutzt hatte, die Oberfläche des Reichs in ein wahres Paradies zu verwandeln.

Hades hat seine Kraft genutzt, um uns ein kleines Haus zu bauen, um zu sehen, ob wir wirklich über der Erde leben konnten. Er war anfangs nervös gewesen, dass er, wenn er sich für längere Zeit an der Oberfläche des

Reichs aufhielt, weniger Kontrolle über sein Reich und die gefährlichen Dämonen, in seiner Gewalt, haben würde. Vor allem fürchtete er, seinen Einfluss auf den Tartarus zu verlieren.

Aber es dauerte zwei Wochen, bevor er einen Unterschied in seiner Macht spürte und so zogen wir für die zwei darauffolgenden Wochen zurück in sein Schlafzimmer im Palast, unter der Oberfläche. Seine Kontrolle wurde sofort wieder stärker.

Ich sah keinen Grund, warum wir nicht ewig so leben konnten; die Hälfte unserer Zeit im Licht und die andere Hälfte in der Dunkelheit. Nicht zuletzt, weil ich epische Pläne für das Haus auf der Lichtung hatte.

Ich sah auf den Ring an meinem Finger hinunter, ein Kribbeln der Vorfreude peitschte durch meinen Körper. *Heiraten.* Ich würde tatsächlich heiraten.

Es hatte nicht viel Zureden gebraucht, Hades davon zu überzeugen, mir einen »menschlichen« Heiratsantrag auf Knien zu machen. Ich hatte Hekate gebeten, ihm zu sagen, dass er es tun sollte. Und er ging noch einen Schritt weiter. In Olymp war es üblich, denselben Ring für die Verlobung und die Hochzeit zu benutzen, aber weil er wusste, dass es in meiner Welt üblich war, der Braut zwei Ringe zu geben, hatte er einen weiteren für mich anfertigen lassen.

Es war ein silberner Ring, auf dem winzige wirbelnde Ranken eingraviert waren und er hatte einen durchgehenden Ausschnitt, in den ein zweiter Goldring passte, dessen Enden in kleinen griechischen Spiralen übergingen. Es war das Wertvollste, das ich je besessen hatte.

• • •

»Bist du bereit?«

Ich grinste, drehte mich um und Hekate strahlte mich an. Sie trug ein blaues Kleid und es war das erste Mal, dass ich sie in etwas Bodenlangem sah. Wie ich hatte sie weiße Rosen in ihr Haar geflochten.

»So bereit, wie ich jemals sein werde.«

»Hier«, sagte sie und reichte mir eine Untertasse mit sprudelndem Wein. »Auf die neue Königin der Unterwelt.«

Ein noch größeres Lächeln breitete sich auf meinem Gesicht aus. Ich stieß mit ihr an und nahm einen Schluck. Die Königin der verfluchten Unterwelt.

»Ich bin wirklich, wirklich nicht glücklich hiermit«, ertönte Skops Stimme und er watschelte in den Raum, gefolgt von Sam.

»Du siehst toll aus«, sagte ich und er sah mich angeekelt an.

»Ich wäre lieber ein Hund, als Kleider zu tragen. Das ist das Unnatürlichste, was ich je gemacht habe«, antwortete er und zog an der schlechtsitzenden Hose, die er anhatte. Ich lachte.

»Du kannst ein Hund sein, wenn du willst, aber dann wird es mit dem Trinken und Tanzen etwas schwierig. Und bevor du zum millionsten Mal fragst: Nein, du kannst auf meiner Hochzeit nicht nackt sein.«

Er stieß einen übertrieben lauten und langen Seufzer aus.

»Wenn es irgendjemand anderes wäre, würde ich mir das nie und nimmer antun«, brummte er und verdrehte die Augen.

»Danke, Skop. Du bist der Beste«, strahlte ich ihn an.

»Vergessen Sie das nicht, Fräulein. Ich bin der beste Personenschützer aller Zeiten. Ich habe Ihr verdammtes

Leben gerettet und jetzt darf ich nicht einmal nackt sein«, murmelte er.

»Du siehst umwerfend aus«, sagte mein Bruder, beugte sich vor, um mir einen Kuss auf die Wange zu drücken und bewahrte mich davor, auf den Kobaloi reagieren zu müssen.

»Danke. Es ist eine Schande, dass Mama und Papa nicht hier sein können«, sagte ich.

»Es ist definitiv eine gute Sache, dass sie nicht da sind«, grinste er mich an. »Und überhaupt, jetzt, wo du unsterblich und mächtig und so bist, kannst du sie nächste Woche besuchen.«

»Ja. Ich möchte, dass Hades sie kennenlernt. Aber ich bin mir nicht sicher, wer oder was ich ihnen sagen soll, dass er ist. Anwalt vielleicht?« Sam schnaubte.

»Genau. Ein furchteinflößender, Football spielender, Bodybuilder-Anwalt.«

»Wir müssen gehen, Persy«, sagte Hekate und unterbrach unser Gespräch. »Du willst doch nicht zu deiner eigenen Hochzeit zu spät kommen.« Meine Hand zitterte vor Nervosität und sie lächelte und ergriff sie.

Ich verschränkte meinen Arm mit dem meines Bruders. Die Türen zum Frühstücksraum öffneten sich und die Harfen begannen zu spielen. Mein Baum stand in voller Blüte und Licht strömte durch die riesigen Bogenfenster, die in goldenen Rahmen funkelten und das dahinterliegende saftige Grün umrahmten. Aber ich hatte nur Augen für ihn.

Neben unserem Baum, am Ende des Ganges, stand Hades. Er trug eine schwarze Toga, die mit Silber überzogen war und sein Anblick raubte mir den Atem. Seine Augen fanden meine und als ich den Raum betrat, sah ich, wie Entzücken über sein schönes Gesicht strömte. Seine Stimme erklang in meinen Gedanken: *»Du siehst ... unglaublich aus.«*

»Du aber auch.«

»Ich kann nicht glauben, dass wir heiraten werden.«

»Ein zweites Mal. Ich bin der glücklichste Mann der Welt.«

Ich strahlte ihn an und schritt zum Altar auf ihn zu. Er war mein Ein und Alles.

»Ich liebe dich.«

»Und ich liebe dich, meine Königin.«

DAS ENDE

DANKE FÜRS LESEN

Vielen Dank fürs Lesen meiner Interpretation der Geschichte von Hades und Persephone.

Ich bin seit jeher von griechischer Mythologie besessen und ich kann dir gar nicht sagen, welch Freude es mir bereitet, jeden Tag damit zu verbringen, die Charaktere aus diesem Reich zum Leben zu erwecken. Die moralische Botschaft, die gegenseitige Aufopferung und die intensive Liebe zwischen Hades und Persephone, dieses perfekte Gleichgewicht zweier so unterschiedlicher Wesen, war schon immer ganz oben auf der Liste meiner Lieblinge aller Mythen und es war mir ein besonderes Vergnügen, diese Geschichte zu schreiben.

»Wahre Liebe kann alles besiegen« ist das Thema hinter allem, was ich schreibe und das kommt zu einem großen Teil von der Liebe, die mein Mann mir schenkt. Er ist mein größter Fan, obwohl er noch nie ein Wort dessen gelesen hat, was ich schreibe (er ist keine Leseratte - ich werde ihn eines Tages dazu bringen, sich die Hörbücher anzuhören). Aber er hört mir zu, unterstützt mich und hilft mir immer, und dafür werde ich ihm ewig dankbar sein.

Auch bin ich vollkommen hin und weg von all der Hilfe und Unterstützung, die ich von völlig Fremden erhalten habe. Reena, ich kann nicht glauben, dass du mir tatsächlich den Ring aus Griechenland zugeschickt hast, der Persephones Ehering inspiriert hat!!! (Auf der nächsten Seite abgebildet!) Du machst meine Bücher besser und ich bin dir so dankbar für deine Hilfe, Unterstützung und Freundschaft! Brittany, danke für dein scharfes Auge und deine Kommentare! Mama, danke für das Korrekturlesen von allem, was ich schreibe, auch wenn es dir alles ein bisschen zu heiß ist. Und dafür, dass du versuchst, die unanständigen Bücher von Opa fernzuhalten...

Ich werde so lange über all die unglaublichen Götter des antiken Griechenlands schreiben, bis sie mir ausgehen und ich bin mir ziemlich sicher, dass das nicht passieren wird. Als Nächstes ist Ares dran und ich bin sehr, sehr gespannt auf die Abenteuer, auf die er uns mitnehmen wird.

Über Hekate zu schreiben hat mir viel mehr Spaß gemacht, als ich es erwartet hätte, also habe ich auch für sie einen Folgeroman eingeplant.

Nochmals vielen Dank, meine fabelhaften Leser, dass ihr es mir ermöglicht, weiter zu schreiben!!!

Eliza xxx

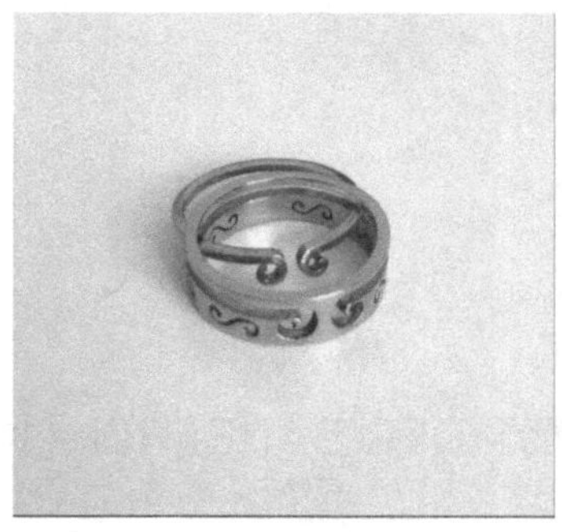

Der Ring, den mir Reena aus Griechenland
geschickt hat - Persephones Ehering!!!

Um exklusive Einblicke auf neue Titelbilder und Ideen zu erhalten, plus kostenloser Kurzgeschichten und Hörbücher, kannst du dich für meinen Newsletter auf elizaraine.com anmelden. Es gibt Teaser und Updates über neue Veröffentlichungen (und Bilder von meinen Haustieren) hier in meiner Facebook-Lesergruppe!

DER GOTT DER BARBEREI - KAPITEL
EINS

»Bella, bitte, lass mich runter.«

Das Blut pochte mir so laut in den Ohren, dass ich die Worte kaum hörte. Doch die Stimme drang zu mir durch. Ich wusste, wer da zu mir sprach...

»Bella, ich würde es wirklich zu schätzen wissen, wenn du meinen Hals loslassen könntest.«

Roter Nebel trübte meine Sicht und ich konnte den Mann, dessen Kehle ich an die Wand vor mir drückte, nicht sehen.

Aber ich kannte diese Stimme...

»Bella, bitte.« Die Stimme klang kratzig und erstickt.

»Joshua!«, schrie ich und ließ von ihm ab. Die Wut, die durch meinen Körper tobte, verflüchtigte sich und Schuldgefühle übermannten mich. »Scheiße, Scheiße, Scheiße, ich habe es schon wieder getan, nicht wahr?«

Joshua rutschte an der beigefarbenen Wand herunter und fasste sich an den Hals. Seine Augen waren rot.

»Ja. So siehts aus.«

»Warum nur? Warum bin ich so?« Ich konnte die

Bitterkeit nicht aus meiner Stimme vertreiben, hockte mich neben ihn und zog ihn auf die Füße.

»Die Therapie wird dir helfen, Bella«, sagte er. Er blinzelte langsam und drehte den Kopf vorsichtig in beide Richtungen. Wir gingen zurück zu seinem Schreibtisch und der langen Couch, auf der ich immer saß.

»Aber ich komme schon seit Monaten her und es geht mir nicht besser.« Wut begann sich wieder in meinem Bauch zu regen und die Frustration darüber, dass ich mich nicht beherrschen konnte, war ironischerweise nur noch mehr Antrieb für meinen Zorn.

»Antiaggressionstherapie braucht seine Zeit. Du schlägst dich gut«, sagte Joshua und setzte sich wieder auf seinen Stuhl.

Ich sackte auf dem Sofa zusammen und legte den Kopf schief. Meine Haut kribbelte noch immer und das Adrenalin, das einen solchen Anfall immer begleitete, machte mich ganz hibbelig.

»Wie oft willst du dich noch von mir angreifen lassen, bevor du aufgibst?«, flüsterte ich. Eigentlich wollte ich die Antwort gar nicht wissen. Ich konnte einfach nicht mit ansehen, wie der einzige Mann, der je versucht hatte, mir zu helfen, immer und immer wieder meinetwegen leiden musste.

»Ich bin härter als ich aussehe. Wir bekommen das schon hin.«

Er lächelte mich an. Der größte Teil der Anspannung war aus seinem Gesicht verschwunden und ich wollte ihm so gerne glauben. Ich wusste, dass es vollkommen bescheuert war, in seinen Therapeuten verliebt zu sein, aber zu meiner Verteidigung, war er verdammt heiß.

Sein dunkles Haar fiel ihm über die Stirn und kringelte sich hinter den Ohren. Seine hellbraunen Augen strahlten eine Ruhe aus, der wie ein Balsam auf meine überstiegene Energie wirkte.

Und, was auch immer er sagte, für meinen Geschmack sah er definitiv tough genug aus. Mein Blick glitt über seinen Körper, seine breiten Schultern und die gewölbten Muskeln an seinen Oberarmen.

Doch da war auch der große rote Fleck an seinem Hals... Das hatte ich getan. Ich hatte ihm das angetan. Die Schuldgefühle machten mich ganz krank und drehten mir den Magen um. Joshua war der einzige Mensch, der je wirklich versucht hatte, mir zu helfen.

Doch wenn der rote Nebel sich über meinem Verstand senkte, war ich nicht mehr Bella, ein größtenteils anständiger, wenn auch ein wenig überdrehter, im Grunde guter Mensch. Dann wurde ich zu einer Furie. Und ich war stark. Es war, als ob meine Wut mich körperlich stärker und gefährlicher machte. In diesen Momenten war ich nicht mehr ich selbst. Mein rationales Denkvermögen und meine Sinne wurden von dem roten Dunst verschleiert.

Und das Schlimmste war, dass ich es mir sogar so gewünscht hatte.

Als ich jünger war, hatte ich nicht einmal versucht, gegen diese Kraft in mir anzukämpfen. Das Gefühl von Stärke und Kontrolle war wie eine Droge. Ich ließ dem Verlangen nach Konfrontation freien Lauf. Jeder Kampf, den ich gewann, war ein Hochgefühl, egal ob die Person, die ich halb zu Tode getreten hatte, es verdient hatte oder nicht.

Wenn mich jemand unterschätzte, was bei einer Größe von kaum 1,50 m und meinem Elfengesicht und blonden Haaren oft genug vorkam, war es mir eine Freude, diese Vorurteile in Stücke zu schlagen. Und es waren nicht nur ihre Vorurteile, die ich zertrümmerte. Ich zertrümmerte *alles*.

Als ich älter wurde und die Bullen mich nicht mehr ziehen ließen, wurde ich vorsichtiger. Aber ich hörte nicht auf.

Als ich wegen Kämpfens in einer illegalen Glücksspielhalle verhaftet wurde, musste ich für sechs Monate in den Knast. Nachdem ich jeden meiner Zellengenossen verprügelt hatte, wurde ich in Einzelhaft gesteckt.

Und dort wurde ich traurig. So richtig, richtig traurig. Völlig allein zu sein war verdammt hart. Aber da ich niemanden hatte, mit dem ich mich schlagen konnte, konnte ich zum ersten Mal in meinem Leben klar denken. Ich merkte, dass ich lernen musste, meine Wut zu kontrollieren und sie gezielt an den richtigen Leuten auszulassen; die Leute, die es verdienten, die Hacke vollgehauen zu bekommen.

»Erzähl mir noch einmal von dem Traum«, sagte Joshua.

»Aber was ist, wenn mich das wieder triggert?«

»Wir müssen herausfinden, was die Episoden verursacht. Ich akzeptiere das Risiko, das damit verbunden ist«, erwiderte er sanft.

Ich schüttelte den Kopf. »Nein. Nein, ich denke, wir sollten jetzt aufhören. Du hast heute schon genug durchgemacht.«

»Du bist kein schlechter Mensch, Bella. Die Wut in dir ist eine chemische Substanz, die freigesetzt wird. Sie ist nicht Teil deiner Seele. Vergiss das nicht.«

Ich antwortete nicht. Denn er hatte Unrecht. Mein

Problem war kein chemisches Ungleichgewicht. Es war mehr als das. Ich hatte mein ganzes Leben lang gewusst, dass etwas mit mir nicht stimmte.

Joshua seufzte. »Kommst du heute zur Gruppentherapie?«

Ich nickte. Ich hasste diese Sitzungen. Jeder dort ging mir auf die Nerven. Aber Joshua bestand darauf, dass sie mir guttaten und ich hatte Schuldgefühle, weil ich ihn verletzt hatte.

»Klaro«, sagte ich.

»Gut. Bist du sicher, dass du nicht weitermachen willst?«

»Sicher«, sagte ich. »Ich geh schnell noch eine Runde joggen, um etwas Energie abzubauen, bis es losgeht.«

»Gute Idee«, lächelte er. »Wir sehen uns dann in zwanzig Minuten.«

～

»Du bist ein anständiger Mensch. Du bist ein anständiger Mensch«, murmelte ich vor mir her, während ich Fleet Street entlang joggte. Ich wich den Touristenmassen aus und tat mein Bestes, ungeduldige Kommentare zu unterdrücken. Diese Idioten bewegten sich aber auch verdammt langsam. Vielleicht sollte ich umziehen. London pulsierte geradezu mit wütender Energie. Das würde mir nicht helfen, mich zu beruhigen.

Aber ich konnte London nicht verlassen. Es ging nicht um Familie oder so. Ich hatte nicht einmal Freunde, geschweige denn Familie. Ich konnte London wegen der Theater nicht verlassen.

Seit ich vor zehn Jahren von New Jersey nach

London gezogen war, hatte ich jedes bisschen Geld gespart, das ich von den beschissenen Jobs, die mich ausnahmslos innerhalb kürzester Zeit wieder hinauswarfen, zusammenkratzen konnte, um es für Theatertickets auszugeben.

Für Bücher hatte ich keine Geduld und ich konnte nicht lange genug stillsitzen, um einen Film zu schauen, aber Theaterstücke zogen mich magisch in ihren Bann.

Jedes Bisschen guten Charakters, das ich aufwies, führte ich auf das zurück, was ich in Theaterstücken und Musicals gelernt hatte. Empathie, die sonst Mangelware war, strömte nur so aus mir hervor, wenn ich diese fiktiven Geschichten so lebendig vorgespielt bekam. Wenn die Schauspieler alles gaben, sog ich jede Sekunde in mich ein.

Nein, ich konnte London nicht verlassen. Auch wenn ich mir, seit ich meinen letzten Scheißjob verloren hatte, keine Theaterbesuche mehr leisten konnte. Aber immerhin hatte ich eine wertvolle Lektion gelernt; ich hatte nicht das richtige Temperament, als Barkeeper zu arbeiten.

Besoffene Arschlöcher lösen meine Wut mit einem Fingerschnippen aus und anscheinend darf man zahlende Kunden nicht schlagen.

Ich sog mehr Luft in meine Lungen und joggte schneller.

Ich würde einen anderen Job finden. Und das bald, sonst würden meine hochnäsige Katze und ich noch auf der Straße enden.

»Du bist ein anständiger Mensch«, wiederholte ich mit zusammengebissenen Zähnen und zeigte einem Radfahrer, der auf der falschen Straßenseite fuhr und dem ich mit einem Sprung ausweichen musste, den Mittelfinger.

Als ich das Gebäude, in dem Joshua seine Praxis hatte, wieder erreichte, ging ich erst in den Waschraum, um ein frisches T-Shirt anzuziehen. Ich befreite mein Haar aus dem Dutt auf meinem Kopf und versuchte, es einigermaßen attraktiv aussehen zu lassen, gab dann aber auf und starrte mein Spiegelbild an.

Warum zum Teufel sollte ein Mann, den ich regelmäßig angriff und der wusste, was für ein Freak ich war, sich zu mir hingezogen fühlen?

Ich stieß einen Seufzer aus. Wenigstens wusste er, dass ich ein Freak war. Anders als all die anderen armen Schweine, mit denen ich ausgegangen war. Sie hatten erst davon erfahren, als etwas Harmloses den roten Nebel ausgelöst hatte und ich aus heiterem Himmel vollkommen ausgerastet war.

Kurzgesagt ließ mein Liebesleben zu wünschen übrig.

Aber Joshua... Da war etwas in seinen Augen, wenn er mich ansah. Da war ich mir sicher. Mehr als nur seine professionelle Geduld. Er mochte mich.

»Ja, rede dir das ruhig ein, Freak«, murmelte ich meinem Spiegelbild zu. Aber das war meine Angst, die da sprach. Angst, die sich als dummes Gerede und Aggression manifestierte. Das hatte er mir in unseren Sitzungen beigebracht.

Ich hatte die Befürchtung, dass er mich abweisen würde und dass ich ihm dann nicht mehr in die Augen sehen könnte. Dann würde ich ihn und auch seine Hilfe verlieren.

»Aber stell dir mal vor, wie sich dein Leben zum Besseren wenden würde, wenn er dich wirklich mögen würde. Stell dir mal vor, jemanden zu haben, mit dem du jeden Tag und jede Nacht teilen könntest. Stell dir mal vor, er würde dich küssen...«

Ich hatte meinen Entschluss gefasst und richtete mich auf. Ich würde ihm meine Gefühle gestehen.

Wenn er sie nicht erwiderte, dann würde er sich nicht wie ein Arsch verhalten. Das war nicht seine Art. Ich würde einfach mit geknicktem Ego und einem roten Gesicht nach Hause marschieren, jede Menge Eiscreme verschlingen und dann ein paar Stunden lang meinen Sandsack verdreschen. Und vielleicht würde ich ihn eine Woche lang meiden.

Aber wenn er mich nicht zurückweisen würde... Der Gedanke an seine weichen Augen, seine sanfte Stimme und ausdrucksstarken Hände ließ mir das Herz schneller schlagen.

Der potenzielle Gewinn überwog die Scham, die eine Zurückweisung auslösen würde.

Ich war früh dran und noch war niemand anderes da, als ich die Doppeltür zum Konferenzsaal aufstieß. Mein Herz hämmerte in meiner Brust. Ich würde das jetzt wirklich durchziehen. Ich würde ihm sagen, was ich für ihn empfand. Vielleicht würde ich nicht direkt sagen, dass ich in ihn verliebt war. Ich wollte ihn ja nicht gleich zu Tode erschrecken.

Joshua arbeitete Teilzeit als Psychologiedozent an der Uni und Teilzeit als Therapeut für Aggressionsbewältigung.

Die Uni stellte ihm ein Büro für Einzelsitzungen und diesen Hörsaal für Gruppensitzungen zur Verfügung. Ich war nicht zur Uni gegangen. Welch Überraschung.

Leider war Joshuas Gebäude keines der schönen

alten Universitätsgebäude, die überall in London verstreut waren und aussahen, wie aus dem Märchenbuch. Wir befanden uns hier in einem Betonmonstrum aus den Siebzigern und dieser Vorlesungsraum sah aus wie ein langweiliges Büro, in dem billige Plastikstühle aufgestellt waren.

Ich stolperte, als ich den Ring der für uns aufgestellten Sitze in der Mitte des Raumes erreichte.

Jemand lag da auf dem Boden, in der Mitte des Stuhlkreises. *Joshua.*

»Joshua?« Ich rannte zu ihm und ließ mich neben ihm auf die Knie fallen. Gerade wollte ich ihn auf den Rücken drehen, als ich erstarrte. Blut.

Unter ihm war Blut und es breitete sich so schnell aus, dass ich jetzt fast schon in der Lache hockte. Wenn sein Blut noch immer so stark floss, musste dieses Attentat auf Joshua gerade erst passiert sein.

Ich sprang auf, hob die Fäuste und meine Muskeln schwollen an.

»Wo bist du?«, brüllte ich die unbekannte Bedrohung an. »Zeig dich!«

Die Luft vor mir flirrte, dann blitzte blendend weißes Licht auf.

Instinktiv bedeckte ich meine Augen mit den Händen und ich spürte, wie die Wut in mir aufstieg. Ich war bereit zu kämpfen.

Ich ließ die Arme fallen und blinzelte schnell, um meine Augen an das helle Licht zu gewöhnen. Dann erstarrte ich.

Ein Mann stand mir gegenüber, auf Joshuas anderer Seite. Doch so einen Mann hatte ich noch nie zuvor gesehen.

Er war mindestens drei Meter groß und trug eine

schimmernde goldene Rüstung wie ein Soldat aus der Antike.

Sein Gesicht war von einem massiven, glänzenden Helm mit einer roten Feder bedeckt und seine Arme und Beine bestanden aus enormen Muskeln. Dicke Seile waren um seine Glieder gewickelt. Er sah aus wie Arnold Schwarzenegger in einem Faschingskostüm.

Plötzlich stieß er Joshua mit seiner Sandale an.

»Was zum Teufel machst du da?«, schrie ich und stürzte auf ihn zu. »Warum hast du das getan?«

Die Augen in dem Helm richteten sich auf meine.

»Du bist mehr daran interessiert, mich herauszufordern, als ihn zu retten? Das bestätigt es. Du bist die Richtige«, sagte der Mann. Seine Stimme war tief und schroff. Die Worte verblüfften mich und mir wurde klar, dass er recht hatte. Ich musste Joshua helfen.

Ich schob meine Hand in meine Gesäßtasche, holte mein Handy hervor und fummelte daran herum, um es zu entsperren.

»Keine Bewegung! Ich weiß nicht, warum du das getan hast, aber ich werde sofort die Polizei rufen!«

Der Mann ignorierte mich, drehte Joshua mit dem Fuß um und ein furchtbares Quietschgeräusch ertönte. Die Vorderseite seines Hemdes war blutdurchtränkt.

»Ist er tot?«

Bitte, bitte, bitte lass ihn nicht tot sein, betete ich und Tränen brannten hinter meinen Lidern.

»Ja. Er ist tot.«

Ich spürte, wie mich eine Welle von Schwindel überkam. Es war, als hätte mein Körper vergessen, wie man atmet.

»Nein, nein, das kann nicht sein«. Ich robbte auf den

Knien auf Joshua zu und suchte nach einem Puls in seinem Nacken.

Da war nichts.

»Sein menschlicher Körper ist tot. Die Polizei wird denken, dass du ihn ermordet hast«, sagte der Mann schlicht.

»Was?«

»Sieh dich doch hier um. Du bist allein mit der Leiche. Die menschliche Polizei ist nicht sonderlich klug.«

»*Menschliche* Polizei? Was geht hier vor?«

Ich starrte zu dem gepanzerten Riesen hoch. Meine Gedanken überschlugen sich, doch ich konnte mir keinen Reim auf diese Situation machen. Das konnte alles nicht wahr sein.

»Ich bin Ares, Gott des Krieges.«

»Ares? Der griechische Gott? Verdammt. Was soll der Quatsch? Wir haben keine Zeit Spielchen zu spielen, verdammt!«

»Ja, Ares. Und hör auf, zu fluchen. Das gehört sich nicht für eine Dame.«

»Dame?« Ich merkte, dass ich schrie. Unsicher stand ich auf und die nächsten Worte waren kaum mehr als ein Schluchzten. »Warum hast du ihn umgebracht?«

»Dummes Mädchen. Ich habe ihn nicht umgebracht. Und nur sein menschlicher Körper ist tot. Sein unsterblicher Körper wurde gekidnappt und in den Olymp gebracht.«

Ich spürte, wie ich zu schwanken begann. Dann schoss mir ein Adrenalinstoß in die Adern und beruhigte mich.

»Du musst jetzt verdammt noch mal anfangen, mir zu sagen, was Sache ist«, dröhnte ich.

Der riesige Mann starrte mich ein paar Sekunden lang an, dann seufzte er.

»Ich bin Ares, der Gott des Krieges. Und du bist Enyo, die Kampfgöttin. Ich bin hier, um dich zu töten.«

Du kannst »Der Gott der Barberei« hier vorbestellen.